徳間文庫

感じてください

櫻木充

JN266494

徳間書店

目次

第一章　年上の女

1

（あれは、裕太じゃないか？）

とある金曜日の夜、そろそろ日付が変わろうかという時刻だった。

同期連中と会社帰りに一杯呑み、最寄駅から自宅マンションまでの帰路を歩いていた小島智久は、駅前商店街の外れにあるカラオケ店の前で、三人の男らに取り囲まれているひとりの少年を目に留めた。

今借りている賃貸マンションの最上階に住んでいるオーナーの息子、藤井裕太である。

絡んでいる三人は高校生か。たぶん十八歳前後だろう。ギャング気取りの風体《ふうてい》で、最近の不良を絵に描いたような連中だった。

「おーい、裕太、どうしたんだ？」

大きな声で名を呼び、傍らに駆け寄る。

三人を流し見ながら裕太に尋ねる。

「友達か？」

「…………」

口を閉ざしたまま、小さく頭を振る裕太。

金を盗られる寸前だったのか、右手には財布が握られていた。

「裕太に用事か？　なんなら俺が話を聞くぞ」

裕太の前に割って入り、手にしていた鞄を地面に置く。一戦交えてやろうかといった雰囲気でネクタイを外し、上着のポケットに収める。

百八十センチを優に超える上背と、学生時代にスポーツで鍛えた筋肉質な体軀《たいく》はそれだけで三人を怯《ひる》ませるには充分だったが、決して見掛け倒しでも、虚勢を張っているわけでもなかった。

刃物でも出されたら厄介だと、ある程度身構えてはいたが、多少なりとも喧嘩慣れしている。智久はとりあえずリーダー格とおぼしき男をまっすぐに見据《みす》えて、しばし相手の出方を窺《うかが》った。

「……おい、行こうぜ」

舌打ちをひとつ、すっと視線を外すと、リーダーの男は二人を引き連れてその場から立ち去った。

（そういや、学校はもう夏休みだったな）

三人の後ろ姿が見えなくなるのを待ってネクタイを締め直すと、いまだ若者で混雑しているカラオケ店のフロントを横目にする。

つい一週間前に梅雨《つゆ》明け宣言が出されたばかりだが、すでに学生連中は夏休みに入り、同期と立ち寄った居酒屋にも多くの大学生グループが騒いでいた。

「それで、どうしたんだ、こんな時間に？」

先ほどからじっと俯《うつむ》いたままで、隣に立ち尽くしている裕太にあらためて尋ねる。

べつに風紀がどうとか言うつもりはないが、裕太はまだ中学生だ。いくら夏休みといえども、このような時間に街中《まちなか》をうろついていい年齢ではない。

「何だよ。俺には話せるだろう？」

親しげに肩を手をまわし、裕太の顔を覗《のぞ》きこむ。

裕太とは三年前、社会人になると同時に今のマンションに越してきた頃から実の兄弟のように接していた。偶然ながら裕太の父親である裕治郎が、つまりはマンションのオーナーが自分と同じ大学の出身でウマも合い、当時から懇意にさせてもらっているのだ。

裕治郎は一流商社に勤めており、半年ほど前から米国に単身赴任中だが、こちらにいる頃にはよくゴルフの練習に付き合わされていた。現在所有しているゴルフクラブはすべて彼からのお下がりである。まあ、もともとゴルフの趣味はなく、裕治郎が渡米した今では使う機会もなくなってしまったが。

「そんなに言いづらいことなのか？」

「ううん、べつに……あの、実はさ、その、プチ家出ってやつなんだ」

軽く肩をすくめつつ、ぼそぼそと口を開く裕太。

塾通いの件で母親と喧嘩をして、無断で家を飛び出してきたのだという。

「今だって月曜から土曜まで毎日塾に行ってるんだよ。夏休みになってから、昼間も特別講習があるのに、これからは日曜日もだなんて堪《たま》んないよ」

「まあ、大変だとは思うけど、お父さんと同じ高校に入るつもりなら頑張らないと駄目だろう？　俺の高校は二流、いいや、三流だったから、裕太の苦労は分からないけどな」

胸ポケットから取り出した煙草を咥《くわ》えつつ、悪戯《いたずら》っぽく言ってのける。

裕太が目指している高校は父の出身校で、卒業生の三分の一は赤門をくぐるという全国にも名が知れた超難関の私立だ。

裕治郎本人は高校での成績が振るわずランクを落とさざるを得なかったらしいが、それでも一流と認められている私立大学に現役合格である。浪人した末に何とか補欠で滑り込んだ自分からすれば嫌味な話だ。

「どちらにせよ、もう少しの辛抱じゃないか。この夏休みこそ勝負の分かれ目なんだぜ。

だからお母さんだって裕太のためを思って……」

「僕だってたまには息抜きくらいしたいよ。それに、僕はべつにあんな高校なんて行きたくないんだ」

何とか言いくるめようとする智久に、裕太は憮然《ぶぜん》とした面持ちで声を被《かぶ》せた。

「嫌だよ、男子校なんて」

「ははは、そりゃあ共学のほうが何かと楽しいだろうけどな」

「僕は公立に行きたいんだ。偏差値は落ちるかもしれないけど、進学率だってそれほど悪くはないし。とにかく予備校みたいな高校は嫌なんだよ」

「なあ、もしかして裕太は、あの子と同じ高校に行きたいんじゃないのか？」

雰囲気からしてどうやら裕太は、受験勉強が辛《つら》いばかりで文句を言っているわけではなさそうだ。智久は、はたと思いついた様子で探りを入れた。

「あの子って？」

「ええと、何て言ったかな。確か……あいかわ、だったかな？」

朧《おぼろ》げな記憶を呼び覚まし、このところ日曜日のたびに姿を見かけている、同じクラスの女子の名を口にする。

彼女には以前に一度親戚《しんせき》だと勘違いされ、丁重に挨拶《あいさつ》されたことがあった。

中学生とは思えないほど大人びた雰囲気で、男子としては小柄な裕太よりずいぶん背も高く、スレンダーで優美なスタイルをしている。少々きつい感じがするも、美少女と言って違《たが》わない顔立ちをしており、なかなか魅力的な少女だった。

「あいかわ？　それって藍原《あいはら》さんのこと？」

「おお、そうそう、藍原さんだ……で、裕太は彼女と同じ高校に行きたいんだろう？」

「違うよ、そんなんじゃない。藍原さんとは関係ないさ」

「でも、付き合ってるんだろ？　よく家に遊びに来るじゃないか」

「べつに付き合ってるわけじゃないよ。僕と藍原さんは学級委員だから、色々雑用とか任せられて、その相談に来てただけさ。それに家も近いし……目標の高校も、たまたま一緒になっただけだよ」

どうやら図星なのだろう。顔を真っ赤にして言い返してくる裕太に吹き出しそうになりつつも、智久はあらためて塾通いの一件に話を戻した。

「でも、裕太の気持ちも分かるよ。週に一日くらい自由にしたいよな……まあ、とりあえず俺の部屋に来いよ。こんなところにいても仕方がないだろう」

「…………」

「まず俺がお母さんに会って、裕太の気持ちをよく話してやるから。俺から言えば、お母さんだって多少は耳を貸してくれるさ」

「……うん」

先ほどの一件もあり、このまま夜の街にいるのも不安なのだろう。

裕太は素直に頷《うなず》いて、自分の後についてくる。

（教育熱心なのは分かるけど、ちょっとな……）

もしかしたら裕太の母は、藍原と交遊する時間を奪いたくて日曜も塾通いさせようとしているのではあるまいかと、そんな考えが脳裏をよぎる。

どちらにせよ、他人が口を挟むべき問題ではないが、ここは裕太のためにひと肌脱いでやるとしよう。

いいや、裕太のためばかりではない。智久にとっても今回の事件はまたとないチャンスと言えた。憧《あこが》れのオーナー夫人、真央《まお》と二人きりになるための……。

実のところ裕治郎のゴルフの練習に付き合っていたのも、裕太を弟のように可愛がっているのも、真央と少しでも親密になれればと考えてのこと。

そんな下心を芽生えさせるほど、智久にとって真央は魅力的な女性だった。

真央も自分に好意を寄せているのだと、何気ない仕草に、ときおり婀娜《あだ》めいた素振りを見せることからしても、その心が感じられる。

肉体の快楽だけを求めて若い男を漁《あさ》る、俗世間の人妻どもと同類視しているわけではないが、夫が単身赴任中の今、多少のアバンチュールを期待していても不思議ではない。

出張以前から夫婦の関係がギクシャクしていることは、それとなく察してもいる。

ならば、これを機会に積極的にモーションを掛けてみようか。

智久は裕太を横目に帰路を歩みつつ、憧れの人妻との不倫に思いを馳《は》せていた。

2

「それじゃあ、俺はお母さんに会ってくるから、テレビでも観て待っててくれ」

自宅マンションに戻り、一階ロビーで裕太に自宅の鍵と鞄を手渡すと、智久は正面エレベータの裏手にある、もう一機のエレベータに足を向けた。

智久の自宅は五階の角部屋、501号室である。部屋の間取りは1DKで、十五畳ほどのダイニングキッチンと小さなベッドルームが備えられた、都会風の洒落《しゃれ》た造りになっていた。

このマンションは七階建てで、それぞれのフロアに部屋が四つ、西側の二つは単身者用の間取りで、東側の二つは家族で暮らせる3LDKになっていた。

オーナー宅は最上階の七階にあり、ワンフロアすべてを占有している。

もともと藤井家は、ここいらでは有名な資産家で、このマンション以外にもアパートを三つ所有していた。先代は十年ほど前に物故しており、その折に相続税対策としてこのマンションを建設したと聞いている。建設費は不動産会社と折半しており、賃貸部分の半分が藤井家の所有らしい。

七階へ上がるには、賃貸住居用とは別に設けられた直通エレベータを使うことになる。オートロックと同じように自宅の鍵がない限りエレベータに乗ることはできず、エレベータの脇に設置されたインターフォンで連絡を取り、扉を開けてもらわなければならなかった。

「……あの、すみません。小島ですが」

インターフォンのボタンを押し、頭上に設置された監視カメラに向かって小さく頭を下げる。

『あら、どうされました？』

すでに日付も変わっているが、真央はとくに迷惑そうな様子もなく、いつもの和《なご》やかな声で応答してくれた。

「こんな夜分に恐れ入ります。実は裕太くんのことで、ちょっとお話が」

『裕太の!?　あ、あの……どこです？　あの子はどこにいるんですか!?』

「さっき駅前で会いまして、とりあえず今は僕の部屋にいます」

息子の名を耳にするなり取り乱した真央に、智久は気分を落ち着かせるようにゆっくりと話して聞かせた。

「裕太くんからおおよそ事情は聞きました。それで、差し出がましいとは思うんですけど、ちょっと二人でお話ができればと思って。裕太くんはどうしても帰りたくないって言ってますから」

『……どうぞ、上がっていらして』

溜息をひとつ、言葉少なに答えると、真央はエレベータを稼働させ、インターフォンを切った。

しばらくして七階から一階にエレベータが降りてくる。

智久はどのように真央を説得しようかと、何かうまい方法はないものかと考えながら、ひとつずつ数字を刻んでゆく階数表示のパネルをぼんやり眺めていた。

ほどなくエレベータは七階へ。フロアの降り口には戸建《こだて》風のポーチが設けられ、正面には英国から取り寄せたという観音開きの玄関扉があった。

「さあ、どうぞ」

すぐさま玄関の扉が開かれ、真央が姿を現す。

「失礼します」

家出をした息子を探し回っていたのか、どこか疲労の色が窺える真央に会釈《えしゃく》をすると、智久は導かれるままダイニングに足を進めた。

息子の居所が分かり、とりあえず安心したのだろう。真央は話を急《せ》かすことなくキッチンに入り、お茶の支度を始めた。

（しかし、いい感じだな、ほんと……）

革張りのソファーに腰を沈め、カウンターの中にいる真央の美貌にうっとりと見とれる。

細面の顔立ちは一見すれば古風な印象で、街中《まちなか》で人目を奪うほどの派手さはないが、端正で品のある美しさを備えていた。二重瞼《ふたえまぶた》に飾られた瞳は大きく黒目がちで、吸い込まれそうなほどに魅惑的だ。鼻梁《びりょう》も凜《りん》として、薄めの唇もバランスがよく、すっきり描かれた顎《あご》のラインまでも麗しい。

二十歳《はたち》で息子を出産した真央は今年で三十五歳になるが、いまだ女子大生と偽れるほど若々しく感じられた。

しかし、もしも学生時代の真央と出会っていたなら、これほど惹《ひ》かれたりはしないだろう。たとえ外見上の美しさが同じであっても、人妻として歳《とし》を重ねた今だからこそ漂わせる色香が、淑《しと》やかで豊かな母性的な魅力が真央をますます麗しく思わせるのだから。

当然ながら彼女の肉体も誘惑の塊である。百六十センチを欠けるほどの上背は平均的で、遠目から眺めればスレンダーな印象のボディだが、熟度を増してしっとり脂が乗った肉体はいかにも抱き心地が良さそうで、男の色欲を無性に煽《あお》りたてる魔性さえ秘めていた。

並以上、巨乳未満の乳房も好みの大きさで、細く括《くび》れたウエストから太腿に流れる曲線も、バストから比べればずいぶん大きめに映るヒップも垂涎《すいぜん》なほど艶《なま》めかしい。

学生時代に何人かの人妻と性的な関係を結んだ経験も、真央の価値を高める要素のひとつになっていた。女盛りに達した女体は感度もいいし、浮気を望む人妻はサービス精神も旺盛で、濃厚なセックスを楽しめるのだから。

「……今、会社の帰りなの？」

こちらから無遠慮に注がれている視線に気づいたのか、真央ははにかんだような笑みを浮かべ、カウンター越しに声を掛けてくる。

「はい。仕事の後でちょっと会社の連中と呑んでまして」

「あら、だったら何かお食べになる？　お茶漬けならすぐにできますけど」

「いいえ、そんな、お構いなく」

「いいのよ、遠慮しなくても。お酒を呑むときってあまり食べないんでしょう。お腹空いているんじゃない？」

「まあ、実は……すみません、それじゃあお言葉に甘えて」

「ええ、すぐに」

息子を連れ帰って来てくれた、そのことに対する感謝の念も込められているのだろう。

真央はいそいそと夜食の支度を始めた。

五分ほどしてテーブルにお茶漬けと香《こう》の物が並べられる。

「お待たせ。どうぞ、冷めないうちに食べてちょうだい」

「はい。いただきます」

対面に腰を下ろした真央に小さく頭を下げて箸《はし》を手にする。何やら新婚夫婦のように甘い気分を味わいながら、美麗の人妻をオカズにして、空きっ腹にご飯を掻《か》き込む。アップに纏《まと》められたセミロングの髪に、少々くたびれた薄化粧の美顔にも人妻の生活感が滲《にじ》み出て、独特のフェロモンを漂わせていた。

「フフフ、ずいぶんお腹が空いてたみたいね。ご飯はまだあるから、お代わりを作りましょうか？」

「いいえ、もう充分です。ご馳走《ちそう》様でした」

このままもう少し仮初《かりそめ》の夫婦気分に浸っていたいところだが時間も時間だ。

裕太も今ごろ部屋で気を揉《も》んでいるだろう。

智久は緑茶をひと口啜《すす》り、本題を切り出した。

「それで、裕太くんのことなんですけど」

「あの子、何て言ってました？　やっぱり塾のことで？」

「ええ、受験勉強でかなり参っているみたいですね」

真央の顔色を窺いながら言葉を続ける智久。

まずは裕太の不満を代弁する。

「日曜くらい、好きにさせて欲しいと」

「でも、このままの成績だと、目標の高校には……」

「旦那さんの母校でしたよね。どうしても入学させたいんですか?」

「もちろんです。そのために裕太も頑張っているんですから」

自分の願いを息子の目標にすり替えて、真央はきっぱりと言ってのけた。

「ですが、裕太くんは公立に行きたがっているみたいでしたけど」

「そ、それは……でも、裕太のためです。絶対東大に行くって、私と約束してくれたんですから、そのためにはいい高校に行ってもらわないと。主人は高校で挫折してしまいましたけど、あの子なら必ず合格できます」

真央はいくぶん語気を強め、ムキになって言い返してくる。父親以上の男になってもらいたいとする今の台詞《せりふ》からも、旦那に不満を抱いている妻の心が読み取れた。

「まあ、僕が口を挟む話ではありませんけど……」

ひと言前置きをして、智久はあらためて今晩の出来事を真央に伝えた。

「裕太くん、不良に絡まれていたんですよ。たまたま今日は僕が通り掛かったからよかったですけど。最近は色々と物騒ですし、また裕太くんが家出をして、もし変な事件に巻き込まれでもしたら取り返しがつきませんよ」

「…………」

「あの裕太くんが家出をするなんて、相当なことだと思いますし」

息子の意思を無視した自分への反省もあるのか、無言で俯いてしまった真央に優しく声を掛ける。

裕太は母の言うことには滅多に逆らったことがない、素直で聞き分けがいい子供だ。反抗期と言われる時期ではあるが、情緒不安定なところもなく、性格も従順で扱いやすい。

それは母親である真央も十二分に承知しているはずだ。

「そうだ。もしよろしかったら、僕が日曜日だけ家庭教師をしましょうか？」

いかにも今思いついたような口振りで真央に提案する。エレベータで七階に向かう最中にひらめいたシナリオの、その中に記されている一番目の台詞だった。

「小島さんが、家庭教師を？」

「ええ、これでも学生時代はずっと家庭教師のバイトをしてたんです。数学だけはちょっとしたものですから」

決して口から出任せではない。ほとんどは中学生で、基礎学力向上を目的にした生徒が多かったものの、中には難関校を目指していた中学三年生を、数学のみだが担当した経験もある。残念ながら受験には失敗したが、数学だけは合格ラインをクリアしていた。

「ここで奥さんが折れてしまうと、家出をすれば何でも許してもらえると思われそうだし、かといって強制的に塾通いをさせても逆効果ですから」

息子のためにはそれが一番の方法だと、真央を納得させるため、智久はもっともらしく理由を付け加えた。

「実は、その、今日叱ったのは塾のことばかりじゃないの。あの子ったら、受験で大切な時期なのに女の子と……」

「女の子？　もしかして藍原さんですか？」

「あら、どうして名前を？」

「ええ、裕太くんからちょっと聞きまして」

「そうだったの。公立高校に行きたいって言い出したのも、藍原さんと付き合うようになってからなのよ。きっと変な影響を受けているに違いないわ……だいたい、中学生の身分で彼女なんて早すぎると思いませんか？」

「確かにそうですね。時期も時期ですから」

憤然とした面持ちで訴えてくる真央に一定の理解を示すと、智久はひと呼吸置いて家庭教師の件に話を戻した。

「とりあえず、どうでしょう。午前中の二時間だけ数学の勉強にあてて、午後は自由時間にするっていうのは。それなら裕太くんも納得してくれると思いますよ」

「でも、小島さんにあまりご迷惑をかけては」

「いいんですよ。藍原さんの件も僕から言い聞かせてみます。奥さんの口からは、色々と言いづらいこともあるでしょうし」

「本当にお願いしても構わないの？」

「もちろんです。僕は裕太くんのことを実の弟みたいに思っているんですから。それに……」

言葉を途中にして、物言いたげな眼差《まなざ》しで真央の瞳を見つめ返す。

本当の目的は奥さんと親しくなるためだと、熱っぽい視線で心を伝える。

「……それに？」

それとなく想いを察してくれたのか、真央は茶目っぽく小首を傾《かし》げつつ、先の言葉を促してくる。

「いいえ、べつに……とにかく、僕でよろしければ力になりますから、何でも相談してください」

「小島さんがそう仰《おっしゃ》ってくれるなら、頼りにさせていただこうかしら……あっ、そうそう。もちろん家庭教師のお金はお支払いしますから」

「お金なんて要りませんよ。僕から言い出したことですし」

筋書き通りの展開に、小躍りしたい心を抑えつつ、智久はおもむろにソファーから腰を上げた。

「すぐ裕太くんを連れてきますから。家出のことは叱らないでやってください」

ひと言念を押して、藤井家を後にする。あとは裕太をダシにして、真央と少しずつ親密度を高めてゆけばいいと、必ずや憧れの人妻をモノにしてやると、許されざる関係に胸膨らませて……。

3

「遅いなぁ、何してんのかな」

智久の部屋でひとりテレビを眺めていた裕太は、壁に掛けられた時計の針を一瞥《いちべつ》し、溜息混じりに呟《つぶや》いた。

そろそろ三十分の時が過ぎようとしているのだが、智久は一向に帰ってこない。

もしかしたら母と言い争いになってしまったのではあるまいかと、微《かす》かな不安が脳裏を掠《かす》める。

と、そのときだった。

ようやく話を終えたのか、玄関の扉が開かれる音が耳に届く。

「あの、お母さんは何て言っ……」

すぐさまソファーから腰をあげ、部屋のガラス扉を開ける裕太。

しかし、玄関に立っていたのは智久ではなかった。

突然現れた自分に面喰らった様子で、見ず知らずの女性が佇《たたず》んでいるではないか。

「きみ誰？　智久の部屋で何してるの？」

「あの、ええと……僕は、その……」

こちらから尋ねるより先に、訝《いぶか》しげな顔で問い詰められ、裕太は思わず口ごもってしまう。合鍵を持っていたのか、オートロックを抜けて勝手に入ってきたことや、智久の名を呼び捨てにしたことからしても、この女性はたぶん彼女なのだろう。

「ああ、もしかしてきみ、裕太くん？」

「……は、はい。どうして僕の名前を？」

「うん、前に智久から聞いたことがあるのよ。ここのオーナーの息子さんでしょ？」

「ええと、お姉さんは智さん、じゃなくて小島さんの、その……彼女、とか？」

自分の身分は明らかにせず、ずかずかと部屋に上がりこんできた女性に遠慮がちに尋ねる。

「違う違う、姉よ。智久の姉。涼香《りょうか》って言うの、よろしくね」

裕太の言葉に失笑すると、涼香は勝手に冷蔵庫を開けて、中から缶ビールを取り出した。

「はい、よろしくお願いします」

「ちょっと呑んでたら、うっかり終電を逃しちゃってね。家までタクシーを使うとお金がかかるし、今晩はここに泊まらせてもらおうかと思って」

窓際のソファーに腰を下ろし、缶ビールをひと口啜ると、涼香は開けっ放しのベッドルームを一瞥し、あらためて弟の所在を尋ねた。

「……で、智久はどこに？　何回も携帯を鳴らしたんだけど、全然出ないんだよね」

「はい。ちょっと出かけてます」

そう言えば何度か鞄の中で、携帯電話のバイブレーションとおぼしき音が響いていた。

それがたぶん涼香からの連絡だったのだろう。

「ふぅん、それで裕太くんはどうして智久の部屋に？」

「あの、それは……ええと……」

「まさかとは思うけど、あいつに変なことされてないわよね？」

何と説明したらよいものか、答えに詰まった裕太に、涼香は真顔で質問を重ねた。

「変なことって？」

「性的な悪戯よ。つまり、分かるでしょう？　エッチなこと」

「ち、ちっ、違いますよ、そんなっ！　だって僕、男ですよ」

あらぬ疑惑を持たれ、大慌てで頭を振ると、裕太は今夜の出来事を包み隠さず、正直に語って聞かせた。

「ふぅん、そんなことがあったんだ」

「はい、それで、話が終わるまで部屋で待っているように言われて」

「まあ、そうだよね。あいつにはそういう趣味はないし……裕太くんって何だか女の子みたいだから、勘違いしちゃった」

「………」

上目遣いに涼香を一瞥し、ふっと口を閉ざす裕太。

もっと男らしくなりたいと、智久のように逞《たくま》しくなれたらいいと思っている裕太にとって、いつもならムッとくる台詞だが、妙齢のお姉さまから言われれば妙に照れ臭かった。

「あっ、ごめんね。女の子みたいだなんて、ちょっと失礼だったかな。すごく可愛いってことだから、怒らないで」

「べつに、怒ってなんか」

「フフフ、それじゃあ照れちゃってるんだ？　裕太くんってほんと可愛いね」

どうやら酒に酔っているのか、涼香は淫靡《いんび》な笑みを口元に湛《たた》え、挑みかかるような眼差しで瞳をじっと見据えてくる。

「何だか、誘惑したくなっちゃうなぁ……ねえ、裕太くん。お姉さんみたいな女性はどう思う？」

缶ビールをテーブルに置き、すっくと腰を上げる涼香。ボディコンシャスなワンピースに包まれた女体をひけらかすように、軽くしなを作ってみせる。

「どうって言われても」

何やら妖しげな展開にドギマギとして、遠慮がちな眼差しで涼香の顔を見つめる。

長い睫毛《まつげ》に飾られた切れ長の眼。ほっそり整った高い鼻梁に、少しだけ大きめの口も、マッシブな唇も、どこかしら日本人離れした顔立ちにマッチしており、エキゾチックな美女という印象である。

シャープに流れる顎のラインと、セミロングの黒髪に縁取られた美顔はどこかしら「タカビー」な感じで、男を鼻であしらうような冷たさを漂わせているものの、裕太にとってはかなり好みのタイプだった。

彼女とは言えないまでも、友達以上の関係にある藍原佳奈美《かなみ》とも雰囲気が似ている。自分より優に十センチは高いだろう、百七十センチを超える上背も、スレンダーなボディラインも、お姉さまタイプの女性に憧れている裕太にしてみれば、眩暈《めまい》を覚えるほど魅力的だった。

（やっぱり大人だよな。背は同じくらいだけど、藍原さんよりぜんぜん胸も大きいし、お尻だってずっとずっとでっかいし……）

大きく抉《えぐ》れた胸元から零《こぼ》れそうな巨乳も、ピチピチに布が張りつめた腰まわりも、佳奈美とは比較にならないほど濃厚なフェロモンを漂わせている。

ミニの裾《すそ》から伸びた美脚も煌《きら》びやかなストッキングに包まれて、同級生らの生脚とは違う成熟した女性美を感じさせた。

「一応ね、私モデルをしてるのよ」

いつしか女体を値踏みするように、無遠慮な視線を向け始めた少年にしたり顔で口元を緩めると、涼香は太腿のきわどい部分まで露出したコンパスを自慢げに差し出して見せた。

「ああ、やっぱり……僕も今、そんな気がしてたんです」

「それはどういう意味かな？」

「だって背が高くて、凄《すご》くスタイルもいいし、それに……き、綺麗だから」

女性に対して初めて口にする褒め言葉に照れながら、正直な感想を言い伝える。

「フフフ、ありがとう。つまり、好みのタイプってことね？」

「……はい」

「じゃあ、誘惑されちゃってもいいよね？　ほら、こっちに……」

傍らに歩を進め、裕太の腰に手をまわす。

肩口にギュッと乳房を押しつけながら、ソファーに寄り添って腰を沈める。

（ま、マジなのかな？　お姉さん、僕を……本気で？）

涼香にからかわれているだけだと、単なる酔っ払いの戯事《ざれごと》に違いないと我に言い聞かせてみても、これほど美しいお姉さまを前にして、冷静でいられるわけもない。

裕太は柔らかな乳房の感触に、初体験の肉感に生唾《なまつば》を呑み、股座《またぐら》近くまで露《あら》わになったムチムチの太腿に目を向けた。

「今日のお仕事は、下着のモデルだったのよ」

「下着、ですか。カタログとかの？」

「ええ、そうよ。綺麗なブラとか、キャミとか……それに、ちょっとエッチなショーツも穿《は》いたかなぁ」

二の腕にグネグネと乳房をなすりつけ、酒臭い息を吹きかけながら耳元で囁《ささや》きかける涼香。

「ねえ、男の子ってどうなのかな? やっぱりショーツって言われるより、パンティって言われたほうがいいの?」

「いや、まあ……どっちでも」

適当に答えをはぐらかし、大袈裟《おおげさ》に肩をすくめる。

確かに涼香が言う通り、テレビコマーシャルで度々耳にする「ショーツ」という単語より、滅多に聞くことがない「パンティ」のほうがずっとエロティックな響きだった。さりとて、どちらでも構わないというのも本心である。女性の口から「ブラ」と言われただけで、血圧が上昇してしまう年頃なのだから。

「あらぁ、どうしたのかな。何だか顔が赤くなってきたぞぉ……フフフ、そんなに可愛い顔してても、裕太くんだって男の子なんだから、女性の下着に興味津々《しんしん》なんだよねぇ?」

「あ、あの、お姉さん、酔ってるんですか?」

「そうよ。もうベロンベロン……ふふぅん、酔った女は怖いんだぞぉ」

「は、ははは」

挑戦的な眼差しで、黒々と目を見開いて、ペロリと唇を舐《な》めて見せる涼香に心臓をバクバクさせる。いったい何を考えているのか、淫行でも仕掛けるつもりなのか、どちらにせよ冗談で済ませるつもりではなさそうだ。

「どうなの、ん？　ブラとか、パンティとか、すんごく興味あるんだよねぇ？」

「ええと、それは……はい」

年上の女性を前にして気取っても仕方がない。

裕太はこの先のエスカレーションを期待して正直に頷いた。

勉強勉強の毎日に抑圧されてはいるが、もともと性的な好奇心に溢《あふ》れている年頃である。佳奈美と親しくなってからはますます女の体に興味を抱くようになり、このところは毎晩のごとく彼女を思って自慰に耽《ふけ》っている。

涼香はしかも、佳奈美の実姉といった雰囲気で、グラマラスなボディは夢想している佳奈美の肉体か、それ以上の魅力を備えているのだから臆してなどいられなかった。

「じゃあ、キスさせてくれる？」

「へっ⁉」

「裕太くんが可愛いから、キスしたくなっちゃったの。させてくれたら、お姉さんもサービスしてあげる……見せてあげるよ、ブラも、パンティも」

「まっ、まさか……ほんと、ですか？」

「フフフ、嘘なんてつかないわよ。じゃあ、するからね」

答えを聞くなどもどかしいとばかりに、涼香はすぐさま胸を合わせるようにして、美少年の唇を奪い去った。

（うわぁ、僕、キスしてる……キスしちゃった）

たかが挨拶程度の口づけだけで、眩暈を覚えるほどの興奮に見舞われる。

深紅のルージュにぬめった朱唇がしっとりと唇に貼りついてくる。甘美というには程遠い酒臭い息も、煙草とコロンが入り混じった女体の香りも今は、最上級のフレグランスとなって少年の心を酔わせる。

が、ファーストキスの感動を噛《か》み締めてはいられなかった。

唇を分け隔てるなり約束通り、涼香は下着を披露する。

「……ほぉら」

「わっ、うわわっ！」

ボディコンの胸元が捲《まく》り下ろされ、サーモンピンクのブラジャーが露わにされる。

ランジェリーと呼ぶには地味な、実用性を重視したスポーツブラに似た趣ではあるものの、初めて目《ま》の当たりにした胸下着の光景は、純真無垢《むく》な少年の目を十二分に楽しませた。

裕太はなにせ、セーラー服の背中に透けたブラの線でも自慰のオカズになってしまうほど性的な免疫に乏しい少年だ。教育ママの真央はブラジャーのコマーシャルにさえ神経質で、即座にチャンネルを変えてしまう。

もちろん猥褻《わいせつ》な雑誌など買ったこともなく、悪友と呼べる友達もいない。

情報過多な時代にあって、裕太は珍しくウブな少年なのだから。

しかも、ハーフタイプのカップから今にも巨乳が零れんばかりで、くっきり作られた胸の谷間はじっとり汗にぬめっており、豊艶《ほうえん》な色香を演出していた。

「あんまり綺麗なブラじゃなくてごめんね」

「そんなっ、綺麗です。すごく綺麗ですっ！」

「フフフ、よかった。それじゃあパンティも……見たいよね？」

「はひ、はひっ！」

興奮に小鼻を膨らませ、獅子舞《ししまい》のごとく頭を上下に揺り動かす。

裕太はもはや完全に涼香のペースに飲み込まれていた。

「いいよ。見せてあげる」

おもむろにソファーから腰を上げ、裕太の前に立つと、涼香はストッキングの太腿をさするようにして、下腹部に張りついたボディコンの裾をずり上げていった。

股下五センチほどしかないミニからすぐに、ブラと同色のパンティが露呈する。

「あぁ……」

あんぐり口を開いたまま、股間の光景に瞳を釘《くぎ》づけにする裕太。

感激のあまり言葉も出なかった。瞬《まばた》きすら惜しかった。

華やかさには欠けるものの、超がつくほどのハイレグで、サイドが紐状《ひも》にデザインされたパンティは、少年にとって破廉恥過ぎる魔惑のランジェリーとして瞳に映った。

こんもり膨れた恥丘には薄《う》っすらとヘアの翳《かげ》りが見て取れる。パンティストッキングに覆われているが、それも決して邪魔には思えなかった。太腿から放たれるナイロンメッシュ独特の光沢も、パンストの縫い目が股の中央に食い込み、女性器の割れ目を示しているところもむしろ淫靡さを際立たせていた。

「ねえ、このパンティ、欲しいならあげようか？」

「えっ、えっ⁉」

「だって、裕太くんの年頃になれば、知りたいって思うでしょう」

「知りたいって、何を、ですか？」

「そうねぇ、例えば……アソコの匂いとか」

穿きふるされたパンティの価値をさらりと言い伝える涼香。

思春期の少年が何を望んでいるか、女の何を知りたいとしているのか、心を見透かすなど容易《たやす》いこと。最近はご無沙汰だが、未成年を誘惑した「前科」は数え切れないのだから。

「あ、あっ！　ほ、ほしい……欲しいですっ、下さい。お姉さんのぱ、ぱん……パンティ下さいっ」

「フフフ、裕太くんってほんとに素直だね。好きだよ、そういう男の子」

ほのかに瞳を潤ませて、脚に縋《すが》りつかんばかりに願ってくる裕太の頭をいい子いい子と撫《な》でつけると、涼香は美脚に貼りついたパンストをゆっくりと剝《は》がしていった。

しかし、二人きりの時間もこれまでだった。

パンティストッキングを足先から抜き取り、パンティのウエストに手を掛けたところで、玄関の扉が開かれる音が二人の耳に届いてくる。

4

（これは、姉貴のか？）

真央との話を終えて、ウキウキとした心持ちで自室に戻った智久は、玄関に脱ぎ捨てられていたパンプスにふと眉を顰《ひそ》めた。

どうせまた飲み歩いた末に終電を逃して、弟の部屋に泊まるつもりなのだろうと、それは分かるが、一抹の不安が脳裏をよぎる。

部屋には裕太がひとりきりで自分の帰りを待っていた。

二人きりの密室で、姉に何か悪さをされてなければいいのだが……。

そう、涼香の少年趣味は智久もよく知っていた。

家庭教師をしていた弟の教え子を、分かっているだけでも五人ほど毒牙《どくが》に掛けているのだから。まあ、姉の趣味を知りながらも自宅に教え子を招き、出会いの場をお膳立《ぜんだ》てした自分にも責任があるのだが……。

結局のところ智久は、淫らな姦計の片棒を担いでいた。いいや、担がされていたというのが本当のところだった。昔から色々と弱みを握られており、いまだに姉には頭が上がらない。学生の頃には人妻との関係を清算する折にちょっとした揉め事を起こし、姉に助けてもらった経験もあるのだから。

そんな弟とは違い、涼香の別れ際は鮮やかで、今までに一度たりとも関係がこじれたことはない。しかし、智久が社会人になってから少年との出会いの場も失われ、最近は青少年に対する性犯罪に世間の目もいっそう厳しくなっているため、少年趣味は卒業したと言っていた。

つい二ヶ月前からモデル事務所のマネージャーと真面目な交際をしているのだと、本人の口からも聞いているが……。

「姉貴、来てたのか?」

曇りガラスが嵌《は》めこまれた部屋の扉を開けて、右手のキッチンで洗い物をしていた涼香に声を掛ける。

どうやら何かあったらしいと、智久はすぐに察した。

弟の家に来たところで、家事など一切したことがない姉が食器洗いをしているなど、どう考えても不自然だ。この場を取り繕《つくろ》っていることは明白である。

「ああ、お帰り。また終電を逃しちゃって、泊まらせてもらおうかと思ってね。来る途中に何度も電話したんだけど」

「とりあえずお母さんに話してやったからな」

姉の言葉を聞き流し、窓際のソファーに座っている裕太に事情を説明する。

涼香がいる前ではあまり話したくないのだが、この際やむを得ない。

「……と、いうわけさ。塾に通うよりはずっといいだろう？　俺の顔を立てると思って、午前中の二時間だけ勉強してくれ」

「うん、分かった。智さんの言う通りにする。ありがと」

自分とは視線を合わさず、形ばかりに頭を下げてくる裕太に溜息を漏らす。

現場など目撃していなくとも、裕太の態度を見れば何があったのかは想像がつく。

いまだ火が出るほどに顔は真っ赤で、ジーンズのファスナーが裂けんばかりに男根が膨れている。唇にはご丁寧にルージュがベッタリと付着していた。

（ったく姉貴のやつ、節操ってものがないのかよっ）

トイレにでも行ったのか、いつの間にか姿が見えなくなった涼香に悪態を吐《つ》くと、裕太の股間が鎮まるまで待っておもむろに口を開いた。

「それじゃあ、そろそろ帰るか。今晩のことは何も言わないって約束してくれたから。お母さんもすごく心配してたんだぞ」

「うん」

智久に促されるまま玄関に足を向ける裕太。

と、その途中のこと。

バスルームの戸が開かれ、涼香が背後に歩み寄ってくる。

「それじゃあね、裕太くん」

親しげに声を掛けるとともに、ジーンズの後ろポケットにこっそりと小さく折り畳んだパンティを、たった今脱いだばかりのハイレグを忍ばせる。

「またいつか、お姉さんとお話ししましょう」

「は、はい」

そっと後ろポケットに手を入れて、内容物の感触を確かめると、裕太は恥ずかしげに頷いた。

「もう、こんな時間になるのか」

最上階に向かうエレベータの中で、そろそろ午前二時を指そうとしている腕時計の針をチラリと見やると、智久はポケットからハンカチを取り出し、裕太の胸元に差し出した。

「ほら、これで口を拭いておけ」

「えっ？」

「お母さんには、俺の姉貴に会ったなんて言わないほうがいいぞ」

慌てて自分の唇を押さえた裕太に苦笑して、ハンカチを手渡すと、涼香と何があったのか聞こうとはせず、日曜日の予定をざっくりと言い伝える。

そして、母のもとに裕太を送り届け、自室に戻った智久は開口一番姉を怒鳴りつけた。

「言っておくけどな、裕太はまだ中学生なんだぞっ」

「なによ、いきなり」

「分かってるんだよ。誰それ構わず手ぇ出しやがって……ったく、勘弁しろよな」

「っさいわね、姉に向かってそんな口利いていいと思ってるわけぇ⁉」

弟の言い草に逆ギレし、涼香は憎々しげに声を荒げた。

「あたしが今までどれだけお前にしてやったのか、よく考えてごらん。お姉ちゃんが好きなんだって泣いて頼むから、手でしてやったのを覚えてる、んっ⁉」

「ちょ、ちょっと待てよ。何でそんな話になるんだ。だいたい、もう十年以上も前のことを蒸し返さなくてもいいだろう」

一気に形勢を逆転され、子供のように唇を尖《とが》らせる。

今となってはもはや性的な情念など一切湧いてこないが、思春期の一時期は確かに姉に夢中になっていた。涼香が言う通り涙ながらに「手コキ」をせがんだこともある。

「フンッ、一生言い続けてやるわよ。あたしの洗濯物に毎晩変な悪戯して、いくら洗ったってね、弟に汚された下着を穿く身にもなってみなさいよ。ずっと我慢してやったんだぞ」

「でも、でもだぜ、姉貴だって楽しんでただろ。俺にマスターベーションさせて」

「ばーか、んなわけないっ！　それにね、人妻と揉めたときだって、私が……」

「分かった、分かりましたっ。俺が悪かった」

姉と言い争いしたところで自分に勝ち目はない。

智久はさっさと観念して白旗を上げた。

「そうそう、そうやって弟らしくしていればいいのよ」

「でも、ひとつだけ言っておくぜ。裕太は中学生で、しかも受験を控えてるんだから、それだけは承知しておいてくれよ」

「ねえ、とりあえず一度、裕太くんとデートさせてよ。来週はどうかな？　学校はもう夏休みでしょう。都合なら合わせるからさ」

裕太をよほど気に入ったのか、弟の言葉には耳も貸さず、涼香はデートの約束を取りつけようとする。

「そんなこと俺に聞かれてもなぁ」

適当に答えをはぐらかしつつも、智久の頭にはひとつの企みが芽生えていた。

姉との関係をうまく利用すれば、自分の駒《こま》として裕太を使えば、真央との関係も意外にスムースに進展させられるのではあるまいか、と……。

第二章　息子の言葉

1

「なかなか良くできてるな。このレベルが解けるなら上々じゃないか」

日曜日の午前中、約束通りに裕太のもとを訪れ、数学の補習を行っていた智久は、試しに解かせた模擬試験の答案の、予想外の高得点に感心した。

応用問題に多少のミスはあったものの、現時点でも充分に合格レベルはクリアしている。あとは限られた時間内でどれだけ多くの解を導けるか、設問を取捨選択する受験テクニックが重要になってくるだろう。

「うん、まあね。数学は得意だから」

「問題は英語か。そういや、あそこの入試にはヒアリングもあるって言ってたな」

予備校から渡されたという評価シートを眺めつつ、現状の学力を分析する。

理科系の成績は問題ないが、文科系はずいぶん評価が低い。

中でも英語は最重点科目としてチェックが入っていた。文法はそこそこの理解度だが、長文の読解力とヒアリング能力に難がある。さほど問題視されてはいないが、成績を見る限り国語の読解力も劣っているようだ。

「総合的に見て、今の成績だとかなり厳しいな。国語はまだいいとして、英語だけはもう少し頑張らないといけないだろうな」

「でも、僕は……」

「あの高校には行きたくない、か？」

先の言葉を代弁し、小首を傾《かし》げる智久。

無言で頷《うなず》き返してきた裕太を説き伏せるように和《なご》やかな口調で語りかける。

「さっきも言ったけど、まだ決める必要はないのさ。とりあえず目標を高いところに置いて勉強しておけば、どの高校だって入れるだろう」

「まあ、それはそうだけど」

「どちらにせよ数学の点数だけじゃ、他の教科のマイナスを補うにも限界があるからな。何とか英語をもう少し……そういや、うちの姉貴は英語が得意だったたな。短大だけど一応外語大も出てるし、今度俺から相談してみるかな」

はたと思い出したように、涼香の名を口にする。

裕太の顔色を窺《うかが》いながら何気なく先日の出来事を尋ねる。

「そういえば金曜の夜、姉貴と何があったんだ？」

「べ、べつに、何も」

「まあ、聞かなくてもだいたい想像はつくけどな」

にわかに狼狽《ろうばい》の色を見せつつも、白《しら》を切った裕太に構わず話を続ける。

「ずいぶん気に入られたみたいだぜ。裕太のことをあれこれ聞かれて困ったよ」

「お姉さんに？」

「ああ、彼氏にしちゃいたいとか言ってたな……でも、裕太には藍原さんって彼女がいるもんな」

からかい半分に佳奈美の名を出し、智久はさりげなく少年のプライバシーを探っていった。

「べつに彼女じゃないよ。この前も言ったじゃないか」

「ふぅん、藍原さんとは何もなし、か？」

「あるわけないよ。藍原さんはただのクラスメートだし」

「ってことは、姉貴としたのがファーストキスだったってわけか？」

油断をさせておいて、ふたたび金曜日の件に話を戻す。

すべてお見通しなのだと言わんばかりの顔つきで、裕太の瞳を覗《のぞ》き込む。

「そ、それは……お姉さん、あのときすごく酔っ払ってたみたいで、何ていうか、その、いきなり」

「ははは、それが姉貴の手さ。それで裕太は姉貴のことどう思ってる?」

「どうって、いきなりそんなこと聞かれても……」

「一応モデルだからスタイルもいいし、なかなかの美人だろう?」

異性の話題を口にすること自体に恥ずかしさがあるのだろう。

なかなか素直になろうとしない裕太に、こちらから答えを与えてやる。

「そうだね。美人だと思うよ、すごく」

「まあ、俺からすれば、裕太のお母さんのほうがずっと美人に思えるけどな」

「母さんが?」

突然母を引き合いに出され、裕太は訝《いぶか》しげに智久の顔を見つめ返した。

「ああ、すごく美人じゃないか。俺は裕太が羨《うらや》ましいよ。あんなに綺麗なお母さんに世話を焼いてもらえるなんて」

ダイニングから微《かす》かに聞こえる物音に耳をそばだてながら、真央への想いをさらりと言い伝える。

今日は家庭教師の報酬代わりに、昼食をご馳走《ちそう》してもらえる話になっていた。

午前十時から授業を始め、時刻はあと十五分ほどで正午を迎える。

「そうかな。僕はべつに嬉しくないけど。いつも勉強勉強って五月蠅《うるさ》いだけだし」

「でも、もし姉貴が裕太のお姉さんだったら、嬉しいんじゃないか？」

「それは、まあ……うん」

「だろ？　そんなものさ」

互いの近親者に寄せている想いは一緒ではないかと、裕太と心のコンセンサスを図ると、智久はあらかじめ用意していた台本通りに話を進めた。

「で、どうする？　もし姉貴とデートしたいなら俺から話してやるよ」

「そ、それは……ええと……」

「興味ないわけないよな？　こういうチャンスを逃すと一生後悔することになるぞ。何なら俺の部屋で二人きりにしてやってもいいから」

どうにも煮え切らない裕太を後押しすると、智久はすかさず交換条件を突きつけた。

「だから、裕太も伝えておいてくれないかな。お母さんに俺の気持ちを」

「気持ちって？」

「綺麗だって思ってることさ」

いまだに話が見えていないのか、鸚鵡返《おうむがえ》しに尋ねてくる裕太に苦笑する。

姉貴との仲を取り持ってやるのだから当然のことではないかと、どこかしら恩着せがましい態度で言葉を続ける。

「俺の口から言うと、失礼になるかもしれないからな。そのうち一度、映画にでも誘えたらいいんだけど」

「でも、それって、まずいんじゃないかな？」

「どうして？」

「だって、ほら……お母さんには、その、何ていうか、お父さんがいるし」

さすがに母親の不倫をお膳立《ぜんだ》てするような真似は心が憚《はばか》られるのか、裕太は戸惑いがちに訴えてくる。どうやら自分の助平心はある程度見透かしているらしい。

「ははは、考えすぎだって。まさか裕太は姉貴とエッチを期待してるのか？」

「エッチって、そんな……期待なんてしてないよっ！」

大慌てで頭を振り、カーッと顔を赤らめる裕太。

仮に期待していなかったとしても、今の言葉で期待することになるはずだ。

「まあ、密室での出来事なら問題ないさ。俺は何も言わないよ。けしかけるわけじゃないけど、裕太も十五歳になったんだよな？　俺はもうその歳《とし》で……」

童貞を捨てちまったのだと、先の言葉を匂わせながら裕太の顔色を窺う。

まあ、同じ十五歳であっても高校一年のときで、相手はクラブの先輩だったのだから、倫理的には何ら問題なかったが。

「こんなこと裕太に話しても仕方ないけど、実はな、似てるんだよ。お前のお母さんが、高校時代に好きだった先生に」

遠い眼差《まなざ》しを宙に彷徨《さまよ》わせ、思いついたままに作り話を聞かせる。

果たせなかった少年期の夢を少しだけ叶《かな》えてみたいのだと、情に訴えるような口振りでモノローグを紡ぐ。

「それだけさ。俺だって裕太のお父さんには世話になってたし、迷惑を掛けようなんて思ってないよ。ただ、何て言うか……やっぱり、お父さんに悪いかな？」

「ううん、そんなことないよ。本当は僕、あんまりお父さん好きじゃないし」

「おいおい、そんなこと言うなよ」

「だってさ、僕のことなんていっつも無視だし、お母さんとすぐに喧嘩はするし、だから海外に単身赴任してほっとしてるんだ。それに、お父さんよりずっと智さんのほうが頼りになるもん」

「まあ、そう言ってもらえるのは嬉しいけど、お父さんは裕太のために仕事を頑張ってるんだから、あんまり悪く思っちゃだめだぞ」

ここぞとばかりに父への不満をぶちまける裕太を窘《たしな》めると、智久はあらためて真央に対する褒め言葉を、人妻の心の琴線をくすぐる台詞《せりふ》を、勉強以上に事細かく教え込んだ。

自分の口から言うよりも、実の息子から言われたほうが、真央も素直に受け取ってくれるに違いない。

「……そんな感じで、いいな？」

「うん、分かった。あのさ、智さんのお姉さんにも、その……僕が憧れてるって、あと、この前はありがとうって伝えておいて」

どうやらその気になってくれたのか、裕太ははにかみながらも正直に涼香への想いを口にする。

「ああ、必ず伝えておくよ。ところで今週の予定はどうなんだ？　裕太の都合がいい日に姉貴を家に呼んでやるから」

「本当⁉　それなら、ええと……水曜の午後なら大丈夫かな」

遠足を控えた子供のようにあどけない笑みを浮かべると、裕太は予備校の日程表を睨《にら》みながら呟《つぶや》いた。

その日は夏期講習が午前のみで、午後は個別に進路相談が行われるらしい。裕太は先週に進路相談を済ませており、午後の予定は空いているという。

とはいえ、母が自宅にいる限り、外出するにもひと苦労なのだが、真央は毎週水曜の午後にテニススクールに通っており、帰りはたいてい夕刻になるらしい。

「へえ、お母さんテニスを習ってるのか。もしかして町外れの？」

確か一年くらい前に、マンションから徒歩で二十分ほどの場所にスポーツクラブが新装オープンした。それまでの地元企業から、フィットネス事業を全国展開している大手に経営が代わったと聞いている。

「うん。どうせ長続きしないと思うけど。スイミングクラブだって結局二ヶ月で辞めちゃったし、ずいぶん前になるけどエアロビクスとかもやってたかな」

「ふうん、なるほどね」

偶然の出会いを演出するには格好の材料である。智久は人妻誘惑のシナリオを頭に描きつつ、真央の私生活にあれこれと探りを入れていった。

2

(涼香さんと、二人きりか)

和気藹々《あいあい》といった雰囲気で、智久を交えた三人で食事を終えた裕太は、自室に引きあげるなり学習机に向かい、卓上カレンダーの今週の水曜日に、ピンクの蛍光ペンで丸をつけた。

これほど早く涼香と、しかも二人きりの時間を過ごせることになろうとは考えてもみなかった。

自分の口からはとても打ち明けることはできないが、年上のお姉さまに憧れているこの想いはきっと智久が伝えてくれる。

先日は初対面にも拘《かかわ》らずキスをしてくれた。そればかりか下着を披露して、穿《は》きふるしのパンティまでプレゼントしてくれた涼香なら必ずや性的好奇心を、そのすべてを満たしてくれるに違いない。

が、その日が来るのを指折り数えているばかりでは駄目だ。

自分も智久のためにするべきことをしなければならない。

(お母さんもきっと、智さんのことを気に入ってるんだよな)

食事の最中、智久に向けられた母の視線は、父を見る目とはまるで異質のものだった。

息子の自分ですら一度も見たことがない媚《こ》びた笑顔を繕い、新妻のごとき初々《ういうい》しさで給仕をしていた。

もちろん客人に気を遣うのは当然のことだ。息子の家庭教師を引き受けてくれたことへの感謝の念もあるのだろうが、母の内面にはそれ以上の感情が秘められているような気がしてならない。

外に出かけるときにもスッピンとさして変わりがない薄化粧しかしないのに、今日の母は入念にメイクを整え、丁寧にマニキュアまで塗っていた。

しかも、滅多に穿かないスカートを纏《まと》い、ブラウスもお洒落《しゃれ》なよそ行きである。

そのすべてがつまり、少しでも綺麗に見られたいとする女心の表れで、智久を意識している何よりの証拠ではないだろうか。

智久もことあるごとにうっとりと母に見とれていた。母に対する想いを知らされたこともあるだろうが、その視線にはどこかしら下心を感じさせた。

「まあ、確かに若いし、綺麗だとは思うけど……」

自分にとって真央は母であり、決して異性にはなり得ぬ存在だ。

母も女であると、それは分かっているが、女性的な魅力など感じられるわけがない。

とはいえ中学一年の頃、着替えの最中とは知らずに寝室の扉を開けてしまったことがあり、母の下着姿を目にしたときには、妙な気分に陥ったことは事実ではある。

その夜に一度だけ、たった一度だけだが、母を自慰のオカズにしてしまった。

あまりに罪悪感が強すぎて、後味が悪すぎて、二度としまいと心に誓っているが、母の下着には今も興味を持っている。単なる女性下着への好奇心で、当然ながら母が着けていたことに意味など求めてはいないが、智久にとってはきっと意味がある。

息子の自分からすれば戸惑いのほうが大きいが、智久の瞳に映る母は人妻で、しかも魅力的な女性なのだ。

「でも、それが自然なことなんだろうな」

智久の台詞を思い返し、納得顔で頷く裕太。

智久にとって涼香は姉であり、異性として意識などしていないはずだ。

されども自分にとっては年上の女、堪《たま》らなく魅力的な異性になるのだから、立場が変われば見方も変わる、つまりはそういうことである。

「涼香さんってほんと美人だったよな。今度会ったら写真を撮らせてもらいたいな」

ぶつぶつと独り言を呟きながら、学習机の引き出しを開き、奥に押し込まれたビニール袋を探り出す。中には金曜日の帰り際に、こっそり渡された涼香のパンティが入れられていた。

「もう、匂いはあんまりしないけど……」

スベスベとした化繊生地の手触りを楽しみ、クロッチと呼ばれている股の二重布を、女性のデリケートな部分が触れていた箇所を捲《まく》り返す。

木綿の裏当てにはクッキリと女性器の痕跡《こんせき》が刻まれていた。

時が経つにつれ、生々しい匂いは薄れてゆくが、沁《し》みの色はむしろ濃くなっている。貰《もら》った晩には微かな湿り気を帯びて、淡いレモン色の汚れ模様だったが、今では分泌が山吹色に変色し、まるで炙《あぶ》り出しがごとく小陰唇の形が、クレヴァスの長さが見て取れるほど色濃くなっていた。

「あぁ、お姉さんの……涼香さんの、お、おま……オマンコ」

うっとりと黄ばみを眺めつつ、美姉の陰部を妄想する。

だが、保健体育で得られた知識がすべての少年が、どれだけ想像を逞《たくま》しくしたところで女陰の造形など思い浮かぶわけがない。イメージされるのはせいぜい未熟な少女のスリットである。

それでも、今の裕太にとって穿きふるしのパンティは最高のオカズだった。成熟した女性器をイメージすることは叶わなくとも、クロッチから漂う匂いだけで昇りつめるには充分な刺激が得られるのだから。

頂戴してからすでに十回以上も「ズリネタ」として使っている。

「ふぅ……んぅ、はぁ、あぁぁ……」

クロッチに鼻面を擦《こす》りつけ、クーンと小鼻を膨らませる。

すでに丸一日と半分が過ぎ、分泌はすっかり乾燥してしまったが、黄ばみからはいまだに甘酸っぱい匂いが立ち込めて、心地よく嗅覚を刺激してくれる。

とはいえ、初めて匂いを嗅《か》いだときにはショックに見舞われたことも事実だった。女体そのものを偶像化し、女性の香りは芳《かぐわ》しいに違いないと信じて疑わなかった少年にしてみれば、現実の臭気はあまりに厳しすぎた。

鼻を突く刺激臭と微かな小水の香りが、何日もの汗を煮詰めたかのような臭気が渾然《こんぜん》一体となり、強烈な異臭となって襲い来たのだから。

甘美な香りを演出しようとしていたのか、パンティにはたっぷりとオードトワレが振り撒《ま》かれていたが、敏感な裕太の鼻を誤魔化すには至らない。

けれども、嫌悪感は微塵《みじん》も抱かなかった。これこそが女の性臭なのだと、意外なほどすんなりと受け入れられた。言わずもがな、涼香の香りであることが一番の理由だが、本人の嗜好《しこう》によるところも大きかったのかもしれない。

裕太はもともと汗の匂いが大好きで、女性の体臭に異様な興奮を覚える変わった性癖の持ち主だった。

初めての体験は小学六年生の夏休み、脱衣場に脱ぎ捨てられていた母のTシャツだった。その頃の母は毎日フィットネスに励んでおり、エアロビクスで着衣していたであろうストレッチ素材のベイビーTシャツには、搾《しぼ》れば滴りそうなほどの汗が染み込んでいたのだ。

裕太はまるで甘い蜜の香りに誘われた蝶《ちょう》がごとく、ランドリーボックスに放置されていたTシャツの匂いを嗅いだ。

とにかくいい香りだった。汗臭を呼吸すればするほどに頭の中がぼんやりとして、下腹部が熱く煮えてくる未知の感覚を体験した。

性の目覚めが訪れる少し前の話であり、それが性的な愉悦であると理解はしていなかったが、汗まみれのTシャツを着けて、セットになって脱がれていたスパッツを穿いて、自分が何を求めているのかも分からずに悶々としていたことは覚えている。

実のところ、佳奈美に強く惹《ひ》かれるようになった一因も彼女の体臭にあった。

佳奈美とは中学一年からのクラスメートで、裕太にとってはもっとも気になる異性のひとりではあったものの、当初はアイドルを眺めるような目で見ており、それほど強い恋愛感情を抱くことはなかった。

佳奈美は男子からの人気も抜群に高く、自分など相手にしてもらえるわけがないとわきまえていたし、異性に対して積極的にモーションをかけるなど、元来奥手の裕太にできるわけもない。遠慮がちな眼差しで遠くから彼女を見つめ、ひっそり胸をときめかせるのがせいぜいだった。

だが、そんなある日、今から一年ほど前になるだろう。一学期の期末試験を終えたばかりの週末に、学習塾からの帰路の途中で偶然佳奈美と出会ったのだ。

佳奈美は女子バレー部でエースアタッカーとして活躍しており、その日は二週間後に開催される地区大会の特訓を終えた帰り道だった。

意外なことに佳奈美も前々から自分に好感を抱いてくれていたらしく、「あたしたち家が近いんだよね」とか、「今度勉強を教えてもらおうかな」とか、あれこれ積極的に話しかけてくれた。どうやら自らに注がれていた視線にも気づいていた様子で、艶《つや》っぽい笑顔さえ捧《ささ》げてもらえた。

そんな佳奈美を前にして、照れ臭そうに頷きながら、裕太はこっそり小鼻を膨らませ、背筋が粟立《あわだ》つほどの興奮を味わっていた。

デオドラントスプレーで誤魔化してはいたが、佳奈美の体からはムンムンと汗の臭気が発散されていたから。煮えたった湯から漂う蒸気がごとく、妖しげな媚臭《びしゅう》が漂っていたから。

以来、自分からもときどき声を掛けるようになり、佳奈美とはクラスメート以上、恋人未満の関係になっている。

いいや、もしかしたら佳奈美自身は自分のことを彼氏として捉《とら》えているのかもしれない。百七十センチを超える上背の佳奈美と、百六十センチにも満たない身長の自分とでは背の高さはまるで釣り合わないが、彼女はまったく気にしていないようだ。

背が高すぎて嫌なのだと、小柄な男性がタイプなのだと、ときどき告白にも近い台詞を投げかけてくるのだから。

それからというもの、塾の予定がないときには必ずクラブを終えた佳奈美を待って一緒に帰るようになった。

バレーにはまるで興味がないくせに、「サーブはどんな感じでボールを打つの？」とか、「ちょっとして見せてよ」とか言って、佳奈美に腕を上げさせ、十センチ以上の身長差を利して、じとじとに湿っている腋下《えきか》から発散される匂いを楽しんでいた。

俗な表現をすれば裕太は匂いフェチと言うのだろうが、匂いそのものに性的な興奮を覚えているわけでもなかった。本人の意識下にはないことだが、女の体臭に含まれる牝フェロモンに刺激され、動物的な本能のままに欲情しているのだから。

どちらにせよ、一般的な感覚からすれば変態には違いないが……。

「あぁ、涼香お姉さん、もっと僕に……」

素敵な匂いを嗅がせてくださいと、虚空の美姉に訴えながらクロッチの淫香に酔いしれ、ズボンのファスナーを下ろし、ガチガチに勃起した若竿《わかざお》を握り出す。

三擦り半も手筒でしごけば、鈴口からはドロドロと先汁が溢《あふ》れ出し、一気に臨界近くまで昇り詰めてしまう。

いつもなら、このまま射精してしまうところだが……。

涼香との再会が確約された今日は、匂いばかりでは飽き足らなくなってくる。どうしても味わってみたくて我慢ができなくなる。

今までは必死に欲望を堪《こら》えていた。たった一枚の宝物を自分の唾液で穢《けが》したくないと、募る願望を封じ込めてきた。

しかし、水曜日にはきっと美姉から新しいパンティがもらえるはずだ。自分さえ願えば必ず使用済みの品が、沁みつきの一枚が頂戴できるに違いないのだから辛抱する必要はない。

裕太はそっとクロッチに舌を這《は》わせ、乾いた牝の分泌を舐《な》めていった。

(これが、オマンコの……味?)

ピリッとした酸味と微かな塩気が感じられるものの、匂いから想像していたほど濃厚ではなく、意外なまでに薄味だった。

とはいえ、味など取るに足らぬこと。自分は今涼香の股座《またぐら》に顔を埋め、ムレムレの女肉を愛撫しているのだと、破廉恥な妄想を逞しくして男根をしごけば、すぐさま尿道をこじ開けるようにして男根の根元から精液がこみ上げてくる。

「うぅ……ん、くぁぁ……あ、んんっ！」

裕太は机上に置かれていたティッシュを抜き取り、亀頭を包み込むようにして多量の一番搾りを噴出させた。

「はあぁ、ふぅ……あぁ……」

いつにも増して心地よい射精に、甘美な余韻に酔いしれながら、あらためてパンティのクロッチに目を向ける。唾液で水分を与えられ、乾いていた牝汕みは生々しい艶を放ち、薄れていた匂いも少しだけ蘇《よみがえ》っていた。

「エッチって、やっぱり……せ、セックスだよな」

たぶん膣口《ちつこう》が当たっていたのだろう。分厚く分泌が付着している部分を見据《みす》えながら、智久との遣《や》り取りを思い返す。あのときは否定したが、期待していないといえば嘘になるだろう。あれほど積極的に誘惑を仕掛けてきた涼香なら、すぐにでも筆降ろしをしてくれるのではあるまいかと、大人になるそのときを夢見ている。

心構えなどなくとも、やり方さえ分からずとも、相手は大人のお姉さまだ。すべてを任せ、優しく導いてもらえばいい。

いったいセックスとはどのようなものなのか、どれほどの快感を味わえるのだろうかと、しばし夢想に溺《おぼ》れる裕太。

と、そのときだった。

廊下から聞こえてきた足音に、裕太ははっと我を取り戻し、パンティを引き出しに納めた。男根をズボンの中に収め、予備校のテキストを机上に広げる。

「……裕太、電話よ」

部屋の扉がノックされ、母から声が掛けられる。

「うん、誰から？」

「藍原さんよ」

相手の名を告げて部屋に立ち入ると、真央はコードレスの受話器を息子の胸元に差し出した。

「ありがと」

いつもは不機嫌そうな顔をして、話が終わるまで部屋に居座る母が今日はどうしたことか、にこやかな顔で受話器を手渡し、さっさと部屋を出て行ってしまう。

つまりはこれも智久効果ということか。

「……もしもし」

『ああ、藤井くん、あたしだけど、今下に来てるんだ。ちょっと出てこられる？』

「そうなの？　だったら上がって来てよ」

『でも、お母さんがいるでしょう。この前、何ていうか、あまり来ないで欲しいようなことを言われちゃったし』

佳奈美は遠慮がちな口振りで、溜息混じりに呟いた。

どうやら母から嫌味を言われたらしい。

「そうだったんだ。ごめんね。最近の母さん、受験のことで僕より神経質になってるから。悪気はないんだよ。本当にごめん」

『ううん、べつに気にしてないよ。今日は部活に出てて、帰りに寄っただけだから』

「あれ？　三年生はもう引退じゃなかったっけ？」

佳奈美の台詞にふと首を傾げる。

高校受験を控えている三年は一学期終了の時点で部活から退いているはずだ。

『うん、そうなんだけど、受験勉強の気晴らしにね。部屋にこもってばかりいると気が滅入っちゃうから……今、忙しい？』

「ううん、大丈夫。すぐに降りて行くよ」

『それじゃあ、いつものところで待ってるから』

「うん、分かった」

いつものところとは、マンションから徒歩二分ほどにある小さな公園だ。

すぐ先の新興住宅街にある佳奈美の自宅とマンションの中間点にあたり、二人はよくこの公園でお喋《しゃべ》りをしていた。

「あの、僕ちょっと出かけてくるから」

受話器を充電器に戻し、キッチンで洗い物をしていた母に声を掛ける。

「はい、行ってらっしゃい」

「……うん」

和やかな顔で言葉を返してきた母に面喰らいつつ、そそくさと自宅を後にする。

普段ならどこに行くのかと、勉強は大丈夫なのかと口やかましく言われるのだが、今日はよほど機嫌がいいらしい。

裕太は一階ロビーに降り立つなり、小走りにエントランスホールを抜けて、佳奈美の待つ公園に足を向けた。部活帰りということは、久しぶりに佳奈美の汗臭が楽しめるはずだと、ウキウキした心持ちで園内に歩を進める。

(おっ、いたいた！)

奥まったところにある木陰のベンチに座り、スポーツドリンクを飲んでいた佳奈美に軽く手を振る。バレーボールのユニフォーム姿に、汗に濡《ぬ》れた前髪に胸をときめかせつつベンチに駆け寄る。

「お待たせっ」

「勉強が忙しいのにごめんね」

「いいんだよ。ちょうどひと息入れようと思ってたところだから」

そそくさと隣に腰を下ろし、笑顔で頭を振る。さりげなく尻をずらし、肩が触れるほどに体を接近させて、すかさず小鼻を膨らませる。

(はあぁ、汗の匂いが……ほんと、いい匂いがするなぁ、藍原さんって)

芳醇《ほうじゅん》な媚臭に誘われ、自慰の疼《うず》きを残した若竿がピクピクと脈を打つ。

佳奈美の陰部からは果たしてどのような匂いが感じられるのだろうかと、ハーフパンツに包まれた下腹部にチラリと目を向ける。

「ねえ、高校のことお母さんに話した?」

「ああ、うん。一応ね」

「やっぱり怒られたんだ?」

冴《さ》えない表情で肩をすくめた裕太に、佳奈美は心配げに尋ねてくる。

「まあ、少しね。どうせ賛成してくれるとは思ってなかったよ。でも、母さんが何て言おうが、結局は自分が決めることだから関係ないさ」

「それはね、そうかもしれないけど」

「だいたい偏差値だけで良し悪《あ》しなんてつけられないよ。それに、あの高校だって立派な進学校じゃないか。ここいらの公立では一番で、評判もすごくいいし……どちらにせよ、僕はもう決めてるから。男子校なんて御免だよ」

いったい何を考えているのか、複雑な面持ちで言葉を濁した佳奈美に物足りなさを覚えつつ、勢いに任せて自らの決意を訴える。

一緒の高校に通えたらいいと言い出したのは佳奈美のくせに、きっと喜んでくれるものと思っていたのに、彼女の表情はいまだ暗く沈んだままだった。

「実を言うとね、あたしの方が厳しいんだ。今のままじゃ合格できるかどうか微妙だもん」

「何言ってるんだよ。まだまだこれからじゃないか」

いつになく気弱な佳奈美を精一杯励ます。

確かに現在の学力から判断するに、厳しいことは事実ではあるが、佳奈美は無遅刻無欠席の模範的な生徒で内申書はかなり期待できる。倍率にも左右されるが、合格する可能性は充分にあるはずだ。

「公立に進むにしたって、僕は勉強を怠けるつもりはないんだから、藍原さんも一緒に頑張ろうよ」

「そうだね。うん、頑張る……まずはあたしが合格する力をつけなくちゃ、藤井くんと一緒の高校に通える可能性がなくなっちゃうもんね」

自らに言い聞かせるように力強く言い切る佳奈美。

実のところ進路に悩んでいる、一番の理由は成績不振ではない。裕太が言う通り、合格する可能性は充分にあると考えているのだが、しかし、それは勉強に費やせる時間が今まで通りに作れればの話である。

裕太には明らかにしていないし、自分自身も意思を決めかねているが、娘に無断で母が応募した映画のオーディション、その最終選考に残ってしまい、もしかしたら受験勉強どころではなくなってしまうかもしれなかったのだ。

べつに佳奈美自身は芸能界を夢見ていたわけではない。

できるなら裕太と一緒に高校生活を送ることを願っているが、ここ最近はこのチャンスを生かしてみたいとする思いも芽生えていた。

裕太の気持ちが今ひとつ分からない今は……。

佳奈美は抒情的な眼差しで裕太の瞳を見つめ、さりげなく心に探りを入れた。

「藤井くんは、あたしのために進路を変えてくれたのかな？」

「………」

裕太は作り笑いを浮かべつつ、すっと視線を外した。

もしかしたら佳奈美は、自分からの告白を引き出そうとして、わざわざ危機感を訴えているのではあるまいかと、そんな思いが脳裏を掠《かす》める。

仮に違う高校に進んだとしても、恋人として認め得る仲になれたなら安心できると考えているのか、それとも、中途半端な関係にある今、勉強に打ち込めないでいるのかも分からない。

もちろん佳奈美のことは好きだし、彼女にしたいナンバーワン候補ではあるものの、今の裕太には告白などできなかった。もとから切り出す勇気もなく、踏ん切りがつけられないことも事実だが、何より涼香との関係が後ろめたくて言い出すことができなかった。

「じゃあ、あたし帰るね。実はお昼がまだなんだ。お腹空いて倒れそう」

口を閉ざしたままで、ぼんやり空を見上げている裕太に溜息を漏らすと、佳奈美は寂しげな笑みを残してひとり先に公園を去った。

このままでは佳奈美の心が自分から離れてしまう。そんな焦りを覚えつつも、裕太はただ彼女の後ろ姿を見送ることしかできなかった。

純粋な愛を性欲が上回っている今は……。

3

(さて、どうやって切り出せばいいかな?)

その晩、夕食時のこと。裕太は向かいに座っている母の顔をチラチラ見ながら、智久から与えられた台詞を伝える、そのきっかけを探っていた。

「……どうしたの、裕太。お母さんに何かお願いでもあるの？」

息子の視線に気づき、はたと首を傾げる真央。

食事の折、裕太はテレビから目を離さない。今のように母の顔色を窺ってくるときは大抵、何らかの頼みごとがあるのだ。

「あっ、ううん……あのさ、お母さんって何歳だったっけ？」

「なによ、突然。裕太の歳に二十を足せばいいでしょう」

出し抜けな質問に苦笑して、遠まわしに答える。

あまり年齢を意識したくはない女心の表れである。

「ああ、そうだったよね。ってことは三十五か……ずいぶん若く見られてるんだね。智さんが言ってたよ」

裕太は何気なさを装いながら、用意していた台詞を口にした。

まずは年の話題から始めてみろと、智久から与えられた台本通りに進めてゆく。

「小島さんが、何を？」

「どう見ても二十代だって。大学生でも通用するんじゃないかってさ」

「フフフ、お世辞でしょ」

まんざらでもない様子で、真央は大袈裟《おおげさ》に肩をすくめた。

たとえ世辞であっても、若いと褒められて悪い気がする人妻はいない。

「でも、僕も若いと思ってるよ。友達のお母さんなんてみんなオバサンだし……それにね、母さんのことすごく美人だって言ってたけど、そうなのかな？」

もぐもぐと口を動かしながら、裕太はまじまじと母の顔を見つめた。

「いやねぇ、そんなにじっと見ないでちょうだい」

「でも、何ていうか、お母さんが褒められて、僕もちょっと嬉しかったんだ……ふぅん、そうか、智さんってお母さんみたいなひとが……」

タイプなのかと、聞こえるか聞こえないかの声でボソリと呟く。

「えっ、タイプって何？」

ご飯を口に運びながらも、息子の言葉に耳をそばだてていたのだろう。

裕太の予想通りに真央は敏感に反応した。

「ううん、べつに……」

「あら、隠さなくてもいいじゃない。小島さんが言ったの？」

箸《はし》をテーブルに置くと、真央は身を乗り出すようにして息子に尋ねる。

前々からそれとなく意識していた青年からどのように思われているのか、今の真央にとっては一番の関心事である。

「変に思われるから絶対に言うんじゃないって、智さんから口止めされたんだ……だから言わないし、言えないっ」

話の続きをせがんでくる母に、にべもなく首を横に振る。

ある程度察してはいたが、母もやはり智久に興味を持っていた様子だ。

「べつに変に思わないわよ。それで？」

「駄目だよ、僕が怒られる……でも、まあ、黙っててくれるなら」

「もちろんよ。お母さんが言うわけないでしょう。だから聞かせて、ね？」

「じゃあ、お小遣いくれる？」

交換条件だとばかりに金をせびる。べつに買いたい物があるわけではなく、これからの話に信憑性《しんぴょう》を持たせるための、裕太なりの演出である。

「ちょっと待ちなさい。どうしてそんな話になるのよ」

「………」

口を閉ざしたまま、裕太はプイッと顔を背けた。

聞きたくて堪らないのは分かっている。母は必ず折れてくるはずだ。

「もう、ずるい子ね。分かった、分かったわよ。勉強をちゃんとしてくれるなら、特別にあげるから……さっ、話しなさい」

「ふぅん、そんなに聞きたいんだ？」

「途中でやめられたら誰でも気になるでしょ」

子供のように唇を尖《とが》らせると、真央は食卓の端に置かれていた財布に手を伸ばし、中から千円札を一枚取り出した。それを胸元でヒラヒラさせて、金が欲しいのなら口を割ってしまえと、どこかしら高慢な態度で顎《あご》の先を持ち上げる。

「智さんの好きなタイプってことさ。お母さんみたいな女性が理想とか、お嫁さんにしたいとか言ってたかな。なんかさぁ、聞いてる僕のほうが照れちゃったよ」

母の手からピッと千円札を摘《つま》み取ると、裕太はズボンの後ろポケットに金を突っこみながら話を続けた。

「だから僕、言ったんだ。お母さんはもう結婚してるじゃないかってね。そうしたら智さん……」

先の台詞《じ》をもったいぶって、惣菜《そうざい》を口に運ぶ。

母が焦れるのを待つように、わざと時間を掛けて咀嚼《そしゃく》を繰り返す。

「……そうしたら、何?」

「ん、とっ……そんなの関係ないってさ。憧れるのは自由じゃないかって。あのときの智さんって何だか子供みたいで笑っちゃったよ」

大袈裟に肩をすくめ、味噌汁を啜《すす》る。

これまでの自分はなかなかの名演技だったのではないかと、心の中で自画自賛して母の反応を窺う。おおよその台本を考えたのは智久だが、こうして母を信じさせているのは紛れもなく自分の力だ。

いいや、信じたいとする母自身の思いもあるに違いない。智久と接していた母の態度を見れば、いくら子供であっても好意を寄せていることくらい分かる。

「でも、智さんが言ってることも分かる気がするな。まあ、僕にとっては勉強勉強って五《う》月蠅《るさ》いだけの教育ママだけど……そうか。スタイルがね」

「スタイルって、私の？　小島さんが何か？」

「そうそう、智さんのお姉さんって、モデルをしてるんだってさ」

先を急《せ》かしてくる母を無視して、ふと思い出したように話しかける。

「なーんだ、お姉さんのことか」

もっと褒めてもらえるのかと期待していた真央は、落胆した様子で溜息を吐《つ》いた。

さすがに若かりし頃と比べれば贅肉《ぜいにく》もついてしまったし、肌の衰えも隠せないが、スタイルにはこれでも自信があった。

「まあねぇ、一概にモデルって言っても、色々と……」

「そのお姉さんより、母さんの方がいいってさ」

対抗心を露《あら》わにして鼻を鳴らした母に声を被《かぶ》せる。

「でも、さすがにそれはお世辞だよ。お母さん、最近太ったって言ってたもんね？」

「あら、失礼ねっ。テニスでしっかり痩《や》せたんだから。言っておきますけど、お母さんだって若い頃は、モデルにならないかって誘われたことがあるのよ」

小鼻をうごめかせ、真央はすかさず言い返した。

「僕に自慢してもしょうがないだろ。智さんに言ってやればいいじゃん。何なら僕から言っておこうか？」

「やだ、いいわよ。変なこと言わないでちょうだい」

息子の言葉に慌てて頭を振るも、瞳は訴えていた。

母を自慢しろと、智久にたっぷり売り込めと……。

「でもさ、智さんってすごくいい人だよね。僕の憧れなんだ。喧嘩も強そうだし、筋肉なんてガチガチだよ。僕なんか腕一本で軽々持ち上げちゃうんだから」

「そうね。学生時代に色々スポーツをやっていたみたいだから」

「格好いいよね。何で彼女がいないのか不思議だよ……ご馳走さま」

告げるべき台詞をすべて終え、食事を終える裕太。

ほんのり頬を紅潮させて、何やら考えこんでいる母を尻目にダイニングを後にする。

この先、母と智久の関係がどうなるのか、少なからず気にはなるものの、自らの役目を果たした裕太の頭には、涼香との蜜戯以外に考えられることはなかった。

4

いつもより長めの風呂を終え、英国風のガーデニングに飾られたベランダでひとりビールを呑んでいた真央は、今にも雨が落ちそうな夜空を見あげながら、息子の口から聞かされた台詞を、自らに注がれている智久の想いをひっそりと噛《か》み締めていた。

「……私が理想の女性、か」

ほんのり頰を赤らめ、独り言を口にする。

多少なりとも驚かされたことは事実だが、決して意外には思わなかった。私に好意を寄せているのだと、前々からそれとなく智久の心は察していたし、もしかしたら想いを打ち明けてくれるのではあるまいかと、妙な期待もしていたのだから。

実のところ、夫が単身赴任で日本の地を離れてからというもの、智久からもし迫られたらどうすればいいのかと、する必要もない選択に悩み、ひっそり胸をときめかせてもいた。

もちろん夫以外の男性と親密な関係になるなど、人妻としては許されざることだと承知している。相手はしかも息子が兄のように慕っている青年で、今では家庭教師でもあるのだから。

しかしながら、夫に対する罪の意識は薄かった。

確かに、不貞を働くことに抵抗感がないと言えば嘘になる。だが、今の自分が感じている心の抗《あらが》いはあくまで、常識的な倫理観と道徳心から来るものだ。夫を裏切ることへの罪悪感はさほど湧いてこない。

すでに夫婦の仲は冷め切っている。いいや、結婚そのものが失敗だったのだ。

私は夫を、裕治郎を愛していた。心から結婚を望んでいたが、彼はしかし私を欲してはいなかった。上辺《うわべ》だけの愛を語ってはくれたが、そのときの彼にとって私はヤルだけが目的の女だった。

それを承知して、私は裕治郎に抱かれた。この肉体のすべてを彼に捧げた。

自分以外に彼女がいると、彼女こそが本命なのだと、それを知っていながらも……。

私とのセックスに彼は夢中になってくれた。熱烈なまでに、異常なほどに、私の体を求めてくれた。本命の彼女とはプラトニックな愛を貫いていた、それが理由だと知らず、肉体の欲求を愛情と取り違えた私はいつしか彼を諦《あきら》めきれなくなる。

だからこそ私は子供を作った。結婚さえすれば、彼女への想いも断ち切ってくれるだろうと、身勝手な考えに駆られて……。

私は今まで妻として、できる限りのことをしてきたつもりだ。どれほどあなたを愛しているか、それを分かってもらいたくて、精一杯尽くしてきたつもりだが、結局のところはすべて徒労に終わった。

夫は裕太も愛してはくれなかった。邪魔者でも見るような目で、嫌悪感すら漂わせ、ろくに口をきこうともしなかった。暴力を振るうような真似をしないことがせめてもの救いだが、母としては自分が愛されていないことより悲しかった。

私と結婚してからもたぶん、裕治郎は本命だった彼女との交際を続けていたのだろう。それとなく「モトカノ」との浮気を怪しんではいたものの、妊娠を盾にして結婚を迫った自分への後ろめたさもあって、私は当初気づかぬ振りをしていた。彼女といつまでも不倫の仲でいたくはないはずだ。じきに結婚相手を見つけ、裕治郎のもとを去ってゆくだろうと考えて……。

が、時が経つにつれて、夫への愛情が妻の意地に変わっている、そんな自分の内面に気づき始めた。不倫の仲を楽しんでいる二人が恨めしく思えるようになった。

米国に単身赴任した夫のもとには今、本命だった女がいる。前々から海外赴任を希望していたのもきっと、彼女と二人で暮らしたいがためだ。

そこまでされてどうして別れないのかと、慰謝料を分捕ってさっさと離婚してしまえと、三つ年下ですでにバツイチの妹は憤然と声を荒げたが、そこまでされたからこそ断じて別れたりするものかと思うようになった。

二人が幸せになれるような選択などしたくはなかったのだ。

私はきっと性悪女《しようわる》なのだろうと、少なからず自己嫌悪に陥るものの、何ひとつ不自由がない暮らしと息子さえいれば、それだけで充分ではないかと自らを納得させて。

しかし、今は……。

(あら、もうそんな時間?)

グラスに残されたビールを呷《あお》り、何気なく子供部屋に目を向けた真央は、つい先ほどまで点《つ》いていた電気が消えていることに気づいた。

ダイニングに戻り、壁掛け時計に目を向けてみれば、時刻は間もなく午前零時になろうとしている。

と、そのときだった。

ハンドバッグに入れていた携帯電話がメール着信のメロディを奏でる。

どうせ宣伝か迷惑メールの類《たぐい》に違いないと思ったが、送信主の欄には幸田利奈、妹のアドレスが記されていた。

本文は簡単に用件のみが書かれていた。

この前の話だけどとの前置きがされ、紹介したい男がいるから連絡が欲しいと……。

(そう言えば、そんな話をしてたっけ)

メールを読みながら、真央はつい二週間ほど前の話を思い出していた。

久しぶりに利奈が自宅を訪れたときのこと。

いつものように離婚の話題になり、妻の座に固執している姉に呆《あき》れ顔で肩をすくめると、それなら姉さんも男遊びをすればいいと、浮気相手ならいくらでも紹介できるからと、どこかしら自慢げな面持ちで話を切り出してきたのだ。

真央は聞く耳持たないとばかりに首を横に振った。

近頃では犯罪の温床にもなっている「出会い系」など興味はないと、そんなものを利用している妹を窘《たしな》めてやらなければならないと思ったのだが……。

しかし、利奈は開きかけた姉の口を制するように「出会い系とは違うから」と言って詳しい話を始めた。

相手は決して身元不明ではなく、むしろ身元が確かで社会的地位もあり、今風に表現するならセレブと言われる男らしい。

眉唾《まゆつば》モノの話にも聞こえたが、どうやら裏の世界には安全なアバンチュールを求めるセレブ御用達《ごようたし》の秘密クラブというものが存在し、利奈も最近そのクラブに入会したというのだ。

セレブでもない妹がどうやって潜り込んだのかは知らないが、前夫は成長著しいＩＴ企業の社長であり、妻の時代に何らかのコネクションを持っていたと考えれば不思議な話ではない。それに、離婚に際して利奈はかなりの慰謝料を貰ったため、にわかセレブと言えなくもないだろう。

紹介相手はつまり、クラブの男性会員である。

とりあえず食事でもしてみたらと、興味があるなら写真を送るとも書かれていたが、真央は返信することなく液晶画面を閉ざした。

昨日までの自分ならたぶん、会うだけは会っていただろう。

いくらスポーツに励んでみても、心地よい汗は流せない。単なる疲労感と虚脱感に支配され、刺激がない日常に溜息を漏らすばかりなのだから。

また、最近息子に厳しく当たっているのは、性的な欲求不満からではないかと、そんな気もしている。息子に彼女ができたことも苛立《いらだ》たしさを募らせる原因のひとつになっていた。

ここ数年は夫との性交渉もない、いわゆるセックスレスである。

薄れゆく愛情とは裏腹に、女盛りの肉体は性の情念を強くしている。

愛情など要らないから、とりあえず抱いてもらえないかと、わざわざ淫らなランジェリーを纏《まと》い、夫をその気にさせようとした夜など数え切れない。

つまり、肉体の快楽のみを求めようとしている自分は結局のところ、出会い系に走る俗世間の淫乱妻と同じようなもの。ただ単に勇気がないだけの話である。

(でも、もし……もしも、小島さんが)

誘ってくれたなら、不倫の関係を求めてくれたなら……。

そこはかとなく胸をときめかせつつ、真央はダイニングの明かりを消して、寝室に足を運んだ。

部屋の隅に置かれたドレッサーに向かい、肌の手入れをしながら智久を思う。

あくまで裕太のために、とそんな口振りだったが、彼が家庭教師役を買って出た本当の目的は、この家に出入りするための口実が欲しかったからではないだろうか。

言わずもがな彼の狙《ねら》いは、この私……。

とりあえず家庭教師の役目を授かれば、進路に対する助言とか、適当に理由を作り「保護者」と二人きりで話をする機会も作りやすい。

もしや、母親への想いを息子に吐露したのも、裕太の口を借りて告白しようと考えたのではあるまいか。とりあえず口止めはしたようだが、裕太が母にばらしてしまう、それを期待して……。

「ええ、分かっていたわ。私はずっと前から気づいていたのよ」

奥さんが好きですと、僕の理想の女性ですと、魅惑のバリトンで智久から告白される場面を夢想して、鏡面に映された己の顔を見つめながら彼に囁《ささや》きかける。

「フフフ、小島さんたらお上手ね。モデルみたいだなんて……私なんかもう立派なオバサンだわ」

心にもない台詞を口にして、紺色のスリップドレスに包まれた胸元に目を向ける。

確かに二十代前半の頃と比べれば、トップの位置は下がってしまったが、いまだに若々しく張りがあり、形だって少しも崩れてはいない。

怠惰な暮らしをしている主婦どもとは違う。夫を少しでもその気にさせようと、今まで必死に若さを維持してきたのだ。いくぶん厚みは増してしまったが、二の腕にも、下腹にも、見苦しいと感じさせる贅肉はついていない。

(そうよ、まだまだ捨てたものじゃないわ。お尻だって……うん、立派なものよ)

すっくと椅子から腰をあげ、鏡面に背を向ける。スリップドレスの裾《すそ》を捲り上げ、腰をくねらせるようにして、美臀《びでん》の光景を鏡に映す。

ヒップアップ効果のあるガードルショーツに助けられてはいるものの、ハート型に描かれた尻たぶの輪郭も、丸みを帯びた曲線もなかなか官能的ではないか。

聞くところによると巷《ちまた》では最近、熟女や人妻が若い男から人気らしい。癒《いや》しを求める世相を反映しているのか、本来なら縁遠いはずの人妻達と出会える場が増えたことも一因か、どちらにせよ、やりたい盛りにある男らは、若い女とは違う豊艶《ほうえん》な色香に惹かれているのだ。

まあ、そんな意識を持つこと自体、マスコミに感化されていると言えなくもないが、熟度を極め、しっとり脂が乗った女体はきっと、若さを補って余りある魅力になるのだと、真央は過剰な自意識を芽生えさせていた。

智久も私の肉体を値踏みしていたから。

スタイルがいいと褒めてくれたことが何よりの証拠だ。

そして、男性から女性への褒め言葉には必ず下心がある。

きっと狙っている、この私を……。

海外赴任した夫の留守に、独り身の人妻との背徳の関係を……。

「あぁ、だめ、だめよ……いけないわ、小島さん」

左の指を噛み、右手で乳房をさすり、もじもじと太腿を擦り合わせる。

息子の留守に自宅を訪れた智久に突然押し倒される、そんな場面に妄想をエスカレートさせれば女体は盛り、いてもたってもいられなくなる。なにせ男日照りの人妻は、女盛りの肉体は、ちょっとしたきっかけですぐに発情してしまうのだから。

金曜日の晩もそうだった。智久から熱い視線を向けられただけで胸が早鐘を打ち、体が火照《ほて》り、パンティに淫らな沁みを作ってしまった。

少なくとも二日に一度、多いときには日に何度も自慰に耽《ふけ》っているが、たいてい昼間、裕太が塾に行っているときにしている。

子供部屋と主寝室の間には防音処理されたリスニングルームがあり、裕太が寝入った深夜なら大丈夫だろうと、よほどの大声でも出さない限り気づかれる恐れはないと分かってはいるが、もしトイレに起きてきたら、万が一にも声を聞かれたらと思えば、なかなかその気にはなれなかった。

だが、今夜ばかりは辛抱できない。なにせ朝からずっと発情しているのだから。

息子の保護者として家庭教師の智久を自宅に迎え入れながらも、心は女になり、体は牝に変わっていた。たかだか昼食を共にしただけで股を湿らせ、乳首を充血させて、智久が家を去ったときには愛液でパンティがドロドロになっていた。

昼下がりに彼女から呼び出され、家を出て行った息子にチャンスだとばかりに自慰を始めたのだが、僅《わず》か十分ほどで裕太が帰宅してしまったため結局はイケずじまい。ますます肉欲を募らせる結果になってしまった。

あれこれ家事をしているうちに、さすがに疼きも治まったのだが……。

裕太の口から智久の想いを告げられ、くすぶっていた情火が一気に爆発した。

息子のひと言ひと言に秘唇《ひしん》を痺れさせ、肉路をウネウネ収縮させて、愛液をちびり出していた。

とにかく今夜は、失神するほどに気をやりたくて我慢がならない。現実になるかもしれない交わりを夢想して、若く逞しい青年をオカズにしてオナニーに狂いたい。

「…………」

念のため息子の部屋の前まで足を運び、扉の隙間《すきま》からそっと中の様子を窺う。

ベッドでは裕太が枕を抱きしめて眠っている。

規則正しい寝息以外に聞こえる音は何もない。

（大丈夫よ、起きるわけがないわ）

受験勉強が忙しい今、裕太の睡眠時間は少ない。多少の物音がしても目を覚ますことはないだろう。

真央はそそくさと寝室に戻り、万が一のため扉の前にリクライニングチェアを置くと、部屋の中央に鎮座しているダブルベッドに足を向けた。

スリップドレスを脱ぎ去り、ショーツを降ろして、裸身をベッドに横たえる。

「あぁ、もう、こんなに……」

股間に手を這わせるなり、指先にベットリ絡み付いてきた粘液に下唇を嚙み締める。女陰はすでに愛液まみれだった。脱ぎ捨てたショーツの裏地にも、夥《おびただ》しい果汁が付着していた。

このままベッドでことをすれば、シーツには盛大に沁みができてしまう。とりあえずお尻にバスタオルを一枚敷こうかとも思ったが、すっかり鞘《さや》から芽吹いているクリトリスに指が触れれば、一分一秒たりとも我慢ができなくなる。

真央は夫の枕の下に置いていた器具を、マスコットバットの先端に握り拳がついたような形の「淫具」を取り出した。

正確には淫具ではなく、医療用の電動マッサージ器だ。インターネット通販を利用し、夫の名前で購入した大人の玩具《おもちゃ》もあるが、最近のお気に入りはこの「電マ」である。

近頃の女性は羞恥心《しゅうち》も薄いのか、インターネットで自慰のやり方を語り合うサイトも多く、そこから仕入れた情報だった。告白主が語っていた通り、アダルトグッズとは比べようもないほど強烈なバイブレーションで、外性器ばかりか内性器まで、子宮までも激震に見舞われ、確実にオルガスムスを極めることができた。

「はぁ、ふぅ……ん」

仰向けの体位でベッドに寝転がり、M字開脚の破廉恥なポーズで股を開陳させる。

両手で電マの柄を握り、ピタリと振動玉を女肉に押し当て、そして……。

「んひっ！　あ、おぉ……く、ううぅ！」

スイッチをひとつスライドさせただけで、激烈な愉悦に晒《さら》される。

振動は最弱なのに、いつもなら最強のバイブレーションで女陰を責めまくるのに、疼きに疼き、焦らしに焦らされていた女体にとっては必要充分の刺激になった。

「んぅ、あっ、あひぃ、い、いっ……く、くぅ、イク、イクッ！」

ピーンッと両脚が伸びきり、背中が海老《えび》反りになる。

クリトリスを潰《つぶ》すように振動玉を押し付ければ、女体はビクビクと痙攣《けいれん》を起こし、目の玉がグルリとひっくり返り、真っ白な世界が見えてくる。

「ん、んんーっ！　うぅ……く、イグぅ、うっ、うぐぅ……」

いきむような声をあげ、オルガスムスを極める真央。

間歇泉《かんけっせん》がごとく潮を噴き、はしたない沁みをシーツに広げながら、打ち寄せる波のように、繰り返し襲いくるアクメに悶え啼《な》く。

けれど、足りなかった。たった一度の絶頂で満足できるわけもなかった。

真央はあらためて智久との蜜戯を、家を訪れた彼に押し倒される場面から妄想を紡いでいった。

「はぁ、あぁん、ダメ、ダメです……私は人妻ですっ、人妻なんですからぁ」

股の間に電マを挟み、白々しい台詞を口にする。

耳元で愛を囁かれ、情熱的に唇が奪われて、節くれだったゴツイ手に乳房が揉《も》みこまれる、そんなイメージを膨らませながら自らの手で荒々しく乳肉をこねまくる。

「い、いけない……こんなの、いけませんぅ、あ、んっ……き、気持ちよくなんて、私は……はぁ、そう、そうです、私も、小島さんを」

堕《お》ちるのが少々早すぎると思いつつも、さっさとベッドシーンに台本を進める。

私も前から気にしていましたと、あなたは私のタイプで魅力的な男性ですと情感豊かに呟いて、彼の目を焦らすように裸身を露わにする。

必ずや彼は言ってくれる、なんて綺麗な体だと……。

奥さんは僕の憧れだったと、ずっと抱きたくて堪らなかったのだと、幾度となく想いを告げて、焼け付くような眼差しで裸身を隅々まで観賞するはずだ。

「だめ、そんなに見られたら恥ずかしい」

　虚空の彼に望まれるまま、大股開きで女陰をあからさまにする。

　もちろん見ているばかりでは満足しない。愛液で濡れそぼった女肉に歓喜して、彼は夢中で愛撫を始める。

「はふぅ、あ、あぁ……そんなにされたら、私、私っ！」

　クレヴァスがさすられ、秘唇が甘噛みされる。クリトリスが転がされ、膣口が舌でほじられ、チュパチュパと音を鳴らしつつ蜜が啜られる、その瞬間を夢想して、電マのスイッチを最強にする。

「んんっ！　は、はっ……いいぃ、そう、そぉおぉ、して、クリぃ、い、いっ！」

　子宮にまで伝わるバイブレーションに襲われ、真央はふたたびアクメに昇り詰めた。けれど、物足りない。目一杯の振動でクリトリスを苛《いじ》めても、智久とのセックスを夢想すればどうしても膣の快楽が欲しくなってしまう。

　真央はよろよろとベッドから身を起こし、太腿に淫汁を滴らせながらウォークインクロゼットに足を向けた。棚の奥に隠されたビニール製のハンドバッグを引っ張り出し、それを手にすぐさまベッドに舞い戻る。

　バッグの中には様々な淫具が、自慰の道具が収められていた。

　電マオナニーに嵌《はま》って以来、久しく使うこともなかったが、今夜はどうしても膣をうがちたい。智久と交わっている妄想に少しでも現実味を与えたい。

「これを、入れへぇ……んちゅ、むぢゅ……私の中ひぃ、んぽっ、入れて欲しい。智久さんが欲しくて堪らないの」

毒々しい紫色のディルドーを摑《つか》み出し、鎌首にしゃぶりつく。冷たいシリコンの茎に唾液を塗り、体温を与えて、恥蜜にぬかるんだ肉穴にピタリと触れ当てる。

所有している三本の中で、紫の一本は一番大きな品だった。長さは二十センチを優に超え、雁《かり》の太さはスチール缶ほどもある。缶珈琲《コーヒー》のショート缶を二つ重ねたくらいのサイズだ。

購入したのは数年前、実のところ真央が初めて買った大人の玩具である。

どうせなら大きいモノにしてみようと考えて選んだ品なのだが、少々欲張りすぎたのか、挿入さえ一苦労で結局は使えずじまい。他の二本は平均的なサイズで、女性が自ら考案したという一本はなかなか具合が良く、毎日のように入れていた時期もある。

だが、真央は迷わずに巨根を選んだ。

あれほど逞しい智久ならきっと「モノ」も大きいはずだと、そんな思いに駆られて。

「くぅ……う、んんぅ……」

秘唇を開き、鎌首を捻《ひね》りこむ。久しく男を受け入れたことがない膣口が裂けそうなほどに広がり、窄《すぼ》んだ肉路は悲鳴をあげて、襞《ひだ》の一枚一枚が削《そ》がれるような痛みを感じる。

しかし、真央は構わずに怒張を押し込んだ。

必死にディルドーを前後させ、智久に犯されているイメージを膨らませていった。

更けゆく夜、さらに熱を帯びてゆく自慰……。

だが、所詮は虚《むな》しいばかりのひとり遊びでしかなかった。

真央はなおさらにセックスを欲し、肌の温もりを渇望し、智久に抱かれるそのときを夢見るのだった。

第三章　ダブルデート

1

水曜日の午後、間もなく一時半になろうとした頃だった。

いつものように買い物用の軽自動車を走らせて、町外れのスポーツクラブに赴いた真央は、車を降りるなり駐車場の裏手にある正面口に駆け出していった。

テニスの練習開始まで、あと五分もない。本日はダブルスの試合をする予定になっており、遅刻はパートナーの迷惑になってしまう。

真央は一階フロントで入館の受付を済ませると、腕時計を見やりつつ館内の入り口に足を向けた。

と、その途中のこと。

真央は不意に背後から名を呼び止められる。

「!!」

鼓膜を痺《しび》れさせるバリトンの声色に、胸をドキリとさせる。肩越しに後ろを振り向けば、智久が爽《さわ》やかな笑顔でこちらに歩いてくる姿が目に留まる。

「……あ、あら、こんにちは」

真央は愛想笑いを浮かべ、小さく頭を下げた。

日曜日になれば会えると、早くその日が来ないかと待ち焦がれていた真央にとっては思わぬ幸運だが、どこかしら気恥ずかしくてまともに顔が見られなかった。

智久の想いを知らされたこともあり、必要以上に女を意識してしまう。最近の自慰でオカズにしている男性でもあるのだから、恥ずかしさもひとしおだった。

「どうもこんにちは。ここのクラブに通っていたんですか?」

「ええ、毎週水曜日のテニス教室に。小島さんもここの会員でしたの?」

「いいえ、まだ会員には……入会しようかと思って来てみたんですよ」

白いポロシャツの胸元や、スリムなパンツに包まれたヒップにさりげなく目を向けて、智久は軽く肩をすくめた。

(見ているわ、私を……何だかちょっと、エッチな目)

過剰な自意識もあるだろうが、智久の視線はどこかしら内に秘められた劣情を感じさせた。むろん嫌ではない。むしろ心地よい眼差《まなざ》しだった。

もしかしたら彼の頭の中にいる私は今、服を脱がされ、下着を剝《む》かれ、全裸でいるのかも分からない。

「今日、会社はお休み？」

智久は確か、金融システム開発を請け負っているコンピュータ関連企業に勤めている。詳しいことは知らないし、聞いたところで理解もできないが、顧客の管理やトラブル対応が主な仕事だということだ。

「ええ、休日出勤の代休です。まあ、休んだところですることもないし、最近体が鈍《なま》ってるんでスポーツでもしようかと思いまして」

「あら、そうだったの」

そう言えば智久には彼女がいないのだと、先日聞いた息子の台詞《せりふ》を脳裏に蘇《よみがえ》らせながら、真央は小さく頷《うなず》き返した。

「でも、意外に入会金が高いんですね。どうせ入会しても週に一度来るか来ないかだろうから、ちょっと迷ってて」

「あら、入会されなくても大丈夫よ。ひとりまでなら利用料だけで、私の会員証で入れますから。どうします？」

「そうなんですか。でも残念だな。今日は何も用意して来なかったんで……見学だけでも大丈夫ですかね？」

「どうかしら。係りの人に聞いてみましょうか？」

「ええと、テニスはああいうのを穿《は》いて？」

こちらの問いを聞き流すと、智久は一階ロビーに併設されたスポーツ用品店に顎《あご》の先を向け、入り口のすぐ脇にあるトルソを指差した。そのトルソには吸水性と速乾性を謳《うた》ったポロシャツと、淡いピンクのミニスカート、いわゆるスコートが着せつけられていた。

「ああいうのって、もしかして……スコートのこと？」

「そうそう、スコートって言うんでしたね。奥さんもやっぱり？」

「フフフ、やめてちょうだい」

なかなか大胆な質問に苦笑する真央。

話の流れからするに、スコートを穿くなら見学したいと言っているも同じである。

「まあね、お若いひとの中には穿いている方もいますけど、この歳になるとさすがに、脚を出すなんて恥ずかしいわ」

自らを卑下するように言ってのけ、智久の瞳を見つめ返す。

若くて綺麗だと言っていたと、息子の口から聞いてはいるが、できるなら本人から直接聞かせてもらいたかった。

「そんなことないですよ。奥さんはまだ若いじゃないですか。とてもお子さんがいるとは思えないし、学生でも通用しますよ」

「フフフ、お世辞でも嬉しいわ。ありがとう」

真顔で訴えてくる智久に艶《つや》っぽい笑顔を浮かべ、身を翻す真央。

誘いを期待するような流し目を送りつつ、あらためて館内の入り口へ、一歩足を踏み出そうとしたところだった。

どうやらサインが伝わったのか、せっかくのチャンスを逃したくないと考えたのか、智久が慌てがちに声を掛けてくる。

「あっ、あの、テニスの練習はいつ終わるんですか？」

「三時までですけど、何か？」

「もし良かったら、その、練習の後で時間があれば、ちょっとお話でも……」

どこかしら躊躇《ためら》いがちに、誘い文句を口にする智久。

大きな体を小さく丸め、こちらの顔色を窺《うかが》ってくる。

「あら、誘ってくださるの？」

「はい。ご迷惑じゃなければ」

「迷惑だなんてとんでもないわ。私も小島さんとお話ししたいと思っていたのよ」

心のうちを見透かすように瞳の奥を覗《のぞ》き込み、真央は甘いソプラノ声で言葉を続けた。

「実を言うとね、最近テニスにも飽きてしまっていたの。小島さんとお話ししていたほうがずっと楽しそうだわ……人妻の暇潰《つぶ》しに付き合ってもらえる？」

「はい、喜んで」

子供のようにあどけない笑みで、大きく頷く智久。

そんな彼の一挙手一投足に、自分への想いが表されているようで、思わず口元がほころびてしまう。

「それじゃあ、どこか喫茶店でも……私、車で来ているから」

できるなら自宅に招きたいところだが、今日は残念ながら裕太が家にいる。

他にはどこか二人きりになれる場所はないだろうかと、いくら互いに親密な関係を望んでいても、いきなりホテルに入るわけには行かないだろうと、あれこれ思いを巡らせながらクラブを後にする。

「前にも水泳とか、エアロビクスとかもしていたんだけど、私って飽きっぽいのかしら。どれも長続きしなくて困ったものだわ」

駐車場に足を向けながら自嘲するように口を開く。

何を意識したわけでもない、単なる独り言のようなものだったが、この台詞こそが今日のデートを一気に不倫の関係までエスカレートさせるきっかけになった。

「でも、テニスはもう少し続けたほうがいいと思いますよ。裕太くんに、やっぱりだって言われてしまいますから」

「裕太に？」

「ええ、どうせテニスも長続きしないって言ってましたから」

「そうか。つまり、ご存知だったのね？　私がここのクラブに通っていることを」

「あっ、それは、ええと……」

思わず口を滑らせた自分に気づき、智久は返す言葉に詰まってしまう。

「………」

クスッと含み笑いを漏らし、ひとり先に車に向かって歩いてゆく。

先ほどは偶然出会ったような挨拶《あいさつ》をしていたが、智久はもしや入会目的でクラブを訪れたのではなく、この私を待ち伏せていたのではなかろうかと、そんな思いを確かにする。

目的は言わずもがな、憧《あこが》れの人妻をデートに誘うためだ。

「今日は本当に代休だったのかしら」

智久にも聞こえる声で独り言を口にすると、真央は車のリモコンキーを取り出しドアの鍵を開けた。

「あの、もしかして、裕太くんから何か聞きましたか？」

「……どうぞ、お乗りになって」

悪戯《いたずら》っぽく眉を持ち上げ、智久を促す。

「そうか。裕太くん話しちまったのか。参ったなぁ」

照れ臭そうに頭を掻《か》き、助手席に身を滑り込ませる智久。バッグを後部座席に置き、運転席に座った真央を横目にして、申し訳なさそうに訴える。

「変に思わないでください。僕はただ……」

「あら、どうして変に思うの？」

智久の言葉を制するように、真央はすかさず問い返した。

「素直に喜んではいけなかったのかしら？」

私はすでにその気だと、不倫を望んでいるのだと、自らの心を遠まわしに伝える。

もし智久の想いを知らされていなかったなら、私はたぶん妹の誘いに乗って他の男と会っていただろう。初対面の男性といきなり性的な関係になろうとは思っていないが、それでも、相手から誘われたら、強く求められたなら体を許してしまうかも分からない。

いいや、許すのではなく、自分からもせがんでしまうだろう。

単なる快楽だけを貪《むさぼ》る、俗世間の淫乱妻と同じように……。

むろん、そのようなセックスに愛など存在するわけがない。

しかし、智久には私への想いがある。だからこそ交わりを欲しているのだ。

略奪愛と揶揄《やゆ》されても仕方がない結婚をしたが故に、夫からの愛を得られず、荒《すさ》みきっていた自分が何よりも強く求めているのは肉体の快楽ではなく愛……。

そう、愛を実感したいがためにセックスを欲しているのだ。

綺麗事を言うつもりは毛頭ないが、自慰後の虚《むな》しさが何よりも証明している。いくら絶頂しても心が満たされないから。

智久以外の男性といくら寝たところで、後味はたぶん自慰と変わらない。いいや、むしろ罪悪感ばかりに苦しめられる結果になるだろう。

けれど、智久ならば愛を感じさせてくれる。

忘れかけていた恋の情熱を蘇らせてくれる。

しかし、私は仮にもひとの妻。九つも年上の子持ち女である。

純粋な恋愛などできるわけがないし、一途《いちず》な想いを求めるなど、智久からしてみれば酷な話だと分かってもいる。

だからこそ今は淫らな人妻になろう。

青年に誘惑を仕掛ける淫乱妻になりきろう。

二人はすでに大人なのだ。肉体関係から始まる恋愛があってもいい。

「嬉しかったのよ、私……憧れの女性だって言ってもらえて」

ドアを閉めて、半身を捩《よじ》りながら囁《ささや》きかける真央。

エンジンも掛けず、蒸し暑い車内で甘く媚声《びせい》を響かせる。

「私の思い込みかもしれないけど、もしかしたら小島さんは、わざと裕太に話したんじゃないかって、そんなことを考えていたのよ」

「わざと、ですか？」

「ええ、わざと……私に想いを伝えたくて、裕太を利用した」

「………………」

「イエス、それとも、ノー？」

「イ、イエス、です」

挑みかかるような眼差しで答えを求められては、誤魔化すなどできなかった。

智久はほんのり桜色に染まった美顔を瞳に映し、正直に頷いた。

「フフフ、やっぱり」

答えを聞くとともにエンジンを掛ける。

駐車場から車を乗り出し、自宅マンションとは反対の方角にハンドルを切る。

向かう先は街道沿いのラブホテル……。

そこは智久との不倫を意識し始めた頃から、密《ひそ》かに決めていた場所だった。

2

「……いいんですね？」

ラブホテルの一室に入るなり、挨拶代わりに唇を触れ合わせると、智久はあらためて真央の意思を尋ねた。

「聞かないで。ここまで来て、そんなこと」

ほのかに瞳を潤ませて、ふたたび唇を重ねる真央。

フレンチばかりでは物足りないと、積極的に舌の交わりを求めてくる。

（しかし、何ていうか……怖いくらい順調だな）

せがまれるままに舌を絡ませ、濃厚なディープキスに溺《おぼ》れつつも、智久はあまりにでき過ぎた展開に少しばかり戸惑っていた。

今日のところはプライベートな会話を楽しみ、自らの口から想いをほのめかし、次の約束を取りつけられればいいと考えていたのだが、まさかラブホテルに来ようとは思ってもみなかった。

しかも、真央から誘われて……。

いくら自分に気のある素振りを見せてはいても、みだりに男の誘いに乗るような人妻とは思えなかった。むしろ息子の彼女すら認めようとしない真央を、色事とは無縁の教育ママだと考え、どうして落としたらいいだろうかと悩んでいたほどなのだから、狐《きつね》にでも抓《つま》まれているような気分というのが正直なところだ。

さりとて、失望はしていない。尻の軽い女だと馬鹿にするわけがない。

元来惚《ほ》れっぽい性格だが、三年もひとりの女性を想い続けているのは生まれて初めてのことだ。

もしかしたら真央も、自分への想いを温めていてくれたのではないか、密かにこのような機会を待ち望んでいたからこそだと思えば嬉しくもある。

夫が単身海外に赴任していることも、不倫に対する罪の意識を薄くしている理由のひとつになっているのだろう。

(それに、体も男を求めてる……そうだろう、奥さん?)

情熱的に舌の戯れを欲してくる真央に心の中で問いかけると、智久は腰にまわしていた手をヒップに滑らせ、念願の美尻を柔らかく揉《も》んでいった。

(あぁ、思った通り、いい感じだ)

ピッタリしたストレッチパンツ越しに伝わる肉感に酔いしれる智久。

子持ちの女とは思えぬほどに張りがあり、それでいてトロ肉がごとく柔らかい人妻の美《び》臀《でん》はまさに夢のような揉み心地だった。

女体はすでに盛りがついているのだろう。真央は尻をこねるたびにピクピクと太腿を震わせ、送り込まれた唾液を旨《うま》そうに嚥下《えんか》する。これが欲しくて堪《たま》らないとばかりに気色《けしき》ばんだ陰茎に下腹を擦《こす》りつけ、さらに濃厚なディープキスをせがんでくる。

「……はあぁ、奥さんって本当に綺麗だ」

十分にもわたる舌の前戯を終えて静かに唇を分け隔てると、智久は妖艶な色を帯びた美顔にうっとりと見とれた。もはや貞淑な妻の面影は微塵《みじん》もない。情婦のごとく艶《あで》やかで、男心を魅了する魔性さえ帯びている。

「ううん、奥さんはやめて。二人きりのときは真央って、そう呼んで」

ほのかに濡《ぬ》れた瞳に智久の顔を映し、鼻を鳴らすように訴える真央。

今だけは妻を忘れたいと、仮初《かりそめ》の恋人になりたいと……。

「僕も名前を呼んでみたかったんです、真央さんって。ああ、今でも信じられませんよ。憧れの真央さんと、こうして……」

すべての台詞を伝えるのももどかしげに、優しく腰を抱き寄せる。

部屋の中央に鎮座しているダブルベッドに真央をエスコートする。

たかが舌を交わらせただけで、男根はすでに完全勃起もいいところだ。すぐにでも行為に臨みたくて辛抱堪らない。

幸い出掛けにシャワーを浴びてきたばかりだ。

多少汗ばんではいるものの失礼にはならないだろう。

「……待って、先にシャワーを」

ベッドに押し倒そうとした矢先、真央が躊躇いがちに手を制してくる。

それがセックス前のエチケットでしょうと言いたげに小首を傾《かし》げてみせる。

「もう我慢できません。真央さんのキスで、僕は……」

こんなにも興奮してしまいましたと、ジーンズを突き破らんばかりにいきり勃《た》った怒張をグイグイと真央の下腹に押しつけ、首筋にキスを繰り返す。

一刻の猶予もないのは事実だが、焦っているばかりでもなかった。

せっかくの体臭を消されたくはない、その思いのほうが強かった。

不潔なだけの女子高生なら勘弁願うところだが、女盛りに達した女体が漂わせるフェロモンはこの世で最高の香水である。

しかも、相手は憧れの女……。

真正直なフレグランスを、真央だけの香りを存分に感じてみたい。

パンパンに膨れた智久の下腹部を一瞥《いちべつ》し、茶化すように言ってのけるものの、今すぐにという思いは真央も同じだった。

「意外にせっかちなのね」

女体はすでに男を受け入れる準備をしている。心も抱かれる覚悟を決めている。

舌の前戯に溺れ、尻を揉みくちゃにされながら、頭の中ではすでに智久と交わっていた。

子宮まで深々と彼に貫かれている、そんな妄想に耽《ふけ》っていたのだから、わざわざ体を清めて火照《ほて》りを鎮めたくはない。それに、あれこれ考える時間を与えられたくないとする思いもあった。午前中には軽くシャワーも浴びている。

真央は智久の目線に促されるまま、ポロシャツを頭から抜き取った。

（ああ、そうか。テニスをする予定だったからな）

豪華なデート用のランジェリーをイメージしていた智久は、下から現れた純白のブラジャーに少しばかり拍子抜けした。

バストを胸骨辺りまでサポートするブラはスポーツ用だろうか。乳房のボリュームは豊かだが、どこか思春期の少女が身に着ける肌着のようで、さすがに色っぽいとは言い難い。

とはいえ、不思議な魅力を漂わせていることも事実だった。むしろセックスを意識して派手なランジェリーで着飾った人妻よりも自然な雰囲気で、主婦の日常を感じさせる。

ショーツもスポーツ用なのか、ガードルに似た深穿きタイプで、下腹部をピッタリとサポートしている。色が濃紺のせいもあるだろう。今では滅多に目にすることもなくなった、女子学生用のブルマーのような趣もあった。

「こんな下着でごめんなさい。デートに相応《ふさわ》しいとは言えないわね」

「いやっ、そんなことないです。真央さんならどんな下着だって似合いますよ。それに……結構好きなんです、僕は、そういう下着が」

下着に対するフェティシズムは薄いが、熟女趣味の智久にとってはガードルやボディスーツなど、補整系のアンダーは「萌《も》える」コスチュームだった。

「フフフ、気を遣わなくてもいいのよ」

「本当のことですよ。例えばガードルとか、すごく色っぽいと思ってます」

「ガードルが？　そんなのオバサン臭いだけじゃない」

「でも、惹《ひ》かれるんです。何ていうか、ほら……人妻って感じがして」

正直な感想を口にして、せかせかとTシャツを脱ぎ去る智久。

ジーンズを降ろし、漆黒《しっこく》のビキニブリーフ一枚の姿になって真央と向かい合う。

「あぁ……す、すごい」

ブラを外しかけていた真央は、今にもウエストゴムから飛び出しそうな男根に、そのあまりの巨大さに真ん丸く目を見開いた。青年のイチモツは玩具《おもちゃ》の巨根に勝るとも劣らない逞《たくま》しさを誇っているではないか。

(やっぱり真央さんも、大きいほうが好きかい?)

身を屈《かが》めるようにして、下腹部の光景に視線を釘《くぎ》づけにしている真央に心の中で問いかける。

テクニックにはそれほど自信があるわけではないが、モノの大きさだけは自慢である。長さは優に二十センチ以上、幼児の前腕ほどのサイズを誇っている。

あまりに大き過ぎて怖いと言われたこともあるが、セックス慣れした女には具合が良いらしく、絶頂を知らなかった熟女をアクメ地獄に追い落としたこともあった。

「触ってくれませんか?」

そっと手首を握り締め、股座《またぐら》に導く。触りたくて堪らない真央の心を見透かして、手のひらにピタリと肉棒をあてがう。

「はぁ、あぁ……か、硬い。すごく硬くて、逞しいわ」

怖々《こわごわ》と裏筋をさすり、肉の感触を確かめるように茎を握りこむ真央。

何とも淫らな表情で、薄いシルクの表面に象《かたど》られた雁首《かりくび》を弄《もてあそ》び、上目遣いの眼差しで次の蜜戯をねだってくる。

「あ、あの……お口でする？」

「ああ、フェラチオをしてくれるんですか。お願いしますっ」

欣喜雀躍《きんきじゃくやく》といった態度で、一気にブリーフを捲《まく》り下ろす。

こちらの意思を問うてはいるが、瞳はせがんでいた。しゃぶらせてくださいと……。

男の旨味《うまみ》を存分に確かめてみたいのだと……。

「ええ、そ、それじゃあ」

パチーンッと下腹を叩いた巨根に爛々《らんらん》と黒目を輝かせると、真央はいそいそと足元に跪《ひざまず》き、顔面を股座に寄せていった。

「ふぅ、はぁ……ふぅぅ、ふぅ」

それほど男に飢えていたのか、陰茎から発散される牡臭にクンクンと鼻を鳴らす。

ずる剝けの雁首に鼻面を擦りつけんばかりにして、プクプク小鼻を膨らませ、うっとり瞳をまどろませながら舌を挿し伸ばす。

「んぅ……んあぁ……ちゅ、ちゅぅ……」

真央はまず、裏筋をツツーッと舐《な》め上げた。

尖らせた唇の先に唾液を集め、太い青筋を浮かばせた茎の隅々まで丹念に口汁を塗ってゆく。さらには睾丸にキスを捧《ささ》げ、ふたたび裏筋を舌先でなぞり、鈴口に潤んできたカウパー汁をペロリとしゃくる。

そして……。

「んんぅ……ん、んっ……」

竿《さお》の根元に指を巻きつけ、怒張を水平に握り下ろすなり、真央はパックリと亀頭を咥《くわ》えこんだ。静々と頭を前後させ、喉《のど》まで届くほど深々と巨根を口に含み、智久の反応を窺いながら、少しずつピストンを速めてゆく。

「くぅ……あぁ、い、いいよ、真央さん」

尿道が啜《すす》られるようなバキュームフェラに見舞われ、思わず腰が砕けそうになる。

さりとてテクニックが凄《すご》いわけではなかった。冷静なら物足りなく感じられるだろう、つたない口技だった。

が、憧れの女性にしゃぶられているという現実が、絶えず投げかけられる上目の視線が刺激的過ぎて、肉の快感が数倍か、数十倍にも高まってしまう。

「んぼ、んぢゅぅ……ん、んぼ、むぼ、ぐぼおぉ……ん、んんーっ！」

滲《にじ》み出す先汁の旨味に興奮し、智久の戦慄《おのの》き声にますますやる気を漲《みなぎ》らせ、セミロングの髪を乱舞させる真央。必死に喉を開いて、首をまっすぐに伸ばして、不慣れなディープスロートで巨根をしゃぶり倒す。

「うっ、くおっ！　で、でっ……出そうだよ、真央さん、もう……ん、んっ！」

僅《わず》か数分のフェラチオで、崖《がけ》っぷちに追い込まれる。

気合いを入れればやり過ごすことはできるが、中途半端に昂《たか》ぶった状態で本番に挑んでは、すぐにも暴発させてしまうやも分からない。

ここで一度抜いたところで、尽き果てるなどあり得ない話だ。体力はもちろん精力にはそれ以上に自信がある。相手が真央ならなおさらのこと、自慰に明け暮れていた思春期の頃のように、野猿となって何度でもセックスに溺れられる。

「い、イクよ、真央さん……あ、あっ、出るよっ！」

自らも腰を使い、ブロンズ色の唇をうがつ。

両手で頭を押さえつけ、イマラチオで口を犯し、一気に絶頂へと昇りつめる。

（イクよ、口にっ……出すから呑んで、さあ、俺のを呑みたいんだろっ！）

口蓋垂《こうがいすい》を刺激され、涙目になっている真央を見つめつつ、ズボッ、ズボッと食道をうがつ。無理矢理に巨根を根元まで突っこみ、濃厚な一番搾《しぼ》りを胃袋めがけて噴出させる。

「んぐ、むぐっ……ん、んっ……んー、んぐぅ」

呼吸を奪われ、苦しげな嗚咽《おえつ》を漏らしつつも、真央は一切の抵抗を見せなかった。

むしろ嬉々として喉を使い、ぶちまけられた精液をストレートで呑み下す。

「は、はっ……ふぅ、あぁぁ……」

脳天まで突き抜けるほどの射精感に酔いしれながら、喉に埋まったペニスをずるりと引き抜く。当然ながら男根はいまだに反り返ったまま、人妻を狂わせるに充分な力を漲らせていた。

3

「さあ、今度は、僕の番ですから」

精液をがぶ呑みし、床にへたり込んだまま陶然としている真央をベッドに押し倒すと、智久はスポーツブラのカップを捲り、荒々しく頭から抜き取った。

ブラの支えを失って、しんなり左右に流れ落ちる乳房……。

さすがにピチピチとは言えないが、巷《ちまた》に氾濫する下品な人妻ヌードとは比較にならぬほど整った肉房だった。熟したが故の「崩れ」はむしろ色欲をそそる美しさがあり、真央をいっそう魅惑的に思わせた。

「あぁぁ、綺麗だよ、真央さん」

乳房を手のひらで包み、柔らかくこねてゆく。

見栄えばかりではなく揉み心地も素晴らしかった。肌理《きめ》細やかな肌がしっとり手のひらに吸いつき、乳肉はどこまで揉み潰しても芯を感じさせず、それでいてゴム鞠《まり》のような弾力を感じさせる。

乳暈《にゅううん》も小さく品がいい。大き目の乳首も旨そうで、微かにくすんだ色艶がまた、白い肌と絶妙なコントラストを作りあげていた。

智久はすぐさま乳首にしゃぶりつき、お乳を欲する赤子のように夢中で肉房を揉みしだく。

「はぁ、あ、あっ……んんっ」

久方ぶりの愉悦に身を粟立《あわだ》たせる真央。

かなり乱暴な愛撫だったが、今の真央には心地がよかった。男に嬲《なぶ》られているという感覚も、自分の肉体に溺れこんでいる青年の姿も女体を熱く盛らせてくれる。

（さあて、アソコはどうなってるかな？）

乳肉を舐め回し、乳首を甘嚙《あまが》みし、右手を下腹部に滑らせる。

スベスベとしたストレッチ素材のショーツの手触りを楽しみながら、船底に指先を伸ばしてゆく。もちろん濡れているはずだと、これほど感度がいいならパンティも湿っているに違いないと思ってはいたが……。

「!!」

やにわにベットリと絡み付いてきた粘液に、予想を遥《はる》かに超えた濡れざまに、智久はドキドキと胸を高鳴らせた。

クロッチの表面にまで愛液が染み出している。ショーツばかりか太腿にまで淫汁が滴り、股座はまさに大洪水の様相を呈しているではないか。

これほど性器を濡らす女など、今までに相手をしたことがない。

智久はそそくさと身を起こし、やんわり広げられた股の隙間《すきま》を覗き込んだ。

「うわぁ、す、すごいですよ、真央さん。アソコが……」

「いやぁ、言わないで」

どれほどに濡れているのか、本人が一番良く分かっているのだろう。

真央はイヤイヤと頭を振り、恥ずかしげに下唇を噛み締めた。

「……じゃあ、いいですね？」

言葉少なに問い掛け、答えを待つことなくウエストゴムをずり下ろす。

ムーッと漂う牝の肉臭に、濃厚なフェロモンの臭気に微かな眩暈《めまい》を覚えつつ、足先からショーツを抜き取る。

「おおおぉ」

ピタリと閉ざされた股を開陳させ、女の中心部を覗き込んだ智久は、瞳に飛びこんできた光景に唸《うな》るような声をあげた。

とにかく助平な形だった。清楚《せいそ》な美人妻の一部分とは思えぬほど破廉恥な肉の有様だった。こんもり土手高の外陰部に、分厚く発達した秘唇も、大粒にしこったクリトリスに、愛液で濡れた肛門までもが牡の劣情を直撃する淫靡《いんび》さだった。

言わずもがな、憧れ続けていた女性の局部だからこそだが、女陰を前にしてこれほどの興奮に見舞われたのは初体験のときくらいなものだ。

さらに大きく股を広げてみれば、貼りついていた二枚貝がベロリと剝《は》がれ、クレヴァスの内側に溜まっていた女蜜が涎《よだれ》のごとくシーツに垂れてくるのだから堪らない。

クンニリングスはあくまで女性に対する奉仕であり、サービスという意識が強かった。決して嫌なわけではないが、それほどしたいと思ったことはない。

しかし、今日ばかりは別だった。

心の底から舐めて、舐め倒して、真央のすべてを味わい尽くしたくなる。

智久は膝頭《ひざがしら》をベッドに押し付けるように、Mの形でコンパスをこじ開けて、自らの欲望が赴くまま股座に顔を寄せていった。

「や、やっ！　舐めるなんて、そんな……汚れているから、ダメ、ダメよぉ」

真央は思わず智久の頭を押さえつけた。午前にシャワーを浴びてからすでに三、四時間は経っている。その間に用も足したし、汗で蒸れてもいるし、しかも、これほどの愛液で穢《けが》れた性器に口をつけられるなど、さすがに心が憚《はばか》られた。

が、一方で体は望んでいた。激しいクンニリングスを……。

秘唇が千切《ちぎ》れ、クリトリスが引っこ抜けるほどに愛撫されたいと……。

「いいんだ、汚くなんてない……俺は、俺はっ、ん、んんぅ……」

どうしても舐めたいのだと、想いを告げる間もなく女肉にかぶりつく。

「ふひぃ、ひぃ、いぃ！」

花弁を舌でさすられただけで、真央は弓なりに背中を仰《の》け反らせた。

愛《いと》しい青年とホテルに入り、熱烈なディープキスでアクメにも似た愉悦を覚え、濃厚な一番搾りを胃袋に収めた女体には、僅かばかりの刺激すら至極の快楽になった。

花弁は満開に咲き乱れ、クリトリスは異様に尖る。

膣口《ちつこう》からはドクドクと、白く濁った牝汁が溢《あふ》れ出す。

「あぁ、は、はっ、真央さん……んぅ、真央さんっ！」

快感を露わにした女肉に、ことさら甘酸っぱく匂い立つ恥臭に煽《あお》られ、智久の舌戯もエスカレートする。

「……くひっ！　い、いっ……んー、んんーっ！」

ラビアが摘《つま》まれ、充血した粘膜が舌で削《そ》がれる。膣口がほじくられ、望み通りに陰核をしゃぶられて、真央はときおり白目を剝いてよがり啼いた。

もちろん、感じているのは真央ばかりではなかった。

牝の果汁を堪能《たんのう》し、先ほど射精したばかりのイチモツは新たな腺液をちびらせて、牝と交尾する瞬間を今か今かと待ち構えている。

(そろそろ行きますよ、真央さん。入れますからね)

交尾の意思を伝えるように、血走った眼で真央を睨《にら》みつけると、智久は巨根をしっかと握り締め、ズブッと牝壺《めつぼ》をひと突きにした。

「んおおっ!」

瞬間、脳天を直撃するほどの快感に襲われ、獣のごとき雄叫《おたけ》びをあげる。

憧れの人妻は外見ばかりか中身までも智久を魅了した。蕩《とろ》けんばかりの肉襞《にくひだ》がピッタリと、竿の至る所に張り付いてくる。子持ちの人妻なりに膣はほぐれているのに、強烈な圧迫感に鎌首が襲われ、肉茎の全体をグイグイ締め付けられるではないか。

今までそれなりの数の女と交わってきたが、自慢にできるほど人妻も抱いたが、これほどの肉悦を味わった経験などかつてない。これぞまさしく名器だと、真央こそ自分が求めていた女だったのだと、心から信じられるほど素晴らしい肉壺だった。

むろん、セックスの快感は男だけのものではない。これまでの前戯でオルガスムスの際《きわ》まで達していた真央にとっても、生巨根の一撃は激烈な官能だった。

「んいぃぃーっ!」

ドスンッといきなり膣底まで肉路を貫通され、下劣によがり啼く真央。

大きさは擬似ペニスと同じでも、与えられる快感は別次元のものだった。

焼け火箸《ひばし》のごとき熱さも、シリコンとは違う生粘膜の摩擦も、男日照りの人妻には狂おしいばかりの愉悦になった。いいや、たとえ毎夜毎晩夫に抱かれていても、セックスフレンドを何人持っていたとしても、これほどの快楽を与えられたならきっと、智久に夢中になっていただろう。

「ああっ、真央、真央っ！」

怒張を深々と埋めこむなり、ガムシャラに腰を振り始める智久。

両手で乳房を鷲掴《わしづか》みにして、背中を弓なりに仰け反らせ、ゴリゴリに肥大した太マラを淫水が飛び散るほどに激しく前後させる。

「あうっ、あひっ！　いぃ……い、いっ！　おおぉ、ほおぉうぅ！」

雁の括《くび》れで膣襞が引っ掻かれ、子宮の入り口がドスドス叩きのめされて、真央は一打一打に目の玉を引っくり返し、瞬《また》く間に絶頂への階段を駆け昇っていった。

もともとクリトリスよりも膣のほうが、膣よりも子宮のほうが、より強い快感を得られる助平な肉体の持ち主である。オナニーで電動マッサージ器を使うようになったのは、女の細腕ではディルドーをうまく使うことができなかったから。巨根を激しくピストンさせられるほどの力がなかっただけなのだ。

真央はすでにGスポットの愉悦に目覚めているし、子宮口付近に存在するポルチオ性感も発達している。その刺激を得たいがために、特大サイズのディルドーを選んだわけだが、シリコンでは硬すぎて痛みを伴うだけだった。

しかし本物の肉棒は、智久の巨砲は真央が求めていた快楽のすべてを与えてくれた。

「い、イッ……グぅ……イク、イクイグッ！　あ、あたひ、ひっ、イッちゃう！」

息をもつかせぬピストンに、首が据わらぬ赤子のように頭を揺らめかせながらも、真央はじっと智久の顔を見つめ、大声で喚《わめ》き散らした。

相手に絶頂を訴えるなど、「イク」という台詞を口にするなど、今までは恥ずかしくてできなかったが、智久には伝えたい。どれほど自分が感じているのか分かってもらいたい。

「いいよ、イッて！　イクんだ、真央っ！　イケ、イケッ、イケーッ！」

シーツを掻き毟《むし》り、大股に広げた脚をばたつかせている真央にトドメの連打をお見舞いする。両脚を肩に担ぎ、女体を二つに折り曲げて、マングリ返しの体位で真上から怒濤《どとう》の乱打で膣を、子宮を抉《えぐ》りまくる。

「はぐっ、あひぃ……ぐっ、イグゥ、う、ううぅ！　イグイグーッ！」

青筋が浮かんだ喉をまっすぐに伸ばし、断末魔のごとき叫びを上げる真央。

実際にはすでに達していた。体重を乗せた突入に子宮が叩かれ、恥骨の狭間《はざま》でクリトリスが潰され、そのたびに気をやった。

「くおっ、お、おおぉ！」

　アクメに達した媚肉はさらなる名器に生まれ変わり、智久を絶頂に誘う。

　膣全体が充血し、ひときわ強い圧迫感に襲われ、鎌首を上下させるたび前立腺が悲鳴をあげる。子壺はまるで別の生き物がごとく収縮し、小刻みな顫動《せんどう》を繰り返し、子種を欲するかのように子宮口が鈴口に吸い付いてくるのだから、射精を耐えるなどできなかった。

「お、俺も……俺もイクぞっ！　あ、あぁっ、ほら、ほら……の、呑ませてやるから、口を、口をっ！」

　さすがに中出しするわけにはいかないが、それでも外には出したくない。

　智久は必死に尻の穴を窄《すぼ》め、こみ上げてくる精液を尿道の中に押し留《とど》めながら真央に言い放った。

「あぁぁ、んあぁぁ」

　なかば失神状態に陥りつつも、真央は促されるままに唇を割り広げた。

「ん、んん、くっ！」

　最後の瞬間まで我慢して、素早く膣から怒張を引き抜く。

　膝立ちで真央の胸に跨《また》がり、鎌首を朱唇の隙間に滑り込ませる。

「……んぅ、んぼ……むぼ……」

　智久から命じられるまでもなく、真央は己の意思で肉棒を咥えた。

　自身の本気汁にまみれ、白くふやけている肉棒に臆することもなく巨根をしゃぶり、吐き出された精液を旨そうに胃袋へ落とし込む。

「はぁ、ふうぅ……まだ、だろ？　まだだよな？」

二発目を噴出させてなお、いっこうに縮む気配を見せない息子に薄笑いを浮かべ、真央の答えを待つことなく女体をうつ伏せにする。今度はヒップの弾力を下腹で楽しみ、バックの体位で思う存分名器を味わってみたい。

「ええ、もっとしてぇ……もっと私を狂わせてぇ」

アクメの名残りに女体を痙攣《けいれん》させながらも、真央はグイッと美臀を持ち上げ、自らの指先でラビアを満開に捲り広げた。

「そぉら、いく……ぞっ！」

ぽっかり口を開けた膣穴に、一気に根元まで肉注射を挿しこむ。恥骨を尻の割れ目に埋め、正常位より深い結合感を楽しみながら野猿のごとく腰を振る。

何度してもやり足りない気分だった。射精をするたびに真央が恋しくなり、ハメたくて堪らなくなる、自慰に狂っていた思春期より激しい劣情を感じた。真央にとっても智久は本当のセックスを、女の幸せを与えてくれる唯一無二の男に思えていた。

それほどに二人の肉体は相性が良かった。

万にひとつ以下の確率で巡り合えた最高のパートナーに思えた。

ラブホテルの休憩時間が過ぎてなお、二人は夢中で肉体を交わらせる。

その頃、智久の家では……。

4

(お姉さん、もう来てるかな?)

母がテニスに出かけるのを待って自宅を後にした裕太は、専用エレベータで五階に降り、チラリと腕時計を見やった。

約束の一時半までにはまだ十五分ほどの間がある。どうにも気分が落ち着かず家を出てきてしまったが、涼香はまだ到着していないかもしれない。

「まあ、とりあえず行ってみよう」

独り言を口にして、智久の部屋に歩を進める。

とにかく一刻も早く涼香に会いたかった。

なにせ、日曜日から指折り数えてこの日が来るのを待っていたのだから。

このところは勉強にもまるで身が入らず、今日は予備校の授業中も涼香との蜜戯ばかり考えていた。不謹慎な妄想に溺れ、股間を常に膨らませていた。

けれど、自慰で晴らすような真似はしていない。たった二日ばかりだが禁欲をしていた。

理由は言わずもがな、今日のためだ。

果たして何が起こるのか、涼香が何をしてくれるのかも分からないが、それでも、少なからず期待はしている。甘美な性の施しを……。

いいや、たとえ施しが受けられずとも、下着だけは頂けるはずだ。少しばかりの勇気を持って自分が求めたならきっと、新鮮な穿きふるしを与えてくれるに違いない。

「さて、と」

扉の前で自らの気分を鎮めるように、二度三度と深呼吸を繰り返す。

微かに震える指先で、インターフォンのボタンを押す。

『……はい』

「あ、あの、藤井ですけど」

スピーカーから聞こえてくる涼香の声に胸をときめかせ、インターフォンに向かって小さく頭を下げる。

『ああ、裕くんね。待ってて、すぐに開けるから』

インターフォンが切られると同時に、扉越しに足音が届いてくる。

ほどなく扉が開けられて、涼香が顔を覗かせる。

「いらっしゃい」

「あの、どうも……こっ、こんにちは」

丁寧にお辞儀をし、涼香に顔を向けた裕太は、次の瞬間ハッと息を呑んだ。

いったいどういうことなのか、今まで何をしていたのか、涼香は白銀色のレオタード姿で自分を迎えたのだから。

それも、体操やフィットネスで使用するような品ではない。

たぶん何かのイベントで着用したものだろう。右の胸から左の腰に向かって襷《たすき》を掛けるように、社名らしきアルファベットのロゴが青色でプリントされている。ビキニラインは直視するのも憚られるほど過激なハイレグで、剝き出しになったコンパスは煌《きら》びやかな日焼け色のストッキングで飾られていた。

「さあ、どうぞ。入って」

たかがレオタード姿を目にしただけで、滑稽《こっけい》なほどに落ち着きを失った少年に笑みを零《こぼ》すと、涼香はクルリと身を翻し、裕太を部屋に導いた。

「お邪魔、し、します」

今一度頭を下げて、涼香の後に続く裕太。

レオタードの後ろ姿も思春期の少年にとっては魅惑の塊だった。

イブニングドレスのように大きく抉れた背中と、ヒップは紐《ひも》のように細いTバックスタイルで、尻の割れ目をギッチリと締め上げている。艶やかなナイロンメッシュに包まれた美臀は歩を進めるたび瑞々《みずみず》しく震えて、等高線がごとく描かれたマーブルの光模様が波のように揺らめく様も裕太の目を刺激した。

「どうかしら、これ、似合う？」

壁際のラブソファーに裕太を座らせると、涼香はその正面に立ち、カメラ小僧を前にしたレースクイーンのように美脚を軽く交差させた。

「は、はい……とても」

気の利いた褒め台詞も言えず、遠慮がちな眼差しでレオタードの女体を観賞する裕太。

先日よりいくぶん派手なメイクに彩られた美顔に瞳が奪われるものの、年頃の少年にとって気になる部分はやはり胸、そして下腹部だった。

ブラジャーどころか、パッドも当てられていないのか、平たく潰れた乳房にはポッチリと乳首が突起している。さらには裏地すらもつけられていないのか、ロゴがプリントされていない左胸には乳首の形ばかりではなく、乳暈の輪郭までも微かに透けているのだから堪らない。

たぶんパンティも、サポーターの一枚も着用せず、パンストを直《じか》に穿いているのだろう。下腹部には縦にパンストのシームが刻まれて、恥丘の辺りにはぼんやりとヘアの形が浮かんでいた。

当然ながら本人が気づいていないわけがない。

すべてが自分を誘惑するための演出に他ならない。

「フフフ、気に入ってくれたみたいね。もう五年も前のものだけど、わざわざクロゼットから引っ張り出してきてよかったわ」

いつしか食い入るように、ハイレグの股座に無遠慮な視線を注ぎ始めた裕太に口元を緩めると、涼香はラブソファーの隣に腰を下ろした。

「これ以外にも、お仕事で着たコスチュームとか、それに、ランジェリーも色々持ってきてあげたのよ。見てみたい？」

すっかり気色ばんでいる若竿を、下腹部の膨らみを一瞥し、耳元で囁きかける。

頬に口づけし、フーッと首筋に息を吹きかけながら甘く問いかける。

「それとも、もっと違うことがいぃい？」

「違うこと、ですか？」

「見ているだけで満足なら、それでもいいんだけど……」

微妙な含みを持たせて口を閉ざすと、涼香はそっと裕太の手首を握り、自らの胸元へ手のひらを導いた。

「あ、あっ……」

心の準備をする暇もなく性的なスキンシップに誘われ、裕太はにわかに狼狽《うろた》えた。

しかし、躊躇《ためら》いはなかった。多少の戸惑いはあるものの、夢が現実になろうとしているのだから抗《あらが》うわけもなかった。

「さあ、いいのよ。お姉さんの胸を触ってごらん」

「……はっ、はひ」

促されるままに怖々と乳肉をさする。

五本の指を目一杯に広げ、肉の果実を手のひらで包み込む。

（うわぁ、柔らかい。オッパイって、こんなに柔らかいんだ）

おずおずと乳房を揉み、蕩けんばかりの肉感に陶然とする。

想像以上の柔らかさだった。まるで低反発のスポンジのようで、どこまで揉んでも芯がなく、それでいて指先を跳ね返すような弾力がある。

乳房に触れているという現実に興奮はするものの、手のひらに伝わる感触は無性に心を和《なご》ませ、母に甘えていた頃に幼返りしているような気分でもあった。

また、スベスベしたストレッチ素材の、ゴム膜のように伸びがいいレオタード生地の感触も心地よかった。素肌よりもなめらかで、手のひらの皺《しわ》に、その一本一本に吸い付いてくるような質感が何とも言えず淫らに思えた。

「んふふ、裕太くんって可愛いね。本当に可愛い子」

ほんのり瞳を潤ませて、無心に乳肉を弄ぶ美少年の姿は、女の母性本能を痛いほどくすぐった。涼香は優しく肩を抱き寄せると、頭の後ろを押さえつけるようにして、充血した乳首を裕太の唇に押し当てた。

「ほぉら、チュッてしてごらん」

「んぅ……ちゅぅ、ちゅちゅ……」

恥ずかしげな面持ちで美姉の顔を一瞥し、おずおずと乳首にしゃぶりつく。

赤子のような扱いも決して不愉快には思わなかった。むしろ心をリラックスさせ、どのような我が儘《まま》でも聞いてもらえるのだと、そんな気分にさせた。

（すごくいい香りがするよ、お姉さんの体って）

尖らせた舌で肉芽をつつき、レオタード越しに乳暈を舐めまわしながら、美姉の体から漂い来る媚臭にうっとりと嗅《か》ぎ惚れる。

化粧品の微香と、涼しげなパヒュームの香りに演出された体臭は、佳奈美とはまるで違う成熟した女のフレグランスだった。匂いの成分には僅かだが、汗の香気も含まれている。

敏感だからこそ感じられた。匂いフェチだからこそ嗅ぎ漏らすことはなかった。

裕太はさらなる汗臭を求めて、腋《わき》の下に鼻先を進めていった。

（あぁ、匂いがする。お姉さんの匂いが……）

プーンと嗅覚《きゅうかく》が刺激され、全身を粟立たせる。

部屋の冷房は効いているが、外は三十五度を超える猛暑である。このマンションに来るまでに、かなり汗をかいたのだろう。爽やかなデオドラントの香りで誤魔化されてはいるものの、腋下《えきか》からは蒸れた汗の臭気が発散されていた。

「どうしたの？」

いったい何がしたいのかと、鼻面で腋をこじ開けようとしている裕太に首を傾げる涼香。

「あ、あの……」

「もしかして、腋の下が見たいとか？」

口ごもった裕太にしたり顔で質問を重ねる。思春期の年頃は、女体のあらゆるところに興味津々《しんしん》なのだと理解している。袖口《そでぐち》から覗く腋の下にエロティシズムを感じるという男もいるのだから、それほど不思議なことだとは思わなかった。

「いや、その……汗の匂いが好きで、だから」

顔色を窺いながら、もじもじと訴える。

涼香なら認めてくれるはずだと、勇気を持って倒錯した嗜好《しこう》を明らかにする。

「フフフ、そうだったんだ？　ちょっと変わってるのね」

裕太の台詞に失笑しつつも、涼香はセミロングの黒髪を掻き上げるようにして、両手を頭の後ろに回し、水平に二の腕を持ち上げた。

「さあ、匂いを嗅ぎたいなら、どうぞ」

「そ、それじゃ……」

あからさまにされた腋下にすぐさま鼻面を押し当てる。

ほんのり湿った皮膚に鼻の穴をなすりつけ、美姉の汗臭を肺一杯に送り込む。

「はあぁ、ふぅ……んぅ、ふうぅぅ」

「どう、いい匂いがする？」

「あぁ、する、しますっ……ふぅ、んんっ」

小鼻を目一杯に膨らませ、汗の匂いを嗅ぎまくる。

まるで高純度のフェロモンだった。眩暈に襲われるほど濃厚で甘美な女のフレグランスだった。鼻を鳴らすたび、前立腺が痺れてくる。今にもズボンを突き破らんばかりに若竿が勃起する。

裕太はさらなる刺激を求め、自らの欲望が訴えるままに、湿った腋下に舌を這《は》わせていった。

「ひゃっ！　ちょ、ちょっと、舐めちゃダメぇ」

こそばゆさに慌てて半身を捩り、腕を下ろす涼香。

暑気にばてた犬のように、せわしげに息を継いでいる裕太に苦笑して、悪戯《いたずら》っぽく囁きかける。

「まったく、腋の匂いでそんなに興奮しちゃって。裕くんは匂いフェチだったんだ？」

「フェチって？」

「そういうのが好きだってこと」

三角に張りつめた下腹部を一瞥し、涼香はふたたび裕太の手を握り締めた。

ストッキングの太腿に手のひらを乗せて、きわどい質問を投げかける。

「この前あげたパンティの匂いも嗅いだんでしょう？」

「……………」

口を閉ざしたまま、裕太は正直に頷いた。ムッチリ肉づいた太腿を撫《な》でつけ、ツルツルしたナイロンメッシュの手触りを楽しみながら次の言葉を待つ。

「つまり、アソコの匂いを嗅いで、ひとりでエッチなことをしたんだよね、ん？」

「それは、その……」

「いいのよ、恥ずかしがらなくても。健康な男の子なら誰だってしていることなんだから……で、やっぱり、本物の匂いも嗅いでみたいよね？」

「ほ、本物って？」

「分かるでしょう。こーこ」

白々しく問い返してきた裕太に流し目を送りつつ、涼香はやんわりと膝を割り広げ、手のひらを股座に導いた。

「!!」

乳房とは異質の柔らかさに、異様な火照りを帯びた媚肉の感触に男根が脈を打ち、鈴口からヌメヌメと先汁が滲み出す。

「どうなの、嗅ぎたい？　それとも、見たい？」

「でも、僕……」

悩ましげな面持ちで答えを濁す。べつに遠慮しているわけではないし、するつもりもないが、レオタードの女体を観賞し、フェロモンの媚臭を嗅ぎまくり、男根はもはや完全勃起もいいところだ。

今の状態でこれ以上の刺激を受けたら、いつ暴発してしまうやも分からない。

「そうかぁ、我慢できなくなっちゃったんだ？　ここが、こんなにパンパンに……」

「あっ、ダメ、ダメですっ！」

下腹部に伸ばされようとした涼香の手から逃げるようにソファーから腰を上げる。

両手で股座を隠し、切なげな眼差しで美姉の瞳を見つめ返す。

「いいから、ね？　そのままじゃ辛《つら》いでしょう。お姉さんが手でしてあげるから」

「………」

「それとも裕くんは、自分ひとりでするほうがいいの？」

「そ、そうじゃないけど……」

「それじゃあ、いらっしゃい。ここに……お姉さんのお膝に座ってごらん」

足元に転がっていたボックスティッシュを座面に乗せると、涼香は踏ん切りがつけられずにいる裕太の腕を摑《つか》み、強引に自らへ引き寄せた。

横向きの姿勢で太腿に座らせ、胸の谷間で顔を包み、鼻にかかったソプラノの声で少年に言い聞かせる。

「裕くんはただ、お姉さんに任せていればいいの。分かったね？」

「う、うん」

「大丈夫よ。恥ずかしいのは最初だけだから」

言葉とともにゆるゆるとファスナーが下ろされる。ブリーフの前開きが大きく広げられ、ガチガチに勃起した若竿が握り出される。

「ん……くっ……」

グッと歯を食いしばり、裕太はひしと美姉の胸にかじりついた。

生まれて初めて異性の前で性器を露わにしたことに、羞恥《しゅうち》の念に襲われるものの、今はただ射精を堪《こら》えるだけで精一杯だった。

「うん、すごく格好いいよ、裕くんのオチンチン」

初々《ういうい》しい童貞ペニスに爛々と瞳を輝かせる涼香。サイズは人並み程度だが、小柄な美少年の容姿から連想していたよりずっと立派に思えた。

「でも、先っぽがちょっと隠れちゃってるね。ここは、ちゃんと剝いておかなくちゃいけないんだよ、いいね？　今からお姉さんが剝いてあげるから、少し痛いかもしれないけど我慢してね」

「うん、うんぅ……あ、あうぅ……」

鈴口に潤んだカウパーが半剝けの亀頭に塗り広げられ、唾液で濡らされた手のひらで鎌首が優しく包み込まれる。もう一方の指先は陰茎の中腹に巻きつけられて、皮が少しずつ下に引っ張られてゆく。

「く、あっ……ひ、ひっ……」

少女のごとくか細い悲鳴をあげて、全身を強張《こわば》らせる。

微かな痛みを伴いながら、ピッタリ皮膚に張り付いていた包皮が剝がれ、一度も空気に触れたことがない部分がジワジワと露呈してくる。

「もう少しだから我慢して……ほぉら、あと少し、もうちょっとで……」

「うぅ、あ、あっ！」

ほどなく包皮がズルンッと捲れる。初々しいピンク色の雁首が、恥垢《ちこう》に穢れた鎌首が完全露出する。

「あぁん、剝けたぁ……うふぅん、オチンチンの皮が、ペロンッて剝けちゃったぁ」

淫靡な笑みを満面に湛《たた》え、涼香は子供のようにはしゃぎたてた。

童貞喰いの痴女にとっては堪らない瞬間である。不潔な亀頭から立ち込めてくる異臭も、涼香にとっては食欲がそそられる最上級の香りだった。

「それじゃあ、するからね。出したくなったら我慢しなくてもいいから、思いっきりピュッてしてごらん」

胸の谷間に顔を埋めたまま、ピクピクと体を痙攣させている裕太に声を掛けると、涼香はあらためてペニスを握り、指の輪っかで雁首を締めつけた。

少年の反応を窺いながら、亀頭の段差をソフトにしごく。

あまりに早くイカせては可哀想だろうと、細心の注意を払ってはいたのだが……。

「だ、ダメッ、お姉さ、んっ……うっ、んんっ！」

僅か三擦《みこす》り半のピストンで、元から限界に達していた裕太は呆気《あっけ》なく絶頂を極めてしまった。

「あ、あぁ……で、出るの？　出ちゃうのねっ⁉」

すかさずティッシュを引き抜き、亀頭を包む涼香。

やにわにティッシュを突き破らんばかりの勢いでスペルマが迸《ほとばし》る。

裏筋がしゃくれるたび、濃厚な樹液が弾丸となって次々に噴出する。

「はあぁ、あぁ……お、お姉さん、お姉さぁーん」

今までに味わったことがない絶頂感に朦朧《もうろう》としながらも、裕太は鼻を鳴らすようにして涼香の唇を求めた。

精を搾ってくれたお姉さまがいとおしくて堪らなかったから……。

恋愛した経験もなく、女性に対する免疫にも乏しい思春期の少年が、肉欲と愛情を取り違えるなどよくある話だが、愛があるからこそ「手コキ」をしてくれたのだと、これはつまり涼香の愛情表現なのだと、心の底から信じきってしまう。

「いい？　裕くんはもう、お姉さんのモノだから、分かったね？」

「はい、はいっ」

「ほぉら、お口を開けてごらん。大人のキスを教えてあげるから」

「あぁ……ん、んぅ……」

命ぜられるままに口を広げ、挿しこまれた舌に自らの舌を絡ませる。流し込まれる唾液を旨そうに嚥下して、僕の舌を吸ってくださいとばかりに長々とベロを伸ばす。

もはや身も心も涼香に隷属していた。

さらなる快楽を求め、麗しき美姉の虜《とりこ》に堕《お》ちていた。

5

「ほぉら、見てごらん。こんなに一杯出たんだよ」

濃密なディープキスを終え、唾液の糸を口元に伝わせながら唇を分け隔てると、涼香は亀頭をくるんでいたティッシュを剝がし、大量に放たれた精液を裕太に見せつけた。

「自分でするより、ずっと気持ちよかったでしょう？」

「………」

自らも驚くほどの量に照れ笑いを浮かべ、コクリと頷き返す。

「でも、まだ大きいまま……んふふ、皮が剝けて余計に大きくなったみたい」

一向に縮まる気配を見せない若勃起に黒目を輝かせると、涼香は聞かずとも知れた質問を投げかけて、蜜戯の第二部の幕を開けた。

「どう、まだ続けたい、ん？　お姉さんと、もっともっとエッチなことがしたい？」

「はい、はいっ、したいです。してください」

裕太は獅子舞《ししまい》のごとく首を上下させ、二つ返事で答えた。

たった一発で萎《な》えるなどあり得ない話だ。最近では少なくとも日に二度は自慰をしている。二日の禁欲を考えれば、それだけで余力は三発、オナペットの女性が相手なら五発でも六発でも射精できそうなほど精力が漲っているのだから。

「それじゃあ、もう服を脱いじゃいましょうか？　裕くんだって見たいでしょう、お姉さんの裸を」

「ああっ、見たい、見たいですっ！」

すぐさま涼香の太腿から飛び降り、Tシャツを頭から抜き取る。反り返った肉棒を一旦ファスナーの中に収めて、ブリーフもろともズボンを脱ぎ去ると、裕太はいち早く全裸になって、ソファーから腰を上げた美姉の足元にしゃがみこんだ。

一刻も早く裸身を拝みたいところだが、どうせなら脱衣シーンもじっくりと楽しみたかった。

「フフ、待っててね。すぐに脱ぐから」

手のひらで肩を撫で付けるようにして、レオタードから腕を抜き取る涼香。

裕太の視線を焦《じ》らしつつ、胸元をゆっくりと捲り下ろしてゆく。

「あぁ……」

露わにされた生の乳房に目を見張る裕太。

きつめのレオタードに潰されていたのか、弾むように零れ出した乳房は巨乳と言って憚らない大きさではないか。しかも、形も綺麗だった。男の願望を投影させた、漫画の世界で描かれているように整った乳房は、少年期が抱く女体への憧れを裏切らない、彫像がごとき美しさだった。

が、胸の光景に見とれてばかりはいられない。

レオタードはすでにウエストを通り過ぎ、今まさに下腹部が露呈しようとしているのだから。

裕太は固唾《かたず》を呑んでパンストのウエストから続く縫い目を、股座に向かって伸びている縦のシームを目で追った。

ほどなく恥丘の土手が露わになり、アーモンドブラウンのパンストに透けたヘアの茂みが瞳に飛び込んでくる。モデルを生業《なりわい》としている女性らしく、恥毛は丁寧に手入れされ、六つ切りチーズより小さな逆三角形に整えられていた。

ヘアヌードが氾濫している時代であっても、裕太が女性の陰毛を目にしたのは初めてのこと。しかも、写真ではなく実物で、ストッキングに透けているところも淫靡な雰囲気で、男根はすぐさま落ち着きを失ってしまう。

やがて、股に食い込んでいた細布が、陰部から剝がれ落ちる。

その瞬間にツツーッと細い糸が伝ったことを、裕太は見逃さなかった。

いくら性の知識に乏しいとはいえ、感じた女性が陰部を濡らすことくらいは知っている。性の施しを与えつつ涼香自身も興奮していたのだと分かり、ますます胸を高鳴らせる。

果たして女性の性器はどのように濡れるのだろうかと、陰核と呼ばれている部分は大きくなっているのだろうかと、破廉恥な好奇心を一杯に膨らませ、美姉の下腹部に視線を集中させる。

(でも、何だかエッチだな。パンスト一枚だけって)

最後の最後まで焦らすつもりでいるのか、ピッタリと股を閉ざしたままレオタードを足先から抜き取る涼香の姿に、パンスト直穿きの女体に新たな官能を覚える。

細密なナイロン繊維が織り成す光の陰影は、もとから美しいコンパスをことさら優美に演出していた。まるでオイルをまぶしたがごとく、美脚のすべてが汗ばんでいるようにも感じられる。

汗の匂いが大好きで、汗で濡れ光る肌にも興奮するタチの裕太が、煌びやかなテカリを放つパンストに惹かれるのは当然の話でもあった。

「さあて、最後の一枚を……」

「あっ、ちょっと待って」

パンストのウエストを降ろしかけた涼香の手を咄嗟《とっさ》に制する。

「ん、どうしたの？」

「まだ、脱がないで欲しいんです。そのストッキングって、すごく綺麗だから……それに、一枚だけ穿いてると、何ていうか、エッチな感じだし」

正直な思いを口にして、ナイロン肌の美脚に縋《すが》りつく裕太。

足首から脹脛《ふくらはぎ》を、太腿をさわさわと撫でつけながら言葉を続ける。

「それに、触り心地もいいから」

「フフフ、そうかもしれないわね。裕くんは、パンストが気に入ったんだ？」

「はい。僕、ええと……パンストにも、フェチかも」

「みたいね。裕くんみたいに匂いフェチの男の子って、パンストフェチが多いみたいだから。どうしてだか分かる？」

「ううん、どうしてですか？」

太腿に頬を擦りつけ、股座から霧のごとく降り注いでくる恥臭に小鼻を膨らませ、上目遣いに涼香の顔を見つめる。

「パンストってすごく蒸れるから。誰かが前に言ってたもの。蒸れた脚がたまらないとか、そんなことを……夏場なんか特にね」

「こんなに薄いのに、む、蒸れるんですか？」

「ええ、このパンストってサポートタイプだから、なおさらに蒸れちゃうわ」

蒸れという言葉に、敏感に反応した少年に心中をそれとなく見透かして、涼香は鼻から息を抜くような声で呟《つぶや》いた。

「もう、ムレムレよ。爪先も、太腿も、それに……ここも」

「うわ、うあぁ！」

大きく股が広げられ、ストッキングに透けた女陰があからさまにされる。

普通のパンストとは違うレースクイーン御用達《ごようたし》の品は、股間に舟形のマチが作られており、性器がすっぽりその部分に収まっていた。ナイロンメッシュの薄膜は愛液でふやけて、新たに作られた皮膚がごとく女肉に吸着している。

「はあ、ふぅ……あ、あっ！」

目を皿のように見開いて、ナイロンの薄膜に包まれた媚肉の光景を網膜に焼きつける。

美姉は秘唇すらも麗しかった。薄く小さなラビアは花弁と呼ぶに相応《ふさわ》しい可憐《かれん》さでクレヴァスを飾り立てている。皮膚の色も乳暈と同じく艶やかなダークローズをしており、その隙間に見える粘膜は鮮やかな朱色で、女蜜にキラキラと輝いている。

亀裂の合わせ目には真珠がごとくクリトリスが突起して、ときおり割れ目の内側に覗く粘膜が蠢《うごめ》いていた。

「さあ、いいのよ、ここの匂いを嗅ぎたいんでしょう?」

後ずさりするように、ソファーに腰を沈めると、涼香は両踵《かかと》を座面に乗せて、M字開脚のポーズで女陰を曝《さら》け出した。

「ほぉら、思いっきり嗅いでごらん。本物の匂いを……オマンコの匂いを」

「お、おま……はひ、はひっ!」

さりげなく口にされた隠語にますます劣情を燃え上がらせると、裕太はソファーの前に座り込み、涼香の股座と顔面をつき合わせた。

「くうぅ……は、はっ!」

そっと小鼻を膨らませるなり、濃厚な牝の臭気が暴風雨がごとく襲い来る。

汗を煮詰めたような匂い、パンティの沁《し》みからも感じられた甘酸っぱい香気に濛々《もうもう》と鼻腔が燻《いぶ》される。むろん、穿きふるしの残り香とは比べようもないほど芳醇《ほうじゅん》で、生々しい恥肉の淫臭だった。

息を継ぐたびに裏筋が引き攣《つ》り、鎌首がせわしく律動し、鈴口からはカウパーの粘液がドクドクとちびり出てくる。

裕太はさらなる恥臭を漁《あさ》るべく、二枚貝の隙間に鼻面を埋めるようにして猛然と肉臭を嗅ぎまくった。

だが、すぐに匂いばかりでは飽き足らなくなる。これほど旨そうな女肉を前にして、味わわずにいられるわけがない。

裕太はストッキングの網目から滲み出してくる白蜜を舌先でペロリと掬《すく》い取った。

「ふぅん、いいよ。舐めてごらん。お姉さんのオマンコを、裕くんの唾でグチュグチュにしてごらん」

「あぁ、オマンコ、涼香お姉さんのマンコ……んちゅ、むぢゅぅ」

許しが得られるなり女肉にかぶりつく。

子犬がミルクをしゃくるように舌先を動かし、パンストの生地に潰された秘唇を舐め回す。薄膜越しにクレヴァスをほじり、卑猥《ひわい》な音色を響かせながら牝の果汁を啜る。

「はぅ、あぁん……そう、そうよ。もっと舌を使って、割れ目の先っちょに膨らんでるお肉を……そっ、そこぉ！　そこがクリトリスよ。女性が一番感じちゃうところ」

「ん、んっ！　ちゅぷ、ちゅぱっ」

涼香の声に従って、クリトリスに舌先を集中させる。両手を鼠蹊部《そけいぶ》にあてがい、左右の親指でラビアを開いて、陰核を根っこから抉り取るように舐め上げる。

「は、はぁ……ん、うぅん、いいよ、裕くん上手ぅ……さあ、もっとしてっ、もっとオマンコ舐めてぇ」

ときおりピクピクと太腿を震わせ、啜り泣くような嬌声《きょうせい》を漏らす涼香。

肉芽はますます硬くしこり、大粒に隆起して、濃度を増したラブジュースが滾々《こんこん》と膣口から湧いてくる。

（ああ、すごいっ！　一杯出てくる。どんどん溢れてくるよっ！）

匂いはことさら芳《かぐわ》しくなり、口中に広がる旨味も豊かになり、ふたたび射精がしたくて辛抱できなくなる。裕太は美姉の股座に顔を埋めたまま、自らの手筒で肉棒をしごき始めた。

「ねえ、どうしたの？　もっと気持ちよくし、て……ああっ、こらこら、ダメよ。自分でしちゃっ」

舌の動きが鈍くなり、不満げに口を開いた涼香は、こそこそと自慰をしている裕太に気づき、呆《あき》れがちに叱りつけた。

「我慢できなくなったら、ちゃんとお姉さんに言いなさい。今度は、そうねぇ、お口でしてあげようかな……フェラチオ、知ってるよね？」

「うん、聞いたことくらいは」

「裕くんが今していたことは、クンニリングスって言うのよ。それで、一緒にするのがシックスナイン。男と女がお互いにアソコを舐めっこするの、いい？」

「それを、今から？」

「そうよ。裕くんがお姉さんのオマンコを舐めて、お姉さんがオチンチンをおしゃぶりするの……さあ、こっちに」

涼香はそそくさとソファーから腰をあげ、裕太を隣のベッドルームへと導いた。少年を優しくベッドに押し倒し、後ろ向きの体勢で胸板の左右に膝をつく。顔面に向かって尻を突き出し、両手を下腹部から股座に這わせ、パンストのマチに爪を立てる。

「ほぉら、こうやって」

「うわ、うわわっ！」

薄ナイロンが引き裂かれ、女陰を剝き身にされる。ナイロンメッシュの煌めきより遥かに淫靡な照りに彩られた生肉が、これ以上ないアップで瞳に飛び込んでくる。が、蜜まみれの女性器を観賞している暇は与えられなかった。

「ほぉら、いくよ。裕くんのお顔に座っちゃうからね」

「あ、あっ……んぶぅ！」

やにわに勢いよくヒップが下ろされ、愛液でぬかるんだ恥肉がグチュッと唇に押し付けられる。パンストヒップに頰が圧迫され、尻の割れ目に深々と鼻面がめり込み、鼻の穴にはピッタリと肛門が触れてくる。

裕太はあんぐりと口を開いた。餌《えさ》を欲する雛鳥《ひなどり》のごとき大口で、熟した媚肉をすっぽりと口中に収めた。

（ああ、僕、お姉さんに顔に座られてる……なんか、これって、すごくエッチだよ）

甘美な美臀の拘束に酔いしれながら、美姉の尻に顔面を潰されている今の自分を想像し、裕太は異様なまでの興奮に見舞われていた。まるで涼香専用のクッションか、自転車のサドルにでもなっているようで、私物にされているという感覚が何故か刺激的に感じられる。

麗しき美姉に心から隷属し、マゾヒスティックな嗜好を内に秘めていた少年にとって、顔面着座はどうしようもなく官能的な施しだった。

「んあぁ……レロ、レロレロ……」

外陰部まですっぽりと口に含み、花弁を無心に舐めまわす。舌先でラビアを掻き分けるようにしてクレヴァスの粘膜をさすり、甘酸っぱい牝の果汁に舌鼓を打つ。

「ふぅ、んぅ、そうよ、割れ目の奥まで舐めなさい……ん、あっ、お、美味《おい》しいでしょう、んふふ、お姉さんのオマンコぉ、すごく美味しいよねぇ？」

「んちゅ、むぢゅ……ん、ふぅ……」

答えの代わりに激しく舌を使う。クリトリスを転がし、膣穴にヌップリと舌を挿入し、肉路をストローにして愛液を啜る。

「あっ、んんぅ……上手ぅ、裕くんってクンニが上手なのね、そ、そこっ！」

童貞とは思えぬほど巧みな舌技に、涼香はセミロングの髪を振り乱してよがり啼いた。

好きこそものの上手なれとはよく言ったもので、裕太の舌は女性器のツボを心地よく刺激してくる。

「それじゃあ、いい、いくからね。お姉さんもぉ、裕くんのオチンチンをぉむっ、ん、んぶ……んっ、むぼぼっ！」

下腹に張りついた若竿を垂直に握り起こすと、涼香はすぐさまずる剝けの亀頭にしゃぶりついた。小刻みに頭を上下させ、唾液をダラダラと滴らせながら、若勃起を根元まで咥えこんでゆく。

「ひ、ひっ！　うくっ、あ、ああっ！」

鎌首が呑み込まれた瞬間、激烈な快感に見舞われ、裕太は背中を弓なりに仰け反らせた。手コキとは別次元の愉悦だった。手筒とは違う生温かな粘膜に亀頭が包まれ、男根のすべてが愛撫され、強烈なバキュームで尿道が啜られる。涼香の美唇にしゃぶられている、その光景を見られないのは残念だが、眼前には女性器があからさまにされているのだから、視覚的な刺激も充分すぎた。

裕太は僅か十回ほどの首振りで、臨界まで昇り詰めてしまう。

「お、お姉さんぅ、僕、僕もう……んぶっ！」

出そうですと、言葉を続けようとした矢先、女肉に口が塞《ふさ》がれる。

お口を休ませるんじゃないと、もっと舌を動かしなさいと言いたげに、満開のラビアが唇に擦りつけられる。

「くうっ、ん、んっ！」

「んぼ、んぼっ、ん、ふぅんっ……ん、んっ、んぢゅぢゅっ！」

さらに熱を帯びるフェラチオ。限界を極めようとしている少年に構わず、朱唇をストロークさせ、睾丸までも手のひらで弄び、精液混じりのカウパー汁を啜りあげる。

（ああ、もうダメだ、僕……僕、出るよ、出ちゃうよっ！）

尻の割れ目で鼻が塞がれ、口一杯に女肉が押し込まれ、呼吸さえ苦しくなるも、しかし、甘美な窒息《ちっそく》感は肉の愉悦を増長させる。

裕太は両手でパンストヒップを抱きこみ、膣穴に口づけをしたまま、美姉の口内にドクドクと二発目のスペルマを発射した。

「うっ、むぶぅ！　ん、んっ……んぅ、んぐ、むぐ」

突然の射精に、二度目とは思えぬほどの勢いに驚きを露わにしながらも、涼香はじっと若竿を咥えこんだまま白濁を口中で受け止めた。

律動するペニスに合わせてゆったりと首を振り、心地よい射精を介添えし、吐き出された精液を躊躇うことなく嚥下する。

しかし、シックスナインの蜜戯が終わることはなかった。

涼香は尿道を啜り、残り汁の一滴までも吸い尽くしてなおフェラチオを続ける。

（こ、今度は僕が、お姉さんを……）

気持ちよくしてあげる番だと、そんな使命感に駆られて、裕太もふたたびクンニリングスを始めた。盛りがついた若竿はいまだに青筋を浮かばせているが、二度も射精をすれば多少は余裕も生まれる。

どうすれば感じさせられるのか、何をすればいいのかも分かっていないが、心を込めて丹念に、舌の感覚が麻痺するほど執拗《しつよう》に、美姉の秘唇を舐めまくる。

「あ、あぁんっ！　そ、そうよ、いぃ、いいっ……ん、うぅん」

弾《はじ》けそうなほどクリトリスを勃起させ、粘膜のすべてから体液を滲ませて、一歩ずつオルガスムスへの階段を昇ってゆく涼香。

稚拙な舌の動きだが、テクニックなど欠片《かけら》もないが、それでも、限りなく情熱的で、無邪気なまでに粗暴な舌戯は女体を歓喜させるに充分な力があった。

中途半端な愛撫で焦れに焦れていたこともある。ゼリーのごとく濃厚な子種の味も、鼻に逆流する精液の匂いも女体を官能の淵へと誘《いざな》った。

（ここが、気持ちいいんだよね？　お姉さんはここが……ここがっ！）

涼香の言葉を思い出し、陰核に責めを集中させる。舌先で転がしたり、きつく吸い上げたりして、クリトリスが毟れんばかりの激しさで愛撫を続け、さらには……。

「あふっ！」

中指をズブッと膣に挿入する。

ここが入れる場所だと、早くここに入れたいと、膣穴をほじくり返す。

(あぁ、温かい。女のひとの中って、こんなに温かいんだ)

指が蕩けんばかりに温かな膣内に感動し、ヌメヌメと柔らかな粘膜の感触に興奮し、裕太は夢中で中指をピストンさせた。

「うぅ、ひ、ひっ……く、ふっ!」

ときおり甲高《かんだか》い喘《あえ》ぎ声を漏らし、女体を痙攣させる涼香。

肉芽を舐めるたび膣路をギュッと窄め、尻の穴までピクピクと震わせる。亀頭を咥えつつも、頭を動かすことができずに身を硬直させている。

(もしかして、これって……そうか、お姉さん、イキそうなんだっ!)

経験がなくとも分かった。今まさにオルガスムスを極めんとしているのだと……。

裕太はここぞとばかりに豆肉を嬲り、淫水が飛び散るほどに膣を掻き混ぜて、涼香を絶頂に追い込んでいった。

「い、イッ……ク、クッ! イク、イクぅ!」

シーツに爪を立て、裕太の股座に顔を埋め、涼香は遂に絶頂に達した。

が、裕太はクンニを止《や》めなかった。もっと感じさせたいと、もっと女陰を味わいたいと、真っ赤に充血した粘膜を執拗に愛撫した。

「あっ、ひっ! ダメ、ダメェ……ん、んっ!」

負けじと涼香も肉棒にしゃぶりつく。主導権を渡してなるものかと、ディープスロートの口技で若竿をしゃぶり倒す。

「あ、あっ、また僕ぅ、うぅんっ……まだ出ちゃうよっ！」

自らも腰を突き上げ、美姉の口性器をズボズボとうがつ。動物的な本能が訴えるままに男根をピストンさせ、三発目のザーメンを涎のように垂れ流す。

それでもペニスは縮まらなかった。牝フェロモンの催淫効果もあり、まるで力を失わなかった。

「……ふう、裕くんってすごいわね。まだオチンチンがカチカチじゃない」

いったい何度出せば気が済むのか、涼香はいまだに上を向いたままのペニスに苦笑した。

しかし、絶大な精力こそが少年の魅力でもある。今日のところはすべてを教えるつもりはないが、とりあえず腰の使い方くらいは仕込んでおくとしよう。

「いいわよ、今日はお姉さんがぜーんぶ搾ってあげるから。さあ、今度は裕くんが上になってごらん」

シックスナインの体位を解くと、涼香は新たなプレイに裕太を誘った。

「お姉さんが股でオチンチンを挟んであげるから、自分で腰を動かすの」

「股に？」

いったい何をしようというのか、涼香の言葉に首を傾げる裕太。

女の太腿に挟んで擬似セックスを楽しむ「素股」という行為など知るわけもない。

「今日はアレも持ってきてないし、ちょっと危ない日だから」

「アレって？　何が危ないの？」

「いいから、ね？　お姉さんの言う通りにしてごらん」

涼香は裕太と体を入れ替えて、正常位の体位を模して身を重ね、若竿を股で挟みこんだ。

本来ならローションを塗っておくところだが、太腿は多量の愛液でぬるついており、その必要はない。

「さあ、動かして」

「う、うん……」

汗ばんだ乳房に顔を埋め、おずおずと腰を上下させる。

やにわに襲い来た愉悦に、全身の肌を粟立たせる。

「どう、気持ちいいでしょう？」

「はい、はいっ！」

肉汁でぬるついたナイロンの皮膚に亀頭が擦られ、もちもちの太腿に心地よく肉茎が圧迫される感覚は、いまだ体験したことがないセックスをイメージさせる。

これはきっと予行演習なのだと、本番に臨むための性教育なのだと涼香の意図を理解して、裕太は不慣れな腰使いで必死に男根を前後させた。

それからどのくらい擬似セックスに溺れていただろうか。

正常位からバックの体位になり、パンスト素股でザーメンを搾り出した裕太は、まさに精も根も尽き果てた様子で大の字にベッドに倒れこんだ。

「……もう、満足？」

ようやく小さくなったペニスを指先でつつき、悪戯っぽく問いかける涼香。

男根の暴行で、膝まで伝線が広がったパンストを脱ぎ去り、裕太の頭を膝に乗せる。

「はい、もう……体が動かないです」

ようやく腰の振り方を、ピストンのコツを掴みかけたところだが、これ以上はさすがに体力が続かない。

「あ、あの、お姉さん。今度は……」

いつ会えるのかと、次の約束をせがもうとしたところだった。

涼香はにっこり微笑《ほほえ》みながら、裕太の唇を指先で押さえつけた。

「分かってるよ。今度は必ず教えてあげるから、セックスをね」

「は、はいっ！」

よもやの台詞に感激し、涼香の胸にかじりつく。

首筋にキスを繰り返し、汗にまみれた女体の香りに性懲《しょうこ》りもなく前立腺を疼《うず》かせる。

「でも、この部屋でするのもね。夏休みだし、一日くらいお泊まりできる？　例えば、友達の家に泊まるとか、そんな理由で……この時期だから、どこも込んでるかもしれないけど、事務所に頼めばどこか押さえられると思うから」

大手とは言えないまでも、涼香が籍を置いているモデル事務所は、業界ではそこそこ名が知れた会社である。グループ企業には映像制作会社もあり、制作部の人間には知り合いも多い。テレビ局の下請けで全国各地で撮影も行っているため、ロケハンに飛び回っている連中に頼めば、どこか穴場を見つけてくれるに違いない。

「はい。お母さんに聞いて……ううん、もしお母さんにダメって言われても、プチ家出しますから大丈夫です」

母に何と言われようが、勉強がおろそかになろうが構わない。

涼香の誘いに首を横に振るなどできるわけがない。

「こらこら、あんまりお母さんに心配かけちゃダメよ。とりあえず予定が決まったらお姉さんから連絡するから、裕くん、携帯は？」

「すみません。僕、携帯持ってないんです。前から欲しいって言ってるんだけど、なかなか買ってもらえなくて」

「そっか。でも、家に電話するわけにもいかないし……いいわ、智久に伝言を頼んでおくわね。しばらく会えないけど、楽しみに待ってて」

「はいっ！」

満面の笑みで頷き返し、そのときを待ちきれないとばかりに口づけを求める。
涼香と一夜を共にする。憧れの美姉に大人にしてもらう。
今の裕太にはそれ以外に何も考えられなかった。

第四章　浮気

1

「……ん？」

　ラブホテルの初デートから二日後の金曜日、仕事を終えた帰り道のことだった。

　駅前デパートの地下食料品売り場に立ち寄り、夕食を買っていた智久は、着信を伝えるバイブレーションに気づき、ベルトのホルダーに収められていた携帯電話を摑《つか》み出した。

（どうせ、裕太のことだな）

　二つに折り畳まれた液晶画面を開き、表示されている姉の名に小さく鼻を鳴らす。

　赤札が貼られた売れ残りの弁当を物色しつつ、応答のボタンを押す。

「もしもし」

『智久？　あたしだけど。ちょっと裕くんに伝えてもらいたいことがあるんだ』

「ああ、やっぱりな……で、何を？」

挨拶《あいさつ》抜きに切り出してきた姉に肩をすくめ、言葉少なに用件を促す。

『来週の金土にしましょうかって、それだけ言ってくれれば分かるから。それと私の携帯の番号も伝えておいてちょうだい』

「もしかして、裕太とどこか行くのか？」

『うん、ちょっと旅行にね』

「でも、泊まりがけなんてまずいんじゃないか？　お母さんが許さないぜ、きっと」

『とりあえず伝えておいてくれればいいの。あとで私の携帯に連絡させて』

「マジでさ、あんまり夢中にさせるなよな。この前も言ったけど裕太は受験を……」

控えているのだからと、言葉を続けようとした矢先、聞く耳持たないとばかりにプッツリと電話が切られてしまう。

「……ったく」

舌打ちをひとつ、携帯をホルダーに戻す智久。

夕食の買い物を終えて、自宅マンションに向かう道すがら、少しばかり後悔の念がこみあげてくる。やはり、姉との仲を取り持ったのは間違いだったと、このままでは裕太が受験に失敗してしまうかも分からないと。

（でもな、伝えないわけにもいかないし、それに……）

裕太が姉と旅行に行くのなら、真央も母親業から解放されることになる。

幸い会社は来週の木曜日から盆休みに入ることだし、どうせなら自分も真央を誘ってどこか出かけるとしようか。いいや、裕太が留守にするならば、わざわざ外に出かけることもない。この時期はどこも人が溢れ、道も電車も混雑しているはずだ。むしろ自宅で二人きり、仮初《かりそめ》の夫婦となって、ひとときの甘い生活を楽しむのも乙なものだ。

智久は自宅に戻ると早速、真央の携帯に連絡を入れた。

「あの、僕ですけど……今、大丈夫ですか？」

『ええ、平気よ。何か？』

睦言《むつごと》を囁くように、艶っぽい媚声《びせい》で用件を尋ねる真央。

「すみません、ちょっと裕太くんのことでお話があるんですけど」

『裕太のこと？』

どうやらデートの誘いでも期待していたのか、真央はどこか落胆した様子で問い返してくる。

「はい。来週の金土なんですけど、裕太くんに時間をあげてくれませんか？」

『時間を？　ええと、どういうこと？』

「何だか友達と泊まりがけで海に行きたいって言ってたんですよ。前から約束をしていたみたいで……ですから、その二日だけ何とか許してあげてくれませんか？」

あらかじめ用意していた口実を言い伝える。

当然ながら真央には、姉との関係を明らかにするわけには行かない。裕太とはまだ口裏を合わせていないが、この後すぐに電話を代わってもらえば問題ないだろう。

『でも……』

「裕太くんのためじゃなくて、僕からのお願いなんです。来週の木曜から会社が盆休みなんで、できれば奥さんと二人きりでゆっくりできればと」

『ああ、そ、そうね。うん、分かったわ……小島さんがそう仰《おっしゃ》るなら』

こちらの心が伝わったのか、真央は手のひらを返したように息子の外泊を認めた。

大切なひとり息子を邪魔者扱いするわけではないが、智久と二人きりで一夜を過ごしたいとする想いは真央も同じである。

「すみませんが、裕太くんに代わってもらえますか。ちょっと話があるんで」

『裕太に？　でしたら、ごめんなさい。家の電話に掛け直していただける？　ほら、やっぱり、この電話だとまずいでしょう』

携帯に掛けられた電話を取り次いでは、息子に浮気を勘繰られる恐れがあると考えたのだろう。真央は小声でぼそぼそと言い伝えてくる。

もちろん自分との関係は裕太も知っているが、真央自身は息子が仕掛け役を買っていたなどとは知る由もないのだから、隠そうとするのは当然の話だ。

「ああ、そうですね。それじゃあ今すぐ掛け直します」

真央の言葉に従って一旦電話を切ると、智久はあらためて自宅の固定電話に掛け直し、姉の伝言を裕太に伝えた。

「……と、いうわけだ。ちゃんとお母さんに許可をもらうんだぞ。友達と泊まりがけで海に行きたいって言えば、絶対にオーケーしてくれるから」

『友達と海に？』

「口実だよ。まさか本当のことを言うわけにもいかないだろう？　さっき俺がお母さんに頼んで、許可をもらってやったから」

『ああ、そうか、そうだよね。分かった。ありがとっ！』

「それと、後で姉貴に電話を掛けてやってくれ。今番号を言うからな。０９０の……」

携帯電話の番号を言い伝えると、智久は最後にひと言裕太に、受験勉強はおろそかにしないよう注意を与えて電話を切った。

「さて、と……」

ネクタイを外し、テーブルに向かい、デパ地下で買った弁当を開ける。テレビの電源を入れて、くだらないバラエティ番組を眺めつつ淡々と箸を口に運ぶ。

独り暮らしを始めてすでに三年の月日が流れ、ひとりで食事を取ることにも慣れていたはずなのに、ここ数日は何故だろう、無性に寂しさがこみ上げてくる。誰に干渉されることなく、自由気ままな生活を満喫していたはずなのに、近頃はどうしてか人恋しくて堪らなくなる。

　そう、真央と交わった日、その晩から……。

　もちろん肉体的な欲求もある。あれほど激しいセックスをしたことも、あれだけの快楽を覚えたことも初めてだが、そればかりではない。

　これまでのセックスは言ってみれば「処理」だった。

　気持ちが良ければそれでいいと、刹那《せつな》的な快楽を求めていた気がする。

　だが、真央とのセックスは違っていた。身も心もひとつになり、今までに感じ得たことがない心の安らぎを覚えた。

　だからこそ今が寂しい。独りでいることが切なくて、胸が苦しくなる。

　浮気の関係で充分だと、それ以上は何も望まないと思っていたが、もはや真央に対する恋心を否定することはできなかった。

「……ったく、らしくないぜ」

　苛立《いらだ》たしげに言葉を吐き捨てて、弁当の残りを口に掻《か》き込む。

　どうせ一時のことだと、すぐに熱も冷めるだろうと、自らの感情を封じ込める。

（そうさ、割り切った関係なんだ、俺と奥さんは……ハメられりゃあ、それでいい）

　真央とて真剣な交際など望んでいやしない。単に女盛りの肉体を持て余しているだけに決まっている。先ほどの電話口の雰囲気からしても、今度はいつ抱いていただけるのかと、自分からの誘いを待ち望んでいるようだった。

ならば、来週の金曜まで待つこともない。

裕太は確か土曜日も夏期講習に通っているはずだ。

智久はあらためて真央の携帯に連絡を入れ、明日のデートを願い出た。

『ごめんなさい。明日は妹が遊びに来るって言ってるのよ』

「そうですか」

ガックリ肩を落とし、せっかちに鎌首をもたげている男根を切なげに見つめる。

が、今すぐ会いたいとする思いは真央も同じだったのだろう。

ひと呼吸置いて遠慮がちに言葉が足される。

『あの、少しなら出られますけど』

「えっ!? もしかして今ですか？」

『ええ、ときどきマンションの奥様達に、カラオケに誘われることもあるし、理由はなんとでも……もしお邪魔じゃなかったら、これから小島さんの部屋に』

「邪魔なんてとんでもないっ、ええと、すぐですね？」

『そうね。それじゃあ、十分後に』

「はいっ、お待ちしてます」

悦び勇んで電話を切り、すぐさまバスルームに向かう。

大急ぎで汗を流し、陰部だけは入念に清めて人妻の来訪を待ち侘《わ》びる。

当然ながらセックスを期待しているし、真央もそのつもりだろうが、今の智久にとっては二人で時を過ごせる、そのことが何より嬉しかった。

2

(こういうのがいいのかしら?)

智久との電話を終えて、そそくさと寝室に入った真央は、クロゼットの引き出しから一枚の、淡いピンク色のショーツを取り出した。

艶やかな化繊素材の一枚はパンツ用のインナーで、お尻の形を美しく整えるヒップアップ機能を備えたショーツである。薄めのパンツにもラインが出にくく、脚を長く見せる効果もあるという。

フェミニンな飾りもなく実用性重視のデザインは男児の海水パンツにも近い、色気とは無縁の下着だ。

もちろん、これから男性に抱かれようとしている女がわざわざ穿き替える品ではないと承知していた。デートに相応《ふさわ》しい、いわゆる「勝負下着」なら数え切れないほど所有している。装いを新たにするなら、麗しくも煽情的《せんじょう》なランジェリーで身を飾るのが普通だろう。

しかし、それで智久が喜んでくれるとは思えなかった。

先日のホテルで智久は言った。テニス用のインナーを、機能性重視のサポートショーツを前にして、ガードルが色っぽいと、人妻らしい雰囲気が好きなのだと……。

「まあ、確かにね」

人妻らしいと言われれば、確かにそうかもしれない。

厚みが増した下腹部を締めつけ、垂れ始めた尻を頑張ってアップさせる補整下着は人妻定番のインナーである。自分からすればオバサン臭いだけではないかと思う心はあれど、男の嗜好《しこう》は結局のところ女の理解の範疇《はんちゅう》にはないのだろう。

それに、智久は自らの趣味嗜好やフェティシズムばかりで先の台詞《せりふ》を告げたわけではないような気もしている。

彼が望んでいるのはつまり自然体の私……。

飾り立てていない、ありのままの私を望んでいたからこその台詞だったのではないかと思えば、面映《おもはゆ》さを感じるとともに、妙に嬉しくもあった。

「だったら、こっちの方がいいかしら？」

独り言を呟きつつ、ピンク色のショーツを引き出しに戻し、一枚穿きが可能なショーツタイプの、ブラウンのガードルを摑み取る。フィット感に優れており、引き締め効果も抜群で、近頃ではもっとも使用頻度が高い品だ。

少々くたびれてはいるものの、フロントにはフェミニンな飾りも施され、シルクのようにツルツルとした素材も高級感に溢れており、欲張りなミセスのお洒落《しゃれ》心をも納得させるショーツである。

真央はそこはかとない体の火照《ほて》りを感じつつ、ロングのスカートを捲り上げ、セミビキニのパンティを脱ぎ去った。

「あぁ……いやだわ、もう……」

捲れあがったクロッチにじっとりと滲《にじ》んだレモン色の沁みに、恥ずかしげに下唇を嚙み締める。

たった一度のデートでセックスの快楽を、本当の愉悦を嫌というほど味わわされた女性の部分はすっかり「パブロフの犬」状態だ。もともと濡《ぬ》れやすい体質のせいもあるのだろう。智久の声を耳にしただけで、しくしくと女陰が疼《うず》き、パンティは見ての通りの有様になってしまう。

むろん、人妻として許されざることだと背徳感は覚えているが、それはあくまで世間体《てい》と息子への感情だ。一度でも体を許してしまった今となっては夫に対する罪の意識は微塵《みじん》もない。

むしろ、智久に対する負い目のほうが大きかった。どれほど愛されても、いくら想いを伝えられても、人妻である限り私は受け止めてあげることができないのだから。

「……馬鹿ね、私ったら」

智久からは何も望まれていないのに、たった一度ホテルで交わっただけなのに、二人の行く末を案じている自分に苦笑する。

確かにあのときの智久は情熱的だった。真正直な愛情さえも伝わってきた。が、結局のところは不倫の関係にあるからこそ、禁忌の交わりだからこそ彼も夢中になれると、つまりはそういうことだ。

私とて何の不満もない。女盛りの肉体を慰めてもらえるならば、それ以上は何も望まない。

(そうよ。私は助平な人妻ですもの。激しく抱かれたい、それだけなのよ)

今にも汁が零《こぼ》れそうな女陰をそっと手のひらで押さえ、トイレに向かう真央。

ビデで丹念に陰部を洗浄し、ガードルショーツに穿き替えて、軽めのメイクで顔を整える。アップで纏《まと》めていた髪はそのままに、いつもより控え目に香水をつけて寝室を後にする。

「裕太、ちょっとお母さん出かけてくるから」

すでに盛りがついて、ほんのり桜色に染まった顔を見られたくはない。

真央はノックをひとつして、扉越しに息子に声を掛けた。

「もしかしたら少し遅くなるかもしれないわ。テーブルにお夜食を作っておいたから、お腹が空いたら食べてちょうだい」

「うん」

勉強に集中しているのか、どこに行くのか尋ねることもせず、面倒くさそうに答えてくる息子に胸を撫《な》で下ろすと、真央は携帯電話と財布をバッグに入れて、いそいそと自宅を後にした。

専用エレベータに乗り込み、普段は一階しかスイッチが入らないパネルのキーを操作して、五階のボタンを押す。

五階のフロアに降り立ち、辺りに人影がないことを確かめながら小走りに、西側の一番奥にある智久の部屋へ歩いてゆく。

「はいっ！」

自分が来るのを待ち構えていたのか、インターフォンを鳴らすなり玄関の扉が開かれて智久が顔を覗かせる。

「あの……こ、こんばんは」

「さっ、どうぞ、入ってください」

挨拶など不要だとばかりに、智久はすぐさま腰に手をまわし、真央を部屋にエスコートした。

「あら、意外にお掃除が……」

行き届いているのねと、独り暮らしの男性宅から想像していたよりもずっと小綺麗な室内に、とりあえずの感想を伝えようとしたところだった。

出し抜けに体が抱き寄せられ、唇が奪われる。

(もう、せっかちなんだから)

あまりに不躾《ぶしつけ》な求めに肩をすくめつつも、この情熱こそが魅力でもあった。

真央は自ら口を割り、濃厚なディープキスに智久を誘った。交尾を強く意識して舌を絡ませ、唾液を呑み交わし、互いの気分を高めてゆく。

「……シャワーは？」

「いいですよね？　時間もないし」

「フフ、時間がないんじゃなくて、我慢ができないからでしょう？　ほら、もうここが、こんなに……」

悪戯《いたずら》っぽく言ってのけ、パンパンに膨れたズボンの下腹部に手を這わせる。

柔らかく竿《さお》を握り、巨根の硬さを手のひらで確かめ、智久の足元に跪《ひざまず》く。

「最初は、お口で……」

ズボンのボタンを外し、ファスナーを下ろす。

女体の火照りは充分で、つい先ほど洗浄したばかりの陰部も蜜を潤ませているが、もっと淫らになりたかった。一番搾《しぼ》りをたっぷりと、ゲップが出るほどに呑み下し、発情の極みに達した女体を思い切り罰してもらいたかった。

「あぁ、すごいわ」

ズボンとともにブリーフを降ろし、いきり勃《た》った巨根にうっとりと見とれる。

優しく竿を握り締め、上目遣いにチラチラと智久の顔を見つめながら、ずる剝《む》けの亀頭にそっと鼻面を擦りつける。

すでにシャワーを済ませていたのか、残念ながら匂いはしなかったが、それでも、女体の芯では感じていた。激しい牡の性臭を、燃え盛る劣情の淫臭を……。

「んぅ……ん、ふぅ……ん、んっ、んぽ、むぽっ！」

パックリと鎌首を口に含み、やにわに激しく首を前後させる真央。

顎《あご》を突き出すようにしてまっすぐに喉《のど》を伸ばし、深々と怒張を呑み込んでゆく。

「あっ、んっ！　そ、そんなに激しく……お、おおっ！」

「んぢゅぅ、ぢゅっ……ヅヅヅーッ！」

ペッコリ頰を凹ませて、強烈なバキュームで腺液を啜る。

右手で竿の根元を、左手で陰茎を揉み解《ほぐ》し、亀頭の括《くび》れを唇でしごきまくる。

「くあっ、あ、あっ！　お、奥さん……真央さんっ、もう俺……もうっ！」

遠慮会釈《えしゃく》なき首振りに、練熟したフェラテクに、智久はすぐさま絶頂を極めた。

（あ、あっ、来た、来たわっ！）

睾丸が収縮し、裏筋が引き攣《つ》る。

鎌首が律動し、多量の精液が小便のごとき勢いで口内に放たれる。

ゴク、ゴクッ……ゴックン……。

真央は亀頭を喉元まで咥《くわ》えこんだまま、粘膜が爛《ただ》れるほどに熱いスペルマを胃袋に注ぎ込んだ。

（あぁ、美味《おい》しい……美味しいわ）

五臓六腑《ごぞうろっぷ》に精液が染み渡り、女体がグツグツと煮えてくる。全身の毛穴から蒸気がごとく青臭い精臭が立ち昇り、牝の情火が火柱を立てて燃え盛る。

「はぁ、ふうぅ……さあ、真央さん、こっちに」

ザーメンの後味を楽しむ暇もなく、隣の寝室に連れ込まれる。

ベッドに組み伏せられ、サマーセーターが無理矢理に頭から抜き取られる。

ホックを外すのも面倒だとばかりに、力任せにカップがずり上げられ、生の乳房が鷲摑《わしづか》みに握りこまれる。

「あんっ！　そ、そんなに乱暴に……やんっ！　あぁん、もう、ちょっとダメぇん」

レイプまがいの荒々しさに嬉しそうな悲鳴をあげると、真央は半身を捩《よじ》るようにして智久の手を振りほどいた。そのままベッドを這って逃げようとするも、すぐに智久に押さえつけられてしまう。

「どこに行くんだぁ、はははっ、逃がさないぞぉ！」

「あぁんっ！　もう、もうっ、イヤ、イヤぁん」

まるで新婚夫婦がじゃれ合うように、くんずほぐれつベッドで絡み合う二人。

アップに纏めていた髪は乱れ、ロングスカートはあられもなく捲り返る。

「おっ、この下着は」

室内の明かりに照らし出されたガードルショーツに、智久の手がピタリと止まる。

「突然だったから、着替える時間がなくて……」

さらりと嘘を吐《つ》いて、首までずり上がっていたブラジャーを脱ぎ去る。

わざわざベッドの上で立ち、ロングスカートを降ろして、半身を起こした智久の前でショーツ一枚の姿になる。

「いつもは私、こんな下着を穿いているのよ。オバサン臭いでしょう？」

「いいや、好きだな俺は……ああ、すごくいい感じじゃないか」

下腹を押さえつける菱形のステッチを、その内側に施された刺繍《ししゅう》を撫でつけ、艶やかな化繊布に包まれた桃尻に瞳を輝かせる智久。

もちろん、真央の裸身に何ひとつ不満はないし、極上のセックスを味わった今ではなおさら彼女の肉体に惚《ほ》れ込んでいるが、それでも、人妻の魅力を際立たせるランジェリーであることに違いはない。

厚みを増した下腹部がキュッと引き締められ、ヒップもますます美形に整えられて、テラテラした光沢が視線をいたく挑発してくる。

「ねえ、真央さん。その下着を穿いたまま、させてくれないかな？」

「穿いたままで？」

「ああ、アソコの部分だけ刳《く》り貫《ぬ》いてね」

真央の了解を得ようともせず、智久はいそいそとベッドから降り立ち、どこからかハサミを取り出した。

「さあ、ここに座って」

「ちょっと、本当にするの？」

「ほらほら早く、膝《ひざ》を立てて、股を大きく広げて」

智久はハサミの刃をしゃきしゃきと噛み合わせ、真央を急《せ》かした。

まるで新しい玩具《おもちゃ》を与えられた子供のように、無邪気に瞳を輝かせる。

「…………」

わざわざショーツに穴を開けずとも、とっとと脱がせてハメてくれればいいのにと、不満げに鼻を鳴らしつつも、真央は命ぜられるままベッドの縁に腰を下ろし、M字開脚の体位でクロッチを曝《さら》け出した。

「おおっ、もうグッショリだ。真央さんって本当に濡れやすいよな」

股間と向かい合うようにフローリングの床に座りこんだ智久は、瞳に飛び込んできたクロッチの有様に嬉々としてはしゃぎたてた。

フェラチオで男根に尽くし、熱々の一番搾りをがぶ呑みした今、真央の女陰はすでに大洪水である。愛液の沁みは裏地ばかりに留《とど》まらず、二重布の表面にまで大きく滲んでいた。

「もう、馬鹿ぁ」

デリカシーの欠片《かけら》もない台詞に唇を尖らせ、恨みがましげに言い返す。こんなにも私を濡らしたのはあなたなのよと、あなただから濡れるのよと、心の中で言葉を足す。

「危ないから動かないで。こうやって、ここに穴を開けて……」

股ゴムの脇からクロッチの内側に指を滑り込ませ、女肉に張り付いていた生地を剝《は》がす。まずは縦に切れ目を入れて、それを手がかりにして楕円形《だえん》にクロッチを切り取ってゆく。

「よし、これで……は、ははは、ははっ！　こりゃ助平だっ！」

「えっ!?　あ、ああっ、ヤダッ、こんなの恥ずかしいわっ」

自らの股座《またぐら》を覗きこむなり、真央はカーッと顔を紅潮させ、思わず両手で陰部を隠した。

あまりに卑猥《ひわい》な牝肉の有様だった。裸よりも数倍も、数十倍も破廉恥だった。きつめの股ゴムで鼠蹊部《そけいぶ》が締め付けられ、女性器が外陰部から搾り出されて、ショーツの穴からこんもりと盛り上がっている。それはまるで小判の形をした饅頭《まんじゅう》菓子に赤貝をデコレートしたような造形だった。

しかし、羞恥《しゅうち》の念を感じている暇はない。

「そーら、いく……ぞっ！」

マングリ返しのポーズに仕立てられ、真上から極太の肉注射が突き刺される。

心の準備をする間もなく巨砲がズップリ根元まで、子宮まで潰《つぶ》れるほどに奥まで叩き込まれる。

「んひーっ！」

「ああ、いいよ、真央、真央っ！」

愛する人妻の名を大声で連呼し、智久は目にも留まらぬピストンで膣《ちつ》を掘り返した。Gのスポットを擦り、ポルチオの急所を抉《えぐ》り、シェイプされた下腹部が歪《ゆが》むほどの激しさで怒濤《どとう》のごとき連打をお見舞いする。

「うぅ、ん、いっ、いいぃ……ひ、ひっ！　んぐんぐぅ！」

僅《わず》か数分の抽送で真央は潮をちびり出した。肥大したラビアを満開にして、男根がごとく陰核を脈打たせ、疼きに疼いていた女体は瞬《また》く間に白旗を揚げる。

だが、たった一度のアクメで休息など訪れない。ことさら激しいピストンで子宮が打ちのめされ、続けざまの絶頂に誘われてしまう。

「おほぉ、う、うっ！　い、イグぅ……ひーっ、ひいぃぃ、イグゥゥ！」

目の玉を引っくり返し、シーツを掻き毟《むし》る真央。

アクメに達した肉壺《にくつぼ》の美味に、智久も二度目の射精を迎える。

「くっ、ううっ！　お、俺も……で、出るっ！」

最後のひと突きを子宮口にぶちかますと、智久は素早く性器の繋《つな》がりを解き、ショーツと下腹部の隙間《すきま》に男根を滑り込ませた。じっとり汗ばんだ化繊の布で亀頭をしごき、分厚いフロント生地の中にたっぷりと精液をぶちまける。

「は、はぁ……あぁ、すごいわ。素敵よ、智久さっ、んんーっ！」

やっとひと息つけると思ったのも束《つか》の間のこと。ふたたび怒張が挿入され、体が抱き起こされて、今度は座位の体位で真下から膣肉が串刺しにされる。

「はひ、あひっ！　また、またイッ……ク、イク、イグイグッ！」

アクメ残りの女体はすぐさま頂点を極める。太腿の上でヒップが弾まされ、子壺がうがたれるたびに昇天し、白目を剝いてよがり啼《な》く。

（あぁぁ、そうう、そうっ！　もっとよ、もっとして、もっとしてぇぇ！）

激しく女体を痙攣《けいれん》させ、智久の胸板にしがみつく真央。

もはや、ひと突きひと突きが絶頂だった。気が狂わんばかりにアクメを極めた。

結局のところ三時間あまりも二人は激しく愛し合った。

愛を否定し、肉欲にすり替えて、尽き果てぬ想いを晴らしたいと……。

3

「……えっ、今なんて？」

翌日の土曜日、夕刻のこと。

久しぶりに家を訪れた妹の利奈とお茶をしていた真央は、話題がひと段落したところで、何気なく呟かれた台詞にふと首を傾げた。

「再婚しようかなって思ってるんだ。まあ、今すぐってわけじゃないけどね」

「あら、そんなに真面目なお付き合いをしている男性がいたの？」

多少の皮肉を込めて真顔で尋ねる。性欲を満たすためだけの割り切った関係を求めていた利奈の口から、よもや結婚の二文字が出ようとは思ってもいなかった。

「まあね」

「相手はもしかして、クラブで知り合ったひと？」

「うん、そうなるかな」

「そうなるかなって……そのひと大丈夫なの？」

溜息をひとつ、言葉少なに尋ねる。

社会的な地位があり、おおっぴらに女遊びができないことばかりが秘密クラブに入会する理由ではないはずだ。相手にはたぶん妻がおり、妹との関係は不倫ということになるのではあるまいか。

「大丈夫って何が？　別に変なひとじゃないわよ」

「でも、独身じゃないんでしょう？」

「ああ、なるほど。そういう意味か」

質問の意味を理解して、利奈は大袈裟《おおげさ》に肩をすくめた。

冷めかけた珈琲《コーヒー》を啜り、他人事《ひとごと》のような口振りで言葉を続ける。

「でも、別居中らしいから。まだ色々揉めてるらしいけど、そろそろ決着がつくんじゃないかな」

「…………」

「念のため言っておくけど、私は離婚騒動には関係ないからね。私と付き合う前から奥さんとは揉めてたんだから」

疑わしげな目を向けてきた姉に、利奈は心外だとばかりに口を尖らせた。

「まあ、べつにどうでもいいわ。私が口を出す話でもないから」

妹がたとえ離婚騒動の元凶だとしても、今の真央には咎《とが》めることなどできなかった。なにせ自分も不倫の真っ最中である。利奈を責めること自体が智久との関係を否定するような気がして、何が言えるわけもなかった。

「これが、彼」

ハンドバッグから携帯電話を取り出し、姉に手渡す利奈。

「あら、このひとって……」

液晶画面に映された中年男の顔を眺めつつ記憶を探る。

どこか見覚えがある人物だった。もう一年くらい前になるだろうか、女優との離婚問題で揉めていた男性によく顔が似ている。確か一流企業の御曹司《おんぞうし》で、かなりの資産家だという話だった。

裁判沙汰になったところまでは芸能ニュースで聞いているが、法廷に問題が持ち込まれたことで関係者の口も重たくなり、それ以来とんと話題に上らなくなってしまった。

「言っておくけど、井戸端会議のネタになんてしないでよ。どこからマスコミが嗅ぎつけるかも分からないんだから。私もなるべく会うのを控えてるのよ」

「ああ、やっぱりあのひとか……そうそう、確か野口とか言ったわよね？」

「野口じゃなくてトグチよ、戸口周司」

「あら、そうだった？　まあ、どっちでもいいけど」

もともとゴシップは大好きだし、ことの顚末《てんまつ》を聞きたいとする心はあれど、真央はあえて無関心を装った。不倫の真《ま》っ只中《ただなか》にある今、対岸の火事として騒動を楽しめるわけもない。

「で、姉さんはどうなの？」

いつもは野次馬根性丸出しで、根掘り葉掘り尋ねてくる姉の素っ気なさに首を傾げると、利奈ははたと思い出したように真央に尋ねた。

「どうって、何が？」

「男よ。お、と、こ。せっかく私が紹介してあげるって言ってるんだから、会うだけ会ってみなさいよ」

「紹介してくれなんて、私はひと言も頼んでないわよ。それに……」

私にはすでに相手がいるのだからと、喉まで出かかった台詞を呑みこみ、カップに残された珈琲を呷《あお》った。

「それに？」

「ううん、べつに」

先を促してくる妹から視線を逸《そ》らせ、悪戯っぽく首をすくめる。

「はっはーん、さては男ができたな。どこで知り合ったの？　年はいくつ？」

「ちょ、ちょっと待ってよ。私は何も言ってないじゃない」

勝手に浮気相手がいるものと決めつけた妹に、真央は慌てて言い返した。

「分かるわよ、姉さんを見ればね。前まではなんかピリピリしてて、欲求不満がありありだったけど、今は……そっか、セフレができたんだ?」

「セフレって、そういう下品な言い方しないでちょうだい。私はべつに、それだけが目的じゃないんだから。彼といると楽しいし、だから……」

「でも、することはしてるんでしょ?」

「まあ、それはね。お互いに大人ですから」

プラトニックな関係だと、白々しいことが言えるわけもない。真央はほんのり頬を桜色に染め、正直に頷いた。

「でも、気をつけたほうがいいわよ。最近は物騒だし、姉さんってお金持ちなんだから、あんまり変な男だと……」

「ご心配なく。ちゃんとしたひとですから」

口振りからして出会い系か何かで知り合ったとでも思っているらしい。

真央は妹の言葉を制するようにピシャリと言ってのけた。

「そんなの分からないわよ。身分を詐称してるかもしれないでしょう。そもそも出会い系を使う男なんて、ろくなもんじゃないんだから」

「言っておきますけど、私は出会い系なんて一度も使ったことはありません。いいから、もうこの話は止《や》めましょう。私は不倫を自慢するような女じゃありませんから」

嫌味を口にして、ソファーから腰を上げる。

キッチンに入り、お代わりの珈琲をドリップする。

「私だって誰それ構わずに自慢なんかしないわよ」

あてつけがましい姉の台詞に、利奈は心外だとばかりに言い返した。

そのままプイッと南の窓辺に目を向けて、じっと黙り込んでしまう。

「……どうしたの。気を悪くしちゃった？」

入れたての珈琲をカップに注ぎ、申し訳なさそうに声を掛ける。もしかしたら、今度ばかりは真面目な恋愛なのかもしれないと、茶化した自分を反省する。

が、しかし……。

「ううん、べつにぃ、ちょっと考え事をね……もしかして姉さんの男って、このマンションに住んでる小島ってひとだったりして？」

「ちょ、ちょっと、何で!?」

いきなり口にされた名前にギョッと目を剝く。

狼狽《ろうばい》を露わにして利奈を問い詰める。

「どうしてあなたが小島さんを知ってるのよ」

「あらヤダ、図星だった？　そうか、ふぅーん、そうだったんだ。ずいぶん前になるけど、旦那とゴルフの練習に行くときに会ったことがあるのよ。姉さんと立ち話をしてるところとかも見かけていたし……確か旦那の後輩だって言ってたわよね？」

「………」

「姉さんを見る目が何となく怪しかったし、それに姉さんも……フフ、まんざらでもないって雰囲気だったからねぇ」

まるで難解な推理でも解いたように、ぺらぺらと自慢げに喋《しゃべ》り始めた妹に心の中で舌打ちする。たぶん出会い系で知り合ったわけではないと、そのひと言で察しがついたのだろう。昔から勘が鋭い妹を思えば、あまりに軽率な台詞だった。

「そうか、なるほどねぇ、あの男か」

「何よ、なるほどって」

思惑ありげに口元を緩めた妹に、訝《いぶか》しげに尋ねる。

「ううん、べつに……ちょっと野暮ったい感じもするけど、なかなかハンサムだよね。背も高いし。小島さんって何歳なの？」

「いいじゃない、何歳だって」

「ふふぅん、何を照れてるのよ。いいことじゃない。恋愛をすると女は綺麗になるんだから、どんどんするべきなのよ。どうせ夫婦の関係も冷め切ってるんだからさ」

「………」

妹の声を聞き流し珈琲を啜る真央。

べつに照れているわけではない。できるなら自分だって智久との関係をのろけてみたいが、しかし、妹の興味を惹くような台詞など口に出来るわけもなかった。

昔から利奈は、男には滅法手が早い。よもや姉の男にまで手を出すとは思えないが、それでも、今の表情を前にすると一抹の不安がよぎらないでもなかった。

しかも、利奈は男をなびかせるだけの美貌も持っている。姉よりもずいぶん派手な顔立ちで、どこかしら軽薄な感じがするものの、誰からも美人との評価が頂けておかしくない魅力的な容姿だった。

不倫相手が離婚係争中の今、なかなか会う機会が作れず、欲求不満でいるのかもしれない。ただ単に肉欲を満たしたいだけならば、出会い系で男を漁《あさ》るより手っ取り早いだろうと、そんなことを考えているのかも分からない。

念のため智久にひと言言っておこうか。決して浮気はしないで欲しいと……。

(馬鹿ね、そんなこと私が言えるわけないじゃない)

あまりに身勝手な考えに首を振り、真央は切なげな溜息を吐《つ》いた。

浮気をしている自分が智久に何が言えるだろう。

今の私はひとの妻、彼を縛る権利などないのだから。

「そうそう、夕食はどうする？　そろそろ裕太も塾から帰ってくるし、たまには外に食べに行きましょうか？」

間もなく午後五時になろうとしている時計の針を一瞥《いちべつ》し、妹に声を掛ける。

「ううん、私ちょっと友達と約束が……いけない、もうこんな時間なんだ。それじゃあ帰るね。たまには姉さんも私のとこに遊びに来てよ」

「ええ、そのうちね。駅まで送ってあげましょうか？」

「ううん、大丈夫。ここからタクシーで直接向かうから」

慌しく帰り支度を整え、マンションを後にする利奈。

しかし、向かおうとしている先は待ち合わせ場所ではなかった。

そもそも友達と約束などしていないのだから……。

4

（もしかして、真央さんかな？）

明日の家庭教師に備えて、裕太から借りた予備校のテキストで授業の内容を考えていたところだった。

突然部屋に鳴り響いたインターフォンの音に、智久はパッと表情を明るくした。

現在の時刻は午後五時。もしかしたら早めに妹が帰り、遊びに来てくれたのではなかろうか。

「はい。どちら様ですか？」

喜び勇んで受話器を外し、来訪者の名を尋ねる。

『あの、すみませんが……』

「ああ、真央さんですね。今すぐ開けますから」

耳に届いた聞き覚えのある声に、智久は喜び勇んで玄関に足を向けた。

が、しかし……。

扉の向こうに佇《たたず》んでいた女性は真央ではなかった。

すぐに名前は思い出せなかったが、顔はしっかり覚えている。

確か三つ年下の、真央の妹だ。

「ごめんなさい。姉ではなくて」

「いいえ、そんな。こちらこそ失礼しました。あまりに声が似ていたもので、つい勘違いを……幸田さん、でしたよね？」

「ええ、幸田利奈です。小島さんはいつも姉のことを名前でお呼びになってるの？」

「はい。ご主人を藤井さんとお呼びしてますので、それでお名前を」

それほど親しい関係なのかと、そんな口振りで尋ねてきた利奈に内心ギクリとしながらも、智久は顔色ひとつ変えずに平然と答えた。

「でも、普通は奥さんではありません？」

「まあ、そうですね……で、何か？」

まるで二人の関係を見透かしているように、些細《ささい》なことに突っかかってくる利奈を笑顔でやり過ごし、用件を促す。

「ええ、姉のことで少々お話があるんですけど」

「お姉さんのこと、ですか？」

訝しげに眉を寄せ、利奈の目を見つめ返す。

とはいえ、思い当たるふしはあった。言わずもがな真央との不倫である。

もしかしたら利奈は、姉の口から自分との関係を耳にして、文句を言いに来たのかもしれない。詳しい事情は知らないが利奈がバツイチだと、離婚の原因は夫の浮気にあったのだと、真央から以前に聞いた覚えがある。

「だいたいお分かりになられると思いますけど、もしよろしければ中で少しお話しさせてもらえませんか？　玄関先ではちょっと……」

「ええと……それじゃあ、あの、散らかってますけど、どうぞ」

どうやら予想通りの話らしい。智久は渋々利奈を室内に迎え入れた。

「姉さんと不倫をしているんですってね」

部屋に入るなり、利奈は前置き抜きに話を始める。

「いや、それはあの……」

「許されないことだと分かっていらっしゃるわよね？　もしご主人にばれたら大変なことになるわよ」

くだらない言い訳をするなとばかりに声が被せられる。

智久は返す言葉もなく、無言で俯《うつむ》いた。妹のあなたに口出しされたくはないと、そんなことが言えるわけもない。

今の口調から、その雰囲気から察するに、このまま姉との関係を続けようというならば、こちらの出方次第では、旦那にばらされるかも分からないのだから。

当然ながら別れるつもりなど毛頭ないが、ここは何を言われても逆らわず、反省の態度に徹するとしよう。

（まったく、どうして話しちまったのかな）

口が軽い真央に心の中で悪態を吐《つ》く。

つい口を滑らせてしまっただけかもしれないが、相手を考えて欲しいものだ。

利奈はたぶん自らの離婚経験から、不倫問題に過敏になっているのだろう。

真央も自分と同じように、妹から不倫を咎められたに違いない。

「もし離婚なんてことになったら、小島さんに責任が取れるの？」

「いいえ、すみません」

「どうせ、単なる遊びなんでしょう？」

「それは……」

思わず返す言葉に詰まる。本気で愛し始めている心を否定したくはなかった。

「まあ、いいわ。とりあえず私は黙っているつもりよ。ご主人は海外赴任中だし、あえていざこざを起こさせたくもないから」

「すみません」

とりあえずは胸を撫で下ろし、深々と頭を下げる。

しかし、安心するのはまだ早かった。利奈は高圧的な態度で言葉を続けた。

「言っておくけど、ただってわけにはいかないから。口止め料はもらうわよ」

「口止め料、ですか？」

生唾《なまつば》を呑み、鸚鵡《おうむ》返《がえ》しに尋ねる。

まさか金でも強請《ゆす》るつもりだろうかと、怖々《こわごわ》と利奈の顔色を窺う。

「ええ、私のセフレになること。それが口止め料よ」

「へっ⁉ せ、セフレって、あの……何ですか？」

もちろん知らぬ言葉ではないが、あまりに突拍子がなさ過ぎて、理解できる範疇を超えていた。

「セックスフレンドって言えば分かる？」

「は、ははは、冗談きついですよ」

真顔で告げてきた利奈を空笑いで受け流す。何を考えているのかと神経を疑いつつも、その一方では冷静に彼女の容姿を値踏みする。

姉と比べればずいぶんきつい顔立ちだが、かなりの美人ではないかと。女体の曲線を際立たせる、タイトなワンピースに包まれたボディも、真央に負けず劣らず魅力的ではないかと……。

「嫌なら旦那に言うわ。あなたも責任を問われるから覚悟したほうがいいわよ」

「……ま、マジで、あの……セフレって、真面目な話ですか？」

「ええ、大真面目よ。べつに姉さんに義理立てする必要はないでしょう。どうせ遊びなんだから。いい？　オーケーね？」

「いや、でも、それは……」

悩ましげな面持ちで答えを濁す智久。

夫にばらすと脅されて、首を横に振れるわけがないと分かっている。

相手はしかもこれほどの美女だ。もし真央がいなかったなら、真央との関係がなかったなら、二つ返事で頷いていただろうが、不倫の仲とはいえ、それもひとつの恋愛の形だ。今の自分にとっては真央こそが彼女である。他の女性と、しかも実の妹と関係を持つなど裏切り行為に他ならない。

「念のため言っておくけど、私はあなたを口説いているわけじゃないの。口止め料を出せるかどうかを聞いているだけ。嫌なら嫌で構わないわ」

答えを躊躇《ためら》っている智久に、利奈は苛立たしげに言い捨てた。

もし断るならば覚悟しておきなさいと、鋭い視線で瞳の奥を見据える。

「どうするの？　早く答えてくれないかしら。私って気が短いの」

「あの、このことは、お姉さんには絶対に……」

致し方なしといった面持ちで、智久は答えの代わりに口止めを願った。

「私が言うわけないでしょう」

つまらない心配をしている智久を一笑に付すと、利奈はそそくさとワンピースを脱ぎ始めた。

「ちょ、ちょっと、まさか……今からですか？」

「言ったでしょう、気が短いって。バスルームはどこにあるの？　シャワーを浴びたいんだけど」

「……そこです」

下着姿になった利奈から目を背け、廊下の右手にある扉を指差す。

もはや腹を決めるしかなさそうだ。臆することは許されないと、バスルームに歩いてゆく利奈の後ろ姿をさりげなく値踏みして……。

5

（参ったな、まさかこんなことになるなんて……）

利奈と入れ替わるようにしてバスルームに足を運んだ智久は、ぬるめのシャワーを胸に浴びながら、湯煙に霞《かす》む宙をぼんやりと見つめていた。

三年間の夢をようやく叶《かな》えられたばかりなのに、憧れの人妻をモノにして一週間と経っていないのに、よもや妹とも関係することになろうとは思ってもいなかった。

むろん、諸手《もろて》を上げて喜ぶなどできないが、それでも、ひとりの男として今の状況を考えたなら幸運なことこの上ないと言えるのだろう。何の苦労もせずに美姉妹をモノにできるのだから。

「まったく、お前には節操ってものがないのかよ」

悩ましい心とは裏腹に、やる気満々の息子に呆《あき》れがちな笑みを零す。

真央に対する裏切り行為だと頭では分かっていても、体の反応ばかりはどうしようもなかった。実際、血を分けた妹の味を確かめてみたい、姉妹の抱き心地を比べてみたいと、助平な男心を疼かせている、そんな自分にあらためて罪悪感がこみ上げてくる。

「でも、しょうがない、しょうがないんだ。俺に選択の余地はないんだからな」

心の抗いを封じ込め、バスルームを後にする。

タオル一枚を腰に巻きつけて、利奈が待つベッドルームに足を向ける。

(さすがに妹だよな。いい体してやがる)

すでに一糸纏わぬ姿でベッドに身を横たえている利奈を前にして、男根は見る見るうちに充血し、完全勃起で屹立《きつりつ》する。

真央よりもずっと細身の肉体は、好みからすればボリューム的に不満だし、姉と比べれば色気にも劣るが、しかし、客観的な目で評価を下したならば、スタイルは利奈の方が上かもしれない。上背には乏しいものの、モデルを務めている涼香に勝るとも劣らない見事なプロポーションだった。

「何だかんだ言って、そこはずいぶん元気じゃない」

タオルを押し上げているイチモツに顎の先を向け、フンッと鼻を鳴らす利奈。

表向きは冷淡な態度だが、股間に注がれる視線は熱く、瞳には情火の炎が揺らめいていた。

「それは、まあ、僕も男ですから」

タオルの結び目を解き、自慢の巨根を披露する。これが欲しくて堪らないのだろうと、そんな仕草で、そそり勃った陰茎をしならせる。

「ふぅん、なかなか立派じゃない。まあ、大きければいいってものでもないけど」

「は、はは……」

ひと言多い褒め言葉に頬を引き攣らせると、智久はおずおずとベッドに身を乗せた。

まずは挨拶代わりに口づけをと、胸に覆い被さるように唇を寄せてゆく。

が、利奈はつれなく顔を背け、本番を急かしてくる。

「キスなんていいから早くして」

「……」

「分かってると思うけど、中には出さないでちょうだい」

「はい、それじゃあ」

自分から求めてきたくせに、まるで抱かれてやっているような口振りに内心腹立たしく思いつつも、智久は柔らかく肉房を揉み、舌先で丹念に乳首を愛撫していった。

(似てるな、やっぱり……)

女体からふんわりと匂い立つ体臭にしばし酔いしれる。

ボディソープの香りに邪魔されてはいても、腋下《えきか》から、胸元から漂い来るフェロモンは、真央のそれと似て甘く、男を盛らせる魔性を秘めていた。

「もう、早くしてって言ってるじゃないっ」

「す、すみません」

いつまでも乳房にかじりついている智久の頭を両手で突き返すと、利奈は苛立たしげに声を荒げた。

（まったく、いくら遊びだって、もう少し雰囲気ってもんがあるだろう）

心の中で不満をぶちまけながら、股座をこじ開ける。

下腹に張りついた肉竿を握り、女性の中心部を覗き込む。

（ああ、なるほどな。もう我慢できないってことか）

濡れやすい体質も姉と似ているのか、つれない素振りとは裏腹に花芯はネットリと蜜にまみれ、膣から溢れ出した果汁は雫《しずく》となって尻の穴にまで流れていた。

（してやるさ、思いっきりな）

じっと瞼《まぶた》を閉ざしている利奈を一瞥すると、ラビアを捲るように鎌首を蕾《つぼみ》に挿入し、勢い良く腰を押し出して、膣底まで一気に肉路を貫通した。

「んうぅ！　くっ……ちょ、ちょっと、いきなり……あっ、んん！」

「どうですか、これで、これでっ……ま、満足ですかっ⁉」

文句など言わせないとばかりに荒々しく腰を前後に躍らせる。小振りな乳房を鷲掴みで握り潰し、雁《かり》の括れで肉襞《にくひだ》を引っ掻き、怒濤のごときピストンで子宮を叩きのめす。

「あぁ、ん、んんーっ！　そ、そうぉ、いい……い、いっ！」

最近ご無沙汰だったのか、ほんの十数回も抽送を見舞ってやれば、利奈は先ほどまでとは打って変わって蕩《とろ》けるような笑みを浮かべ、歓喜の媚声を響かせた。自らも腰を突き上げ、グイグイ膣を締めつけて、男根を奥へ奥へと呑みこもうとする。

（まあ、そこそこ、悪くはないけどな）

肉の襞で雁首を擦られ、腺液をちびりつつも、真央の名器には遠く及ばないというのが正直な感想だった。真央よりも膣路は狭く、圧迫感も強いのに、粘膜が吸い付くような締まりは得られず、どこかしら空虚なハメ心地でもあった。

とはいえ、あくまで姉と比較すればの話だ。真央とのセックスを経験していなかったなら、充分に満足できるだろう肉器である。

「い、いっ……イク、イクぅ、もっと、もっとして、早く動かひへっ、ひっ！」

「おら、おらっ！」

望み通りの連打で子宮を抉る。安物のパイプベッドが壊れそうなほどの勢いで、掘削機がごとく膣穴を掘り返す。

「はひ、あひぃ……く、イクイクぅ！　ひ、ひっ！　イグッ……ッんあ」

グッと喉を詰まらせ、女体に瘧《おこり》を走らせる利奈。

大口を開け、小鼻を膨らませ、美形が台無しの淫乱顔でオルガスムスを極める。

「まだだ、ほら、ほらほらっ！」

それでも休まずに巨根をストロークさせる智久。

アクメで充血した膣の旨味《うまみ》を楽しみながら、なおも激しく肉杭《にくくい》をうがちこむ。

「いひ、んひっ！　あ、あっ……ダメ、また、また来ちゃふぅ、う、ううっ！」

ピュッ、ピュピュッと潮を噴き、利奈は二度三度と続けざまに気をやった。

安物のラブドールのように下品な顔で、ピチピチと女体を痙攣させる。

「お、俺……俺も、そろそろ……」

子種を欲するように戦慄《おのの》く膣肉に、智久も遂に臨界に達する。

果たしてどこに射精してやろうか、思い切り顔面にでもぶちまけてやろうかと、絶頂に向かってラストスパートをかけようとしたところだった。

「あ、あっ……お、お尻にして、お尻に入れて」

「お尻？　アナルに、ですか？」

よもやの要求を突きつけられ、一瞬腰の動きが止まる。

べつに驚くべき行為ではないし、今までに何度か経験もしているが、女性の側からせがまれたのはこれが初めてのことだった。

「そう、そうよっ！　くだらないこと聞かないで、早く入れなさいっ！」

「……そ、それじゃあ」

ズルリと膣から巨根を抜き取り、くすんだ珈琲色の蕾に照準を定める。

自らの尻の穴に気合いを入れて射精を堪《こら》えつつ、膣汁で白くふやけた亀頭をピタリと愛液まみれの肛門にあてがう。

「おおおぉ……」

いきなり巨根を収めきれるのかと不安もあったのだが、肛門は驚くほど柔軟に口を開け、鎌首をジワジワと呑みこんでゆくではないか。

利奈はどうやら常習的にアナルセックスを楽しんでいるようだ。

けれども、膣のようにスムースにはいかない。いくら肛門性交に馴染《なじ》んでいても、男の手首ほどの太さがある巨根を楽々呑みこめるわけもない。

アヌスの皺《しわ》は伸びきり、今にも裂けそうなほどに肉穴が広がり、利奈の口からは苦しげな呻《うめ》き声が漏れてくる。

智久はしかし、容赦はしなかった。左右に投げ出された脚を肩に担ぎ、赤子の体位で尻の穴を剝き出しにして、直腸に埋まりゆくペニスの眺めを楽しみながら腰を押し出す。

「くっ……お、おおっ、入っ……たっ！」

括約筋の門を雁首が潜《くぐ》り抜け、亀頭がすっぽりと直腸に埋没する。

一旦門が開かれれば、後は造作もなかった。

体重を乗せただけで、巨砲が根元までガッチリとはまりこむ。

「んあぁっ！　う、動いてぇ、早くぅ……んんっ、メチャクチャに動かしてっ！」

幾たびものアクメに見舞われて、つい先ほどまで縮んでいたクリトリスを大粒に勃起させ、利奈は自ら肉杭に貫かれた尻を上下させてくる。

アナルセックスは所詮《しょせん》、男の色欲を満たすためだけの行為だと思っていたが、慣れれば膣とは異質の愉悦が楽しめると、どこかで聞いた覚えもある。嘘か誠かは知らないが、第二の性器としてオルガスムスを得られるほどになるらしい。

いいや、たぶん誠だ。肛門を突き破られただけで満開の花弁からは新たな蜜が湧き出しているのだから。

「早くぅ、ねえ、早く動かしてっ！」

「ええ、行きますっ！」

あまり無茶をしては肛門が裂けてしまうかもしれないが、利奈の望みとあらば遠慮はいらない。

智久はマングリ返しの体位で真上から肛穴を掘りまくった。

直腸内は意外に広く、膣のような圧迫感は楽しめないが、括約筋の締まりは強烈で、肛門の裏側で亀頭を擦ればすぐさま絶頂感に襲われる。

「くおぉ、で、出るっ！　ん、んあっ！」

歓喜の雄叫《おたけ》びを上げ、直腸に「中出し」をキメる。肛門で尿道をしごくように男根を上下させ、律動が鎮まる間もなく二回戦に突入する。

尻を掘るたびに、アヌスが心地よく変化した。子宮の震えが直腸に伝わり、粘膜が小刻みに顫動《せんどう》し、膣の交わりよりも強い快感に襲われた。

もしかしたら利奈は肛門が名器なのかもしれないと、くだらないことを考えながらアナルセックスに溺《おぼ》れゆく。

こうして利奈との関係は始まったのだが……。

体の欲求は満たせても、心が満たされることはなかった。真央に対する罪悪感よりも、己の心を裏切っている嫌悪感に苛《さいな》まれ、いっそう強く背徳の愛を求めるようになる。

叶えられるはずもないと諦めていた不倫の恋、それを成就《じょうじゅ》させたいと……。

第五章　初めての体験

1

「どうしたのかな。遅いなぁ」

約束の金曜日、その朝のこと。涼香との待ち合わせ場所の駅前ロータリーに赴いた裕太は、肩に提げていたバッグを足元に置き、チラリと腕時計を見やった。

約束の時間は午前八時だが、すでに二十分が過ぎようとしている。

自宅から車で向かうと聞いているが、もしかしたら途中で道が混雑しているのかもしれない。世間は昨日から盆休みに入り、帰省ラッシュで高速道路の下り方面はどこも大渋滞らしい。横浜にある自宅からここまでは、高速に乗ればすぐだからと電話で話していたが、もしや渋滞にでも摑まっているのだろうか。

「……でも、上り方面だよな」

独り言を呟きつつ、バッグの上に腰を下ろす。

ロータリーに続く表通りをぼんやりと眺める。

平日のこの時間は普段なら、出勤するサラリーマンや学生達で人通りが絶えないのだが、盆休みの今日はまるで日曜日の早朝のように静まり返っていた。

あと十分待って現れなかったら、涼香の携帯に連絡を入れてみようと、バッグの中から真新しい携帯電話を取り出す。

今回の旅行のために、万が一の連絡用としてわざわざ母が買ってくれたものだ。

メモリには自宅と母の携帯と、涼香の番号もすでに登録されている。

（カメラもついてるから、これで涼香さんの……）

裸を余すところなく撮影させてもらおうと、せっかちに股間を膨らませていたところだった。

クラクションの音が耳に届き、裕太はふと面を上げた。

白いワンボックスの車が自分の前で停車して、助手席の窓が降ろされる。

ようやく涼香の到着である。

「お待たせ、裕くん。さあ、乗って」

運転席から身を乗り出すようにして、裕太に声を掛ける涼香。

「はいっ！」

元気一杯に返事をして、裕太はいそいそと助手席に乗り込んだ。

「遅れてごめんね。ずいぶん早めに家を出てきたんだけど、途中で事故があって」

「ううん、いいんです」

久しぶりの再会に胸をときめかせつつ、カーナビの案内に従って車を走らせる涼香の横顔をうっとりと眺める。今日は一段と美しく思えた。これからの期待感もあるのだろう。何とも艶《なま》めいて瞳に映る。

本日の装いも文句なく色っぽかった。

大きく胸元が開いたチャコールグレーのブラウスからは乳房の谷間が露呈して、プラチナ色のネックレスに飾られた首筋までも女の色香に溢れている。

きっと自分のために穿いてきてくれたのだろう。股下五センチもないマイクロミニのタイトスカートから露わになった美脚は、煌《きら》びやかなアーモンドブラウンのストッキングに飾られて、車窓から照りつける陽射しをキラキラと反射させていた。

「……ん、どうしたの？」

裕太の視線に気づき、涼香はチラリと助手席に流し目を送った。

「いえ、べつに……その、涼香さんって、すごく綺麗だなって思って」

「フフフ、ありがとう」

「今日は、僕たち、デートなんですよね？」

「ええ、そうよ。別荘で二人きり……たぶん高速道路は渋滞していると思うから、向こうに着くまでちょっと時間がかかるかもしれないけど我慢してね」

「いいです、いくら時間がかかっても」

こうして美姉と二人きり、車に乗っていられるだけでも充分に幸せである。

裕太は車窓の風景に目をやることもなく、ひたすら麗しきお姉さまの顔を、女体を眺め、今宵の初体験に思いを馳《は》せていた。

これから向かう先は避暑地として全国的に有名な場所、その奥地にある別荘だ。

涼香の話によるとバブル期に造成された地区にある物件で買い手もつかず、現在はハウススタジオとして貸し出されているらしい。かなり辺鄙《へんぴ》な場所で、付近にはめぼしい観光名所もないということだが、二人きりの甘い時間を楽しむには最高のロケーションである。

「そうだ。僕、携帯を買ってもらったんです」

信号に停車した折、裕太ははたと思い出したように胸ポケットから携帯電話を取り出した。

「あら、良かったわ。これでいつでも気兼ねなく連絡できるわね。あとで番号を教えてちょうだい」

「はい。それで、これ、カメラがついてるから……」

言葉を途中にそそくさと撮影モードに切り替えて、涼香の顔にレンズを向ける。

モデルの職にある女性の習性か、涼香はすぐさま媚《こ》びるような笑みを繕《つくろ》い、被写体を務めてくれた。

「ああ、いいです。今の笑顔、最高です」

そんな涼香の仕草に誘われるまま、裕太はにわかカメラマンとなって美姉の写真を撮りまくった。

当然ながら顔ばかりでは飽き足らない。ブラウスから覗いている胸の谷間や、ムチムチの太腿をレンズで捉《とら》え、次々にシャッターを切ってゆく。

幸いながらこの車は前席がベンチシートになっている。

肘掛《ひじかけ》さえ起こしてしまえば難なく股座《またぐら》を接写することもできる。

「こらこら、どこを撮ってるの。こんなところで撮らなくても、向こうに着いたらいくらでも撮らせてあげるわよ」

と、呆れがちに言いつつも、口先とは裏腹に涼香はブラウスのボタンをひとつ外し、大きく胸元を開いて、豪華な金糸の刺繍《ししゅう》に飾られた黒いブラジャーを露わにしてくれた。

さらには片手ハンドルで車を走らせながら、太腿を撫でつけるようにミニタイトの裾を捲り上げ、ブラとお揃《そろ》いのパンティをチラリと露出させる。

「あぁ……」

すぐさま股座にレンズを向けて、パンストに透けた黒パンティをフレームに収める。先日の体験ですでに、美姉の女体は余すところなく観察しているが、液晶画面で見るパンチラは無性に猥褻《わいせつ》に感じられた。

できるなら今すぐ股座に顔を埋め、女性の秘臭を楽しんでみたい、シートの代わりに顔面を提供し、パンストの美臀《びでん》に潰されながらドライブをしてみたいと、破廉恥な妄想に耽りつつ股間を熱く滾《たぎ》らせる。

「ほら、少しなら触ってもいいよ。運転の邪魔にならないようにね」

裕太の下腹部を一瞥し、すっかり膨れ上がっている陰部に失笑を零すと、涼香はお触りを促すように自らの太腿を撫で付けた。

「はい、それじゃあ、ちょっとだけ」

言葉に甘えてそっと膝頭《ひざがしら》に手を乗せる。ハンドルを操る手を邪魔せぬように、ナイロンメッシュの太腿を撫でてゆく。

(着いたら、すぐに……そうだよね、涼香さん?)

ほんのり汗で湿った内股に手を滑り込ませ、心の中で問い掛ける裕太。

先週水曜日の別れ際に使用済みパンティとレオタードをプレゼントしてもらい、それをズリネタにして毎晩のごとく自慰で晴らしていたが、手コキで搾られ、フェラチオで抜かれ、パンスト素股を体験した今となっては自らの手でいくら処理したところで満足などできるわけもなかった。

むしろ涼香が恋しくなり、今日という日を指折り数えて待っていたのだから、美姉との時間を一分一秒たりとも無駄にしたくはない。

今宵自分は大人になる。涼香から性のすべてを教授され、大人の男に成長する。

だが、それで終わりではない。いわば新しい関係の始まりだ。お姉さまに甘えているばかりではなく、年下の彼氏として彼女を満足させられる男になってみたい。

二人を乗せた車は一路、一夜を過ごす別荘へ。

さすがに道は込んでいたが、予想していたほどの渋滞ではなく、午後二時を回る頃には山間部に入り、車窓の風景も避暑地に相応《ふさわ》しい深緑の景色に移り変わる。

やがて幹線道路から峠道を抜けて、細い山道を五分ほど走っただろうか。

前方の小高い場所に見える白い外壁の建物を指差しながら、涼香が口を開く。

「ほら、すぐそこ。あそこが別荘よ」

「ああ、あの白い家が……何だか、ずいぶん大きそうですね」

ここに来るまでは、小さなバンガロー風の建物を想像していたが、白い外壁の別荘はちょっとしたアパートほどの大きさもあり、異国情緒に溢れた清楚《せいそ》な佇《たたず》まいだった。

「そうね。二人だけで泊まるにはちょっと大き過ぎるけど、とっても素敵な別荘よ。お風呂も広いから、二人で入りましょうね」

「それも楽しみですけど、僕、すぐに……」

エッチがしたいと、先の言葉を足そうとしたところだった。裕太は別荘の敷地内に、一台のマイクロバスが停まっていることに気づく。

「ねえ、涼香さん。あのバスは？」

「ああ、そうか。まだ三時前だよね。ちょっと早く着きすぎちゃったかな」

「ずいぶん人がいますけど、何をしてるんですか？」

広々とした庭の一角には専用のテニスコートが備えられ、テニスウエア姿の女性が五人、代わる代わるコートに立ち、それを取り囲むようにして多くの人間が集まっていた。何かの撮影でもしているのだろうか。ネットの脇にはビデオカメラを肩に担いだ男の姿が見える。

「ええ、もうそろそろ終わる頃だと思うけど、来年に公開する映画のカメラテストみたいよ。新條綾音《しんじょうあやね》が主演だったかな」

「新條綾音って、あの？」

芸能関係には疎《うと》いが、名前くらいは知っている。昨年催された美少女コンテストに優勝し、一躍スターダムにのし上がった高校一年のアイドルである。自分の好みとはかけ離れており、どこに魅力があるのか理解に苦しむものの、クラスの男子にはファンも多く、聞きたくもない情報が色々と耳に入ってきた。

「ええ、その親友役を公募して、今回が最終選考だって話ね」

「ああ、そうか。確か高校のテニス部が舞台でしたよね」

クラスメートの雑談から得た情報を思い出し、助手席の窓からカメラテストの風景を眺める。ここからでは顔まではよく見えないが、誰もがスポーツ少女らしくスレンダーな体型で、テニスラケットを振る姿もさまになっていた。

もしかしたら五人の中から将来のアイドルが誕生するのかもしれない。

「それで、どうしてここに？」

「今日でカメラテストも終わりなんだけど、この別荘は土曜日まで借りているらしいから、それでね」

と、そこまで話したところだった。

スタッフの男性がひとり、こちらに駆け寄ってくる。

「ああ、そうだ。言い忘れていたけど、裕くんは私の甥《おい》ってことになってるからね」

「僕が、甥ですか？」

「ほら、色々と問題があるでしょう。裕くんはまだ未成年なんだし、今晩はご両親も一緒に泊まるって話にしてあるから。家族旅行ってことで、分かった？」

「はい。じゃあ、涼香さんは僕の叔母ですね」

「そうそう、べつに何も聞かれないと思うけど、念のためにね」

それだけを告げて車を降り、スタッフの男性と話を始める涼香。

裕太も車を降りて、ちょっとした好奇心のままにテニスコートに近づいてゆく。

（まあ、そこそこってところかな。たいして……）

可愛い子はいないと、テニスウエア少女の容姿をひとりずつ値踏みしていたところだった。四人目の少女に視線を移した裕太は一瞬我が目を疑った。

「まさか、そんな」

小さく頭を振り、ゴシゴシと瞼《まぶた》を擦る。

パチパチと目を瞬《しばた》かせ、あらためて少女の顔に視線を戻す。

（やっぱりあの子、藍原さんだよな）

カメラテスト用にメイクをしているのか、いつもとは若干雰囲気が異なっているが、もっとも親しい女友達を見間違えるわけもない。どこから見ても藍原佳奈美、その人である。

自分には何も話してくれなかったが、佳奈美はつまりオーディションに応募して、最終選考に残ったということか。

いいや、彼女の事情などどうでもいい。

涼香と二人で別荘に遊びに来たなどと、佳奈美に知られるわけにはいかない。

とにかく今すぐに身を隠さなければならないと、テニスコートの脇から立ち去ろうとするも遅かった。

すでにカメラテストが終了し、暇を持て余していた佳奈美が驚きを露わにして自分を見つめていたのだから。

「あ、あの……どうも」

小走りに駆け寄ってくる佳奈美に作り笑いを浮かべ、小さく肩をすくめる。

「どうして藤井くんがここに？」

「ええと、旅行だよ。家族旅行ってやつで、今晩この別荘を借りたんだ。それより、藍原さんはここで何を？」

あまり自分のことに突っこまれたくはない。

おおよその事情は理解しているが、裕太は遠慮がちな眼差しでテニスウエア姿の佳奈美を眺めながら聞き返した。

「うん、まあ、ちょっとね……これ、来年公開される映画のカメラテストなんだ。実はね、あの、お母さんが勝手にオーディションに申し込んじゃって、それで」

「凄《すご》いじゃないか。オーディションに受かったんだね。新條綾音の親友役だろう？」

「え？　うん……知ってたんだ？」

「ええと、さっきスタッフの人に聞いたんだ」

舌先三寸で誤魔化しながら、肩越しに車の方向に目を遣《や》る。

間が悪いことに、涼香が先の男性と二人してこちらに歩いてくる。

「そっか。まだ親友の役が決まったわけじゃないけど、とりあえず映画には出られるみたい。前から藤井くんには言おうと思ってたんだけど……」

べつに隠していたわけではないと、申し訳なさそうに言葉をつづけようとした佳奈美は、裕太の傍らに歩み寄ってきた涼香にふと口をつぐんだ。

「こらこら、裕くん。将来の女優さんをナンパしちゃダメじゃない」

親しげに話している二人の間に割って入るように、涼香が冗談めかして口を挟んでくる。

「ち、違いますよっ！　僕のクラスメートなんです」

「クラスメート!?　あらまっ、物凄い偶然ね。はじめまして、叔母の小島です」

「叔母!?　あっ、あの、すみません。私、藍原と申します。はじめまして」

いったいこの女は何者なのかと、訝しげな顔で涼香を睨《にら》んでいた佳奈美は、自己紹介に慌てて愛想笑いを繕い、深々と頭を下げた。

「あの、お、叔母さん、お母さんはまだかな？」

目配せをひとつして、涼香に尋ねる。

「何だか渋滞に嵌《はま》ってるみたいで、まだずいぶんかかるって、さっき私の携帯に電話があったわ。さあさあ裕くん、車から荷物を降ろしましょう」

涼香はもっともらしい嘘を平然と口にすると、裕太にひと言告げて車に戻っていった。

「それじゃあ、僕は……あの、帰ったら電話するから、詳しい話を聞かせてね」

この場であれこれ話をしては、いつ馬脚を現すとも分からない。

裕太はそそくさと身を翻し、涼香の後を追いかけた。

2

「ふう、ようやく撤収したわ」

それから二時間あまりが過ぎ、南の窓から照りつけていた陽射しも西に傾き、空が茜《あかね》色に染まり始めた頃だった。現場を取り仕切っていたスタッフと玄関先で話し込んでいた涼香がリビングに戻ってくる。

「そうですか」

ぼんやりとテレビを眺めていた裕太はおもむろにソファーから腰を上げ、バンガロー風のデッキが備えられた南の窓辺から庭を見渡した。

斜陽に照らされたテニスコートに人影はなく、張られていたネットも外されている。その脇に停車していたマイクロバスもすでにいなくなっていた。

「さっきの子、藍原さんって言ったわよね。すごく可愛らしい女の子じゃない」

裕太の傍らに歩み寄り、耳元で呟く涼香。

「かもしれませんね。学校でも男子から人気がありますから」

無関心を装いつつ、裕太は軽く肩をすくめてみせた。

「ああいう子が裕くんの好みなんだ？　もしかして彼女だったりして」

「違いますよ」

「あら、隠さなくてもいいじゃない。藍原さんも裕くんのことが好きみたいだし」

「そんなことないですよ、きっと……涼香さんの気のせいです」

もしかしたら帰りがけに佳奈美と何か話したのか、にわかに狼狽《うろた》えつつ頭を振る。

「フフフ、裕くんって意外に鈍いのね」

「……………」

「私が裕くんに話しかけたときの顔を見れば分かるわ。藍原さん、物凄い目で私を睨んでいたのよ。あれは絶対に嫉妬《しっと》、ジェラシーね」

「藍原さんの話なんていいよ。それより、僕、もう……」

我慢ができないと先の台詞《せりふ》を濁しつつ、美姉の胸にかじりつく。

上目遣いの眼差しでうっとり美顔を見つめながら、軽く唇を尖らせてキスをせがむ。

「ん、分かってる。我慢できないんだよね」

優しく少年を抱きしめると、涼香はせがまれるままに口づけを与えた。

最初はソフトに唇を重ね合わせ、甘い雰囲気作りに勤《いそ》しむ。

徐々に激しくベーゼを施し、舌の戯れに行為をエスカレートさせる。

「んふふ、もうこんなに……それじゃあ、行こうか？」

ズボンのファスナーが裂けんばかりに勃起した若竿をチラリと見やると、裕太の手を引いてリビングを後にする涼香。

裕太はもちろん寝室に向かうものだと考えていたのだが……。

(どこに行くんだ？)

二階に上がる階段の前を通り過ぎ、涼香は廊下をさらに奥へと進んでゆく。広々としたダイニングキッチンの外側を回り、廊下の突き当たりにある部屋に導かれる。

「あの、ここは？」

どう考えても寝室には思えない。北側に位置する場所から考えて、トイレか浴室に思えるが。

「お風呂よ。サウナを準備しておいたから、一緒に入りましょう」

「サウナなんて、僕は……それより」

オヤツをねだる子供のように、ブラウスの裾を引っ張る。

この別荘に来る間、車中では常に男根を勃起させていた。さらにはディープキスで舌を交じらせ、唾液を交換した今となっては一刻の猶予もない。鎌首は先汁に濡れまみれ、ブリーフまでドロドロになっている状態なのだから。

「いいから、慌てないで。せっかく別荘に来たんだから……それに、アレをする前にたっぷり汗をかいたほうがいいんじゃない？」

「汗、ですか？」

「そうよ。裕くんは汗が大好きなんでしょう？　汗まみれの肌とか、匂いとか……」

フェティッシュな情念をくすぐるように、甘くハスキーな媚声で囁きかけると、涼香はひとり先に脱衣場に歩を進めた。

（そうさ。涼香さんは僕のことを、全部分かってくれてるんだから）

すべてを任せてしまえばいいと、自らを納得させる。涼香は決して焦《じ》らしているわけではなく、自分好みの淫らな演出を考えてくれているに違いない。

裕太はいそいそと涼香の後に続いた。

（あぁ、本当に綺麗だ。最高だよ、涼香さんって）

ブラウスを脱ぎ去り、マイクロミニのタイトスカートを降ろしてゆく美姉の姿に陶然と見惚《みと》れる。これから女を教えてもらえるとの意識も働いて、生まれて初めて目の当《ま》たりにした裸身より、今の下着姿のほうが数倍も色っぽく、官能的に感じられた。

「フフフ、すごくエッチな目……この前だって隅々まで飽きるほど見たくせに」

「そんなっ、全然飽きてなんかいないです。涼香さんってすごく綺麗だもん。何度見たって飽きませんっ！」

声を大にして正直な想いを言い伝えると、裕太はポロシャツの裾を捲り、頭から抜き取った。そのときにふと、胸ポケットの重みに気づき、突っこんだままでいた携帯電話をそそくさと掴み出す。

「写真、いいですか？」

「ええ、もちろんよ。好きなだけ撮ってちょうだい」

ブラジャーを外し、ストッキングを脱ぎ去り、漆黒《しっこく》のハイレグパンティ一枚の姿で被写体を務める涼香。両腕で乳房を締め付けたり、Tバックで緊縛されたヒップを突き出したりして、破廉恥なグラビアモデルを演じきる。

「えっと、その……ぱ、パンティを」

「ん、分かってるよ。ほぉら、最後の一枚も、脱いじゃうからね」

両手の親指をウエストゴムの内側に滑り込ませ、軽く腰をくねらせるようにして、涼香はゆっくりとパンティを下ろしていった。

じわじわと下腹部が露わになる。スッキリ引き締まった下腹から、ふっくらと肉づいた恥丘の裾野が白熱灯の光に照らし出される。

しかし、なかなかヘアは露わにならなかった。恥丘はすでに半分ほどが露呈しているにも拘《かかわ》らず、陰毛がどこにも見当たらない。もともと涼香はヘアが薄めではあったが、もしや……。

「うわぁ」

パンティのフロントが股座まで捲り下ろされるなり、視界に飛び込んできた光景に真ん丸く目を見開く。

思っていた通り、陰部は剃毛《ていもう》処理されていた。恥丘の下部には未熟な少女がごとき有様で肉のスリットがあからさまになり、ヘアヌードなどとは比べようもない猥褻さを醸《かも》し出していた。

「ふふぅん、その顔は気に入ったみたいね。この前のお仕事で、ちょっときわどいコスチュームを着たから、面倒だから全部剃《そ》っちゃったの。毛がはみ出しているなんて、みっともないから」

足先からパンティを抜き取り、右の中指を割れ目にあてがう。

肉溝を挟るように指先を折り曲げ、恥丘の上まで肉筋を伸ばしつつ言葉を続ける。

「男ってみんな、ここの毛を剃りたがるのよね。やっぱりこれが見たいからかな？」

「な、なんか、うん。すごくエッチだから」

「フフフ、そうね。割れ目ちゃんが見えちゃうもんね……さあ、いいよ、撮って」

「はい、はいっ！」

裕太はすぐさま涼香の下腹部に焦点を合わせ、無毛の陰部を、剝《む》き出しのスリットを撮影した。さらにもう一枚、目一杯の接写で撮影を試みようとするのだが……。

（もう、メモリーが一杯だ）

液晶画面に表示されたインフォメーションに舌打ちをする。ここに向かう車の中でもパンチラを撮りまくっていたため、バッテリーの残量も少なくなっていた。

「もういい？」

「……あ、はい」

「それじゃあ私は先に入ってるから、裕くんも早くね」

セミロングの髪をアップでまとめ、脱衣場の右手にある扉から浴室に入ると、涼香は奥に設備されたサウナルームに足を向けた。裕太もすぐ全裸になり、我慢汁にまみれた若勃起をしならせながら美姉の後を追った。

（どうしてあんなものが、お風呂場に？）

誰かが置き忘れていったものか、浴室の壁に立て掛けられた銀色のビーチマットに首を捻《ひね》りつつサウナルームに歩を進める。

三畳ほどの室内には二人掛けの木製ベンチが左右にひとつずつ置かれ、右側の奥に涼香が腰を下ろしていた。

「どのくらい入ってるんですか？」

隣に寄り添うようにしてベンチに座り、涼香に尋ねる。

「そうねぇ、十分くらいかな。とにかく、たっぷり汗をかかないと……でしょ？」

「うん。でも涼香さんもう、少し汗ばんできましたね」

僅か数分の間にも、白い裸身はほんのり桜色に染まり、首筋には薄《う》っすらと汗が滲んでいた。

「ええ、もう腋《わき》の下もじっとり……いいんだよ、匂いを嗅いでも」

二の腕を持ち上げ、汗でぬるついた腋下を晒《さら》し、フェチ少年を促す涼香。

「腋の匂いより、僕は、ここのほうが」

ベンチに座ったまま窮屈に背中を丸め、美姉の下腹部に顔面を寄せてゆく。恥丘に刻まれたスリットに鼻面を埋めるようにして、股座の恥臭に大きく鼻の穴を膨らませる。

「んぅ……はぁ、ふぅぅ、す、すごく……に、匂ってる」

やにわに襲い来た女臭に、全身の肌を粟立《あわだ》たせる。それほどに強烈で、ひと呼吸ごとに腺液がちびり出るほどに刺激的なフレグランスだった。

「でも、いい匂いなんでしょう、ん？　五時間以上も運転していたから、すごく蒸れているもの。股も、お尻も、それに……オマンコも」

「あぁ、はい……ふぅ、はぁ、蒸れて……ん、んんぅ、いい匂いですぅ」

倒錯した妄執を隠すことなく、個性的な美姉の恥臭を嗅ぎまくる。

サウナの熱気で汗が滲み、股座から発散される香気はますます芳醇《ほうじゅん》に、眩暈《めまい》を覚えるほど誘惑的な魔香に変わり、すぐにでも射精したくて辛抱できなくなる。

「ねえ、涼香さん、僕もう我慢が……」

股座に埋めていた顔を起こし、じっとり汗ばんだ乳房にかじりつく。

カウパー汁に蕩《とろ》けた鎌首を太腿に擦りつけ、蜜戯の始まりを涼香にせがむ。

「あら、もう？　もう少し我慢できない？　初体験の前に、とっても素敵なことをしてあげようと思っているんだけど」

「素敵なことって？」

「裕くんってすごく元気だから、一度くらい出しても平気でしょう？」

思惑ありげに口元を緩め、答えをはぐらかすと、涼香はサウナの壁に掛けられた時計に顎の先を向けた。

「あと五分だけ我慢しよう、ね？　一杯汗をかいたほうが楽しめるから」

「はいっ。我慢します」

どのような施しが受けられるのか、それは分からないが、涼香の言う通りにしていれば間違いなく最高の快楽が得られるはずだ。

裕太は尻の穴に気合を入れて、自らの手できつく竿を握り締め、全身から玉のような汗を滲ませながら時が過ぎるのを待った。

「ふう、そろそろ時間ね」

額に滲んだ汗を拭い、時計の針を一瞥すると、涼香はおもむろにベンチから腰をあげ、こちらに向かって一度目配せをしてサウナから出て行った。

「……あの、何を？」

いったいここで何をするつもりなのか、続いてサウナを出た裕太は、先ほど不思議に思っていたビーチマットを床に敷いた涼香に、訝しげな面持ちで尋ねた。

「いいから、ここに寝てごらん」

「まさか、ここでアレをするんですか？」

「フフフ、言ったでしょう。その前にとっても素敵なことをしてあげるって」

なかば強引に裕太をビーチマットに組み伏せると、涼香はすぐさま汗まみれの乳肉をギュッと胸板に押し付けた。

「ほぉら、こうやって、汗でヌルヌルの肌で、裕くんを……」

四つん這いの体勢で裕太に跨《また》がり、体を前後に揺らめかせる涼香。

俗な言葉で表現すれば「泡踊り」、いいや、この場合はむしろ「汗踊り」と言ったほうがいいだろうか。性風俗店で行われるサービスのひとつである。

言わずもがな、いまだ中学生の少年が風俗など体験しているわけもないが、女体をスポンジに代えた性感マッサージは未知の愉悦を裕太に与えた。

「どう？　どんな感じ？」

「あぁ、な、何だか、すごく気持ちいいですっ」

石鹸のぬめりとも、乳液のとろみとも違う、なめらかな天然エキスの摩擦感はもちろんのこと、火照った体から伝わる温かさも、もっちりした絹肌の感触も素晴らしく、まさに極楽と言ってもいい気分を味わえた。

さらには、美姉の全身から滲み出している牝フェロモンに体の隅々までもが蕩かされ、まるで涼香の肉体に同化しているような錯覚にすら見舞われる。

とにかく匂いフェチ、汗フェチの少年にとっては夢のような前戯だった。

「ふふぅん、そうでしょう？　ほぉら、こんなこともしちゃうんだよ」

裕太の全身にたっぷりと汗を塗りたくると、涼香は右足に跨り、陰部をグネグネと太腿に擦りつけた。

「んふふ、お姉さんのアソコで……ヌルヌルのオマンコで、裕くんの太腿を洗ってあげるからぁ、どう、すごくエッチでしょう？」

「あ、あっ、はい、はひっ！」

歓喜に声を荒げて、太腿の光景を瞳に映す。

ツルツルの恥丘が太腿で前後させられるたび、クレヴァスが広がり、ラビアがうねり、何とも破廉恥な感触が伝わってくる。ネチャネチャと、ヌチャヌチャと、浴室に絶えずこだまする淫靡《いんび》な音色も興奮を煽り立てた。

そして、淫らな「汗踊り」はクライマックスへ……。

「ほぉら、汗でヌルヌルのオッパイで……どう、気持ちいいでしょう？」

裕太の両脚を大きく左右に広げると、涼香は股座で小さく身を屈《かが》め、豊かな肉房の谷間にガチガチに怒張した若ペニスを挟み込んだ。いわゆる「パイズリ」である。

「は、はひっ……く、んっ！」

柔らかな乳肉で竿がしごかれ、谷間から飛び出した亀頭が舌で舐め回される。

行為に至る前から射精寸前にまで昇り詰めていた裕太が、口と乳房の二段攻撃を耐え凌《しの》げるわけもない。瞬《また》く間《た》に臨界に達してしまう。

「あっ、ん……も、もう出るっ、出ちゃいますぅ」

「いいわよ、出してぇ……んぽ、むぽっ！」

亀頭をパックリと口に含み、上体を激しく前後に揺らめかせる涼香。

パイズリとフェラチオのダブル奉仕で、絶頂の淵に少年を追い落とす。

「うっ、んんっ！」

ギュッと身を縮こまらせ、一番搾りを噴出させる裕太。目の玉を白黒させて、一発、二発、三発と、濃厚な液弾を次々に美姉の口内に発射する。

「むぐ、んぐ……ん、んっ……」

当然のように、涼香は肉汁を嚥下《えんか》した。

ゴクゴクと喉《のど》を鳴らし、体の渇きを潤した。

「……ふぅ、一杯出たね。少し落ち着いた？」

「でも、でも僕まだ……まだです」

強烈な射精感に意識を朦朧《もうろう》とさせつつも、裕太はさらなる快楽を涼香に求めた。

「ええ、もちろんよ。まだまだこれからよ。次は何をするか分かってるよね？」

「はい。せ、せっ……」

「そうよ、セックスをするの。これから裕くんは大人の男になるのよ」

半身を起こした裕太を抱きしめ、ザーメン臭い唇で頰にキスをすると、涼香は何気なく耳元で呟いた。

「ねえ、裕くん、喉が渇いたんじゃない？　こんなに汗をかいているし、それに、あんなに一杯ピュッってしたんだから」

「はい、カラカラです。お水を……ここの、飲めますよね？」

すぐ横にある洗い場の蛇口を捻り、涼香に尋ねる。

生水はあまり口にしないが、喉の渇きが潤せれば何でも構わない。

「あら、お水でいいの？　もし裕太くんが呑みたいなら、お姉さんのジュースを呑ませてあげてもいいんだけどなぁ……ゴールデンジュースを」

瞳の奥を見据えて、少年の内に秘められたマゾヒスティックな嗜好《しこう》を見透かすようにして、涼香は倒錯のプレイを申し出た。

しかし、裕太にサービスしようとしていたわけではない。自らに隷属した証《あかし》として小便を呑ませる、それは、涼香自身が常に抱き続けてきた願望なのだ。

今まで数え切れないほど童貞を喰ってきたが、裕太ほど愛らしく従順で、被虐的な嗜好を持つ美少年を相手にしたのは初めてのこと。

裕太なら必ずや、自らの至福として尿を呑んでくれるに違いない。

「ゴールデンジュース？」

聞き慣れない言葉に首を傾げるも、涼香の仕草を見れば自ずと察せられた。

腰を跨いで立ち、まるで小便器で用を足す男のような姿勢で陰部を顔面に突き出して見せたのだから。

「どうする？」

「……あぁ、んあぁぁ」

答えの代わりにあんぐりと口を広げる。一片の迷いもなかった。躊躇《ためら》いすらも覚えなかった。美姉の胎内で濾過《ろか》された水分なのだから、穢《けが》れていると誰が思おうものか。

ましてや汗の淫戯に溺れ、全身に美姉の体液が染み込んでいる今、体の内側も涼香のエキスで犯されたいとするのは、女神に隷属している少年にしてみれば当然の欲望だった。

「いい、出すからね。零さないように……ん……ふぅ」

微かな吐息とともに膀胱《ぼうこう》が緩められる。秘唇の奥にある尿道口がプクッと膨らみ、いなや生温かな黄金色のエキスが激流となって裕太の口に注がれる。

（あぁ、僕、オシッコを呑んでる……お姉さんの、オシッコを……）

目くるめく官能にピクピクと男根を震わせ、女神の果汁を呑み下す。

ほろ苦くて潮っぽく、出がらしの日本茶に塩を混ぜたような味は決して美味ではなかったが、舌で感じる味覚など取るに足らぬことだった。女神の聖水を呑んでいる現実が甘美極まりなく、尿の味もいつしかフルーティに変わり、頰が落ちるほどの旨味に溢れてくる。

「はぁ……あぁ……んちゅぅ、ヂュッ、ぢゅぢゅぅぅ」

裕太は小便が終わってなおも舌先を伸ばして、クレヴァスの雫《しずく》を吸い取った。

そのままラビアを捲り、尿口を舐めまわし、秘唇を丁寧に洗浄する。

「ううぅん、そ、そんなに美味《おい》しかった？」

「ん、んんっ！」

ヌプッ、ヌププッと膣口をほじり、尿ばかりでは足りないとばかりに愛液を啜る。

「フフフ、そこに入れるのはベロじゃないでしょう？　これからそこに、裕くんのオチンチンを入れるんだよ」

涼香は股座に埋められた顔面を押し返し、一歩足を退かせると、マットにへたり込んでいる裕太を抱き起こした。

「それじゃあ、そろそろベッドに行こうか？」

「はい」

そっと美姉にかじりつき、胸の谷間で小さく頷く。

異様な火照りに体が支配され、屹立《きつりつ》した鎌首は新たな腺液にまみれているものの、心は妙に落ち着いていた。もはや充分すぎるほどに覚悟はできていた。

上手《うま》くこなそうとは思っていないが、できるなら涼香にも感じてもらいたいと、少しばかりの高望みを胸に秘めて、少年は遂に初体験の舞台へ……。

3

「さあ、ここに……」

汗にまみれた体を寄り添わせるように二階の寝室へ。

窓際に置かれたベッドの傍らで、あらためて口づけを交わすと、裕太は美姉に促されるまま白いシーツに身を横たえた。

「最初は私が上になってあげるから」

「……………」

じっと口をつぐんだままで、膝立ちの姿勢で腰に跨ってくる涼香を、室内の明かりに照らされた美顔を照れ臭そうに見つめる。

「我慢ができなくなったら、いつイッてもいいからね。お姉さんの中にピュッてしても、今日は平気だから」

「はい。でも、頑張ります」

「頑張るって？」

「だって、あんまり早く出しちゃったら、みっともないんですよね？」

早漏が男の恥だと、そのくらいの知識はある。今までは欲求が赴くままに精を放っていたが、持久力をつけなければ大人の男としては失格だ。

「いいのよ、初めてなんだから、そんなこと気にしなくても。それに、裕くんは何回だってできちゃうでしょう？」

「はい、できます。涼香さんとなら何回だって」

「フフフ、嬉しい……さあ、いくよ、いい？」

下腹に張り付いている竿を握り起こし、ずる剝けの鎌首を秘唇に導く涼香。

亀頭でラビアを捲るようにして、その奥にある秘口にピタリと鈴口をあてがう。

「ほら、ここが入り口……当たってるのが分かる？」

「は、はい。当たってるっ、分かりますっ！」

裕太は首を起こし、目を皿のように見開いて、今まさに性器が繫《つな》がろうとする瞬間を瞳に映した。薄いラビアがペッタリと亀頭にへばりついている。クレヴァスの奥にある肉の窪地《くぼち》に鈴口が嵌っている、その感触がありありと伝わってくる。

「ほぉら、入っていくよ、お姉さんの中に……はぁ、あぁぁ……」

「くっ、んん……は、はひって……く、くうぅ！」

静々と腰が落とされ、微かな圧迫感とともに膣口の肉門を雁首が潜《くぐ》り抜ける。複雑に絡み合った襞肉をこじ開けるようにして、陰茎が奥へ奥へと沈み、そして……。

「んあぁ、入っちゃったぁ……裕くんのオチンチンが全部、お姉さんの中にぃ」

「あっ、ああっ！」

根元までズップリと肉棒が嵌りこむ。

ツルツルの恥丘が恥骨に当たり、男女の性器がガッチリと繋がり合う。

（あぁ、温かい……女性の中ってこんなに温かいんだ）

男性器に伝わる媚肉の温度は、指で感じた温かさとはまるで異なっていた。

膣の全体がグツグツと煮えているようで、湯煎《ゆせん》した寒天に男根を漬け込んでいるかのごとき熱さを感じた。

「裕くぅん、どう？　もうセックスしてるんだよ、ん？　どんな感じ？」

キュッ、キュキュッと膣を締め付け、緩やかに腰を前後に揺り動かし、初体験の感想を求める涼香。

「は、はひっ、すごいです……あ、あっ、ギュってきたっ！　んあぁ、はあぁ、なんだか、すごい、すごいんですっ！」

今の快感を言葉にするなど不可能だった。軽く腰を揺すられただけで、手足が指の先まで痙攣し、前立腺が痺れ出し、少しでも気を抜けば暴発しそうなほどの快楽が津波のごとく押し寄せてくる。

フェラチオも、素股も、パイズリも、どれもが最高の淫戯だったが、女性器から得られる愉悦はまさに超絶の、桁《けた》違いの素晴らしさだった。

「じゃあ、動くよ、動かすからね？」

「は、はいっ……ゆ、ゆっくり、して……もう僕、その……」

「あらあら、頑張るんじゃなかったの？　でも、いいんだよ、我慢できなくなったら、いつ中に出してもぉ」

両手を胸板に置き、ヒップを太腿に擦り付けるようにして腰を前後に揺り動かす涼香。ボートを漕《こ》ぐようにゆっくりと、童貞ペニスの味をじっくり楽しみながら、膣肉のおろし金で雁の括《くび》れをしごいてゆく。

「くっ、ふっ！　んーっ、んんっ！」

白濁が入り混じったカウパーをちびりながらも、裕太は必死に射精を堪《こら》えた。すぐに出してはもったいないと、この快楽を味わい続けていたいと。

「ほぉら、裕くん、オッパイを揉んで……はぁ、うぅん、ニギニギってしてごらん」

「くぅ、ん、んっ！　あひ、はひぃ！」

ひと漕ぎごとに襲い来る肉悦にか細い悲鳴を漏らし、裕太は両手で乳房を鷲摑《わしづか》みにした。

五本の指を目一杯に広げて荒々しく、指先がめり込むほどに激しく肉房を揉んでゆく。

「あぁん、そんなに乱暴に……もっと、優しくしてくれなくちゃ、ダーメッ！」

「あひっ！」

ギュルルッと膣がうねり、やにわに激しいピストンに晒される。バスンッ、バスンッと尻肉が太腿に叩きつけられ、瞬く間に絶頂に責め落とされてしまう。

「ダメ、ダメぇ、りょ、涼香さ、ん、んっ！」

乳房を握り締めたまま、背中を海老《えび》反りに仰《の》け反らせる裕太。

裏筋を引き攣《つ》らせ、茎を激しく律動させて、多量の樹液を噴出させる。

「あぁん、ビクビクしてるぅ、出てるよ、裕くんのがお姉さんのオマンコに……ほら、ほおらぁん、もっと、もっとでしょっ？」

「あっ、あひっ！　ダメ、今……ひ、ひっ！」

射精をしている最中に構わず、涼香はことさら過激に腰を振り、過敏を極めた亀頭を膣襞でしゃぶりまくった。

「んふふ、可愛いよ、裕くん……すごく可愛いぃん、んちゅぅ、んんぅ」

一瞬たりとも腰の動きを休めずに、白目を剝いてよがり啼いている美少年の唇を奪う。

細身の体をきつく抱きしめ、身を重ねたままでベッドを横転し、女上位から正常位の交わりに体位を入れ替える。

「ねえ、まだできるでしょう？　ほら、今度は自分で動かしてごらん」

「はぁ、ふぅ……は、はい」

汗まみれの巨乳にしがみついたまま、裕太はおずおずと腰を前後させた。

牡の本能に従って、不慣れながらも懸命に若勃起で膣を抉る。

「あぁ、そう、そうよ……うぅん、お姉さんもいいよ、オマンコがすごくいいのぉ、あぁん上手、すごく上手ぅ、もっとオマンコして、マンコ、マンコぉん」

サービス精神一杯に媚声を響かせる涼香。淫らなソプラノ声で隠語を連発し、耳からも少年の劣情を刺激して、己の快楽を追い求め始める。

「も、もっと……こう、こう!?」

裕太は次第にコツを掴み、少しずつ抽送を加速していった。

ときおり膣が戦慄《おのの》き、肉襞が蠢《うごめ》いているのが分かる。二度も射精してなお、セックスから得られる快感は恐ろしいほどに強まってくる。

「そ、そっ！　もっと早く、奥までこうやって、ズンッて……あはうぅ！」

裕太の尻に両手を回し、力強く怒張を叩き込ませる。自らも腰を突き出して、子宮まで届くほどに深くペニスをぶち込ませる。

「あぁっ、奥が……奥がいいの？　ねえ、涼香さんっ、オマンコの奥、奥っ!?」

美姉の急所を知り、裕太はがむしゃらに膣をうがちまくった。

いくら体が小さくても、少女のごとく愛らしい容姿をしていても、牝を犯す喜びに目覚めた少年は絶大な力を発揮する。もとから性欲過多な年頃で、裕太はしかも絶倫と称されてもいい精力の持ち主である。

ますます硬く膨れたペニスで、いつしか涼香を圧倒するほどのピストンで、子宮を突き破らんばかりに女陰を殴打する。

「んっ、んぅ！　あ、あっ、いいぃ、いひぃ……く、くふぅ！」

女体に瘧《おこり》を走らせ、細い喉に血管を浮かばせて、涼香は苦痛とも快楽ともつかない表情で下劣に美顔を歪《ゆが》める。長い睫毛《まつげ》に飾られた半眼の瞼、そこから覗く瞳は目まぐるしく白と黒が入れ替わる。

（か、感じてる？　涼香さん、本当に気持ちよくなってるんだっ！）

明らかに今までの反応とは異なっていた。左右に投げ出されている手はシーツを掴み、M字に広げられていた脚が腰にきつく巻きつけられてくる。淫声の音色も甲高《かんだか》く変わり、ときおり腹の底まで響くような嗚咽《おえつ》を漏らし、膣の粘膜までもが痙攣に襲われている。

もしかしたらイク寸前なのかもしれない。自分が絶頂させられるかも分からない。

裕太は腰に絡み付いている両脚を肩に担ぎ、膝の裏を押さえつけるようにして真上から牝壺《めつぼ》を串刺しにした。

むろん、初体験の少年がマングリ返しの体位など知る由もないが、奥まで入れるには一番だと直感的に理解したのだ。

「こうやって、ねえ、いい？　ほら、いい？」

「ひ、ひいっ！　こ、これダメぇ……や、やっ！　ゆ、裕くん、ダメェ……い、イッちゃう、これダメ、ダメぇ……お、おおぉんっ！」

もっとも感じる体位でハメられ、子宮の入り口を打ちのめされて、涼香も堪らずにアクメを極めた。

「い、イッ……ぐ、イクッ！　あへ、あへひぃ……ぐ、イグイグぅ！」

「くあっ、んううっ！」

涼香がオルガスムスに達すると同時に、裕太も新たな官能の淵に誘われていった。

膣圧が高まり、陰茎の全体が揉みくちゃにされる。肉路が波を打ち、襞の一枚一枚が震え出し、幾重《いくえ》もの唇にしゃぶられているような錯覚に見舞われる。

（何だ、これ⁉　涼香さんの中が、オマンコが動いてるっ！）

雁首がくびられ、鈴口が吸い付かれ、裕太はその瞬間を自覚することなく三発目の子種を迸《ほとばし》らせてしまう。

それでも腰は休めなかった。マングリ返しの体位で女体を組み伏せたまま、体重を乗せて何度も、何発も、絶頂で充血した膣壺を掘り返す。

「ひっ、ひいぃ！　ちょ、ちょっと……ひゃめへ、へっ、今まだ、あ、あたひ、ひいぃんぐ、イッ……ん、んんぅ！」

アクメに捕らわれている最中に、いっそう激烈なピストンで子宮口まで抉られて、涼香は白目を剝いて気をやった。もはや絶頂という「点」は存在せず、快楽のメーターは振り切れたまま、イキッ放しの状態に陥ってしまう。

膀胱が緩み、尿口が膨らむ。雁首でGの急所が刺激されるたび、間歇泉《かんけつせん》がごとく潮を飛び散らせる。

「うわぁ、何か出てきた……こ、これ、オシッコ？　ああぁ、涼香さんお漏らししてるっ！」

「んー、んんーっ！」

失禁などするわけがないと、それは潮というものだと、心の中で喚《わめ》き散らすも声にはならなかった。次から次へと噴出してしまうから。小便に間違われてもおかしくないほど大量に、恥ずかしいほどに漏らしてしまうから。

「もっと、ねえ、もっとだよね？　僕、何度でもできるよ、もっとしたいよっ！」

涎《よだれ》のごとくザーメンを垂れ流し、なおも若勃起をしならせて、裕太は飽くなき交尾を求めた。全身汗まみれの女体から立ち昇るフェロモンは、匂いフェチ少年にとっては勃起持続を促す秘薬も同じ。精液が涸《か》れ果てようが、ペニスはそそり勃《た》ったまま、一向に萎《な》えることはなかった。

「はぁ、ふうぅ……ちょ、ちょっと休もう、ね？　休まへっ、ひぃ！」

涼香は背中をずるようにして性器を外し、腹ばいになってベッドから逃れようとするも、幼き暴君はそれを許さなかった。腰にしがみつかれ、尻が抱きかかえられ、バックからズブリと女肉が仕留められてしまう。

「あんっ、はぁんっ！　壊れちゃうぅ、お姉さん壊れちゃんんっ……だめ、ダメダメぇ、また来ちゃう、来ちゃふうぅ！」

「ああーっ、いい、涼香さんのここ、オマンコ気持ちいいよ、すごくいいよおぉ！」

自慰を覚えた猿がごとく腰を振り、セックスの快楽に狂喜する裕太。

その頃、自宅では……。

4

「すみません、遅くなって」

いくぶん日中の暑気が和らぎ、いつしか夜の帳《とばり》に街が支配されようとした頃だった。

会社からの突然の電話で休日出勤する羽目になったと、それを口実に外出していた智久は、マンションに戻ったその足で直接、真央が待つ最上階に向かった。

「ううん、いいのよ。さあ、入って」

満面の笑みで智久を迎えると、真央は手に提げられていたビジネスバッグを代わりに持ち、いそいそとリビングに足を向けた。

「お邪魔します」

まるで新妻のような振る舞いにときめきを覚えつつ、真央の後に続く。

ベージュ色のパンツに包まれ、美形に整えられた桃尻に助平な視線を注ぎ、真央に促されるままダイニングの食卓に着く。

「お盆休みなのに大変だったわね。本当にお疲れさま」

「まあ、仕事ですから仕方ないですけど、せっかくの日にトラブルなんて、まったくついてないですよ」

大袈裟に溜息を吐《っ》き、愚痴っぽく言ってのける。

本来なら裕太が家を出たらすぐに自宅を訪れることになっていたのだが、今朝方にかかってきた一本の電話に予定の変更を余儀なくされてしまった。智久が担当している信販会社の決済システムに障害が発生し、緊急に対応しなければならなくなったというのが理由である。あくまで表向きは……。

「それで、お仕事のほうはもう解決したの？」

「ええ、何とか。また何かあったら連絡が入るかもしれませんけど、とりあえずは大丈夫だと思います」

多大な罪悪感に見舞われつつも、智久は平然と答えを返した。

実のところ今日は休日出勤などしていない。今朝方に電話があったことは事実だが、会社からの連絡ではなく、利奈からの呼び出しだったのだ。

今日は大切な予定があるから勘弁して欲しいと、電話口で何度も頭を下げたのだが、利奈はまるで聞く耳を持たなかった。あなたに断る権利などないと、脅し半分に押し切られてしまい、仕方なくトラブルが発生したとの口実で利奈のもとに向かったという次第である。

土曜日の夜を含めて、利奈とは今日で四度目の交わりだった。

都内の一等地にある利奈の自宅マンションは、智久が勤めている会社から地下鉄で二駅、無理をすれば歩いてゆける距離にあり、月曜日、そして水曜日の会社帰りにも彼女の呼び出しに応じて自宅を訪れていたのだ。

冷淡な態度は相変わらずだが、どうやら利奈は自分とのセックスが気に入ったらしい。

言わずもがな、決して喜ぶべき状況ではないのだが……。

「今すぐに食事もできますけど、その前に一杯おビールでもどう？」

「ああっ、ありがとうございます。喉がカラカラだったんです」

差し出されたタンブラーを受け取り、注《つ》がれたビールを一気に呷《あお》る。

すぐにお代わりを注いで、キッチンに立ち戻った真央の顔をカウンター越しに眺めつつ、仮初《かりそめ》の夫婦気分に酔いしれる。

胸元にビーズの花があしらわれた白地のTシャツに、コットンパンツを合わせたカジュアルな装いは、家事に勤しむ人妻の普段着だった。スッピンに近い薄化粧も、下着の装いもたぶん、初めての夜を意識したものではないのだろう。

（いいや、違うな。むしろ意識してるからさ。そうに決まってる）

要するに真央は自分好みの演出をしてくれているのだ。飾り立てていない、ありのままの姿こそが彼を喜ばせるのだと、それを理解して……。

もしかしたら真央も仮初の妻になり、今夜を楽しもうとしているのかもしれない。

「さーて、できました」

ポンッと柏手を打つと、真央は鉄板に乗せられたステーキを手にして、キッチンから出てきた。食卓にはメインディッシュの他に、魚介類をちりばめたサラダにコンソメのスープが並べられている。

「いやあ、なんだか豪華ですね。すごく美味しそうだ」

「残念ながら、味は保証できませんけど……さあ、どうぞ。召し上がれ」

皿に盛ったライスを差し出すと、真央は冗談交じりのひと言を口にして智久を促した。

「はい。いただきますっ。なんだか夢を見ているみたいだ。こうして真央さんと一緒に食事をするなんて」

対面に腰を下ろした真央に笑顔を捧げ、コンソメスープを口に運ぶ。

「フフフ、大袈裟ねぇ。今までだって何度も……」

「二人きりは初めてですよ。俺のためだけに、食事を作ってくれたのも」

先の言葉を制するように声を被せる。できるなら今夜だけは不倫の仲ではなく夫婦のように接してみたいと、それとなく願望をほのめかす。

「そうね、うん。そうよね」

ほんのり顔を赤らめて、サラダを口に運ぶ真央。智久から注がれる熱っぽい眼差しにほだされて、女体は少しずつ初夜の準備を整えてゆく。

「新婚生活って、こんな感じなのかな？」

「さあ、どうかしらね」

「今の今まで、結婚に憧れたことなんて一度もないけど……」

独り言のように結婚願望を口にして、余韻を残しつつ言葉を終える。できるならあなたと暮らしてみたいと、想いを伝えるように真央の瞳を見つめる。

とはいえ、プロポーズをするつもりはなかった。今はただ、自分との関係を真央がどのように捕らえているのか、それを知る手がかりが欲しかった。

利奈との関係に、肉体だけの繋がりにますます真央への愛を強くしていたから。

これ以上真央を裏切りたくないとする心が、より確かな関係を求めていたから。

「でもね、いくら好き同士でも、ずっと一緒にいたら嫌になるときもあるわよ、きっと……結局、理想と現実は違うものだから」

「旦那さんとは、そうなんですか？」

「そうって、何が？」

「もしかしたら、理想で描いていた家庭とは違うのかなって」

食事を進めつつ、智久はさりげなく夫婦の関係に探りを入れた。

「さあて、どうかしら」

「どうなんですか？　やっぱり、その……うまくいっていないとか？」

誤魔化さないで欲しいとばかりに質問を重ねる。むろん、答えなど聞かずもがなだと分かってはいた。どれほど肉体が求めていても、たとえ夫が海外に単身赴任していても、本当の愛があるのなら裏切れるわけがないのだから。

「ねえ、智久さん。どうしてそんなことを聞きたがるの？　せっかく二人きりでいるのに、主人の話なんてしたくないわ」

どこかしら悲しげな瞳の色で空虚な笑みを浮かべ、真央は溜息混じりに呟いた。

「そうですね、すみません。つまらないことを聞いて」

「ねえ、ひとつだけ言わせて」

しゅんと項垂《うなだ》れた智久に救いの手を差し伸べるように、真央はあらためて自らの想いを口にした。

「智久さんと二人でいることが、今の私にとっては一番幸せなこと。この気持ちに嘘はないわ」

「俺だって同じです。真央さんといられるだけで……あの、今だけ、今夜だけ真央さんのこと、俺の奥さんだと思ってもいいですか？」

「もう、嫌だわ。私はせっかく独身気分でいるのに」

「だめですか？」

答えをはぐらかそうとする真央に真顔で尋ねる。

当然ながら夫婦ごっこがしたいと願っているわけではなかった。自分の夢はあなたと結婚することなのだと、自らの心を打ち明けていたのだ。

「ううん、いいわよ」

微かな戸惑いを見せつつも、真央はコクリと頷いた。

もはや智久の想いは充分すぎるほどに感じていた。それを受け止めることができない自分に恨めしさも覚えつつ……。

その後、二人は仮初の新婚夫婦になって食事を楽しみ、初夜を迎えるための雰囲気作りに勤しんでゆく。

「……そろそろ、な？」

すべての皿を平らげると、智久はご馳走様の挨拶《あいさつ》もせずに食卓の椅子から腰を上げた。

「なって?」

「焦らさないでくれよ。分かってるくせに」

真央の傍らに寄り添い、頬に口づけをする。肩を抱くようにして乳房に手を伸ばし、耳元で甘く囁きかける。

「夫婦が夜にすることはひとつだろう?」

「でも、まだ食べたばかりよ。それに食後のフルーツを用意しへ……ん、んんぅ」

妻を口説く必要などないとばかりに、強引に唇を奪う。

もはや我慢の限界だった。これ以上、一分一秒たりとも待てなかった。

確かに利奈とは交わった。前も後ろも存分に突きまくってやったが、しかし、体が満たされることはなかった。絶頂という感覚には程遠い射精だった。

この肉体を満足させてくれる女性はこの世でただ一人、真央だけだ。

「欲しいんだ、すぐに……んぅ、あぁぁ、真央が欲しいんだよ」

「あぁ、私も……ん、んちゅぅ、私も欲しい、あなたが欲しいわ」

熱烈な求愛表現に女体を蕩けさせ、メシベをじっとり潤わせ、夫婦の寝室に智久を誘《いざな》う。

が、しかし……。

このとき真央にはひとつの疑問符が頭をもたげていた。

仕事を終えたばかりなのに、自室には戻らずに直接この家を訪れてくれたのに、智久の体からは何故、爽《さわ》やかな石鹸の香りが感じられるのだろうかと……。

5

「あぁ……」

寝室に入るなり慌しく全裸になった智久は、服を脱ぎ去った真央の、女体を彩っていた予想外のランジェリーに爛々《らんらん》と瞳を輝かせた。

むろん、男の目を喜ばせるためだけの軽薄な下着ではない。

そんな下着に惹かれるほど智久は幼くもない。

真央が纏《まと》っていたランジェリーは、体のラインが気になりだしたミセス御用達《ごようたし》のボディスーツ。熟女の豊満な肉体をギュッと引き締め、女体のラインを美しく演出する実用的な補整下着の一種だった。

全体的なシルエットは女児が着用するスクール水着に似ており、露出度は極めて低いのだが……。

智久にとっては堪らなく刺激的だった。どうしようもなく官能的な下着姿だった。

バストアップの細工やウエストシェイプ、さらには下腹の引き締めやヒップアップまで、女性が求める機能性を欲張りに詰め込んだワンピース下着には、複雑なステッチが随所に刻まれ、各所がそれぞれ異なった光沢を帯びている。

しかも、ボディスーツの至る所には、女のお洒落心を満足させるフェミニンな刺繍が飾られ、まるでブライダル衣裳のような趣すらも漂わせていた。

まさに、初夜のベッドに相応《ふさわ》しい大人のランジェリーである。

今夜の真央は魅力的な新婦であり、魅惑的な人妻でもあるのだから。

「この下着、脱ぐのが大変だから……このままで」

賛美のひと言も口にできず、呆然《ぼうぜん》と下着姿に見とれている智久に失笑すると、真央はボディスーツを纏ったままベッドに身を横たえた。

できるなら感想を聞きたいところだが、暴発しそうなほどに巨根を勃起させ、鈴口に腺液すら潤ませている有様を見れば言葉など必要ない。

「ここを外せば、できるから」

夢遊病者のように覚束《おぼつか》ない足取りで、ふらふらとベッドに歩み寄ってくる智久に囁くと、真央は股座のクロッチを留めている三つのボタンを外し、女陰をあからさまにした。

「おおぉ！　す、すごいよ、真央っ」

分厚い股布のベールが捲れるや否や、内側に溜まっていた濃厚な牝汁がドロドロと流れ落ちる。愛液に蕩けた花芯が、満開の肉花が露わになる。

「いくぞ、入れるからなっ！」

辛抱たまらないとばかりに、女体を仰向けに組み伏せる。

青筋張った巨根を秘唇に埋めるなり、ぬかるんだ牝穴をひと突きにする。いいや、ひと突きではなくめった刺しだった。ボディスーツの効果でひときわ巨大にリフトアップされた乳房を鷲掴みに握り潰し、狂気に満ちたピストンで子宮までをも叩きのめす。

(ああ、やっぱり最高だ、真央さんの中……違う、誰とも違うんだ)

真央からしか得られない快感に、セックスの悦楽に酔いしれる智久。

されども、じっくり名器を味わっている余裕などなかった。初めて女と交わった童貞男のように、情けないほどに昂《たか》ぶってしまい、僅か一分も経たずに射精感がこみ上げてくる。

むろん、交尾の愉悦は智久ばかりのものではなかった。実際、真央がアクメに達しているからこそ、射精が耐え難くなってくるのだから。

膣前庭の粘膜は充血し、クレヴァスからはみ出さんばかりに盛り上がり、オルガスムス隆起と呼ばれる現象を露わにしている。当然ながら膣の締まりも強烈になり、肉路の全体がバイブレーションを起こし、男性器に射精を促す。

「うぅ……も、もう俺……な、中に、中に出しても？」

孕《はら》ませたいとの願望など抱いていないが、今夜だけは外に出したくない。

真央は自分の妻だから。スペルマを子宮に注ぐ、夫にはその権利があるのだから。

「して、してっ！　中で……ああ、んぅ！　中で出しでーっ！　イク、イクぅ……あ、あたしもイクから、一緒に、一緒にーっ！」

真央も躊躇いなく中出しをせがんだ。今夜ならば妊娠する恐れはないと、それが理由ではなかった。子壺で彼の精子を受け止めたい、叶《かな》えられるなら孕まされたいと、心から願っていたのだ。

「ん、くっ……お、おおっ！」

雄叫びとともに、濃厚な液弾を発射する。グイッ、グイッと膣の底を抉るように巨砲を動かし、鎌首を律動させて、意識が消し飛びそうなほどの快感に見舞われつつザーメンを搾り出す。

「ひぃ、いいぃ……ぐっ、イグイグぅんーっ！」

煮えるようなスペルマで子宮を打ち抜かれ、同時に真央も昇天した。尿口から派手に潮を飛び散らせ、四肢を激しく痙攣させて、太マラが胎内で律動するたび、失神しそうなアクメに翻弄《ほんろう》される。

「ほら、真央、俺に摑まって……手を首に、そう、足を腰に巻きつけて」

射精の余韻を楽しむこともせず、抜かずの二回戦に突入する。

白目を剝いている真央に命じ、自分の体にしがみつかせる。

「よぉーし、今度は……こうだっ！」

性器を繋げたまま真央を抱き起こし、ベッドの上で立ち上がる。

駅弁ファックで女体を宙に躍らせ、女陰を真下から串刺しにする。

「はひっ！　こ、こんなっ、こんなあぁ、んいっ！　これっ、これすごいっ！」

「深く入るだろう、ズップリ奥まで、どうだ、どうだっ！」

「ひ、ひっ、深いぃ、すごく深ひ、ひっ！　んん、またイグ、イッ……んグゥ」

子宮内にまで亀頭がこじ入れられるような、下腹がペニスに突き破られそうなほど深いファックに悶絶する真央。背中に爪を立て、首筋に嚙み付き、いきむような嗚咽を漏らしつつ絶頂する。

それでも智久は力を緩めない。ボディスーツの尻を抱きかかえ、膣襞が外に捲れるほどに激しく肉注射をうがちこむ。

「まだ、まだまだっ！　おら、真央、もっとイケッ！」

「……ん、んぐぅ、もう……あ、あひぃ！」

「真央は妻なんだぞ、俺の妻なんだからもっとイケッ！　もっとイクんだっ！」

無茶な言い草で絶頂を命ずる。もっと淫らにしたいと、もっと破廉恥な姿を見せてもらいたいと、ガムシャラに膣を掘り返す。

「はひぃ、はいっ！　あたしイク、イキますっ！　あなたのために、あたひ、ひっ……い、イク、イキますぅ……うぅーぅ、んんーっ！」

従順な一夜妻は、夫の要求に応えて三度気をやる。尻の穴まで満開にして、潮ばかりか小便まで漏らしてアクメを極め続け、いつしか限界を超えて失神する。

智久も二発目のスペルマを膣内に注ぎ込むも、精力はいっこうに衰えることはなかった。

（焦ることはない。まだ夜は始まったばかりだからな）

ベッド脇のテーブルに置かれた目覚まし時計を一瞥し、自らに言い聞かせる。

時刻はまだ宵の口、慌てる必要など何もない。

智久は意識を失った真央を優しくベッドに寝かしつけ、しばしの休息を与えた。

あらためてボディスーツに飾られた女体をじっくりと観賞する。投げ出した両脚を大きく広げ、自分の精液を垂れ流している女陰に、会陰《えいん》の下に覗く珈琲色の蕾《つぼみ》に矢のような視線をぶつける。

（次は尻だぞ、いいか？　今夜は全部もらうからな。すべてを俺に、夫に捧げるんだぞ。分かったな、真央）

甘美な失神に捕らわれている真央に心の中で囁きかける。

今宵《うたげ》の宴はノーマルな性行為ばかりではない。利奈のアナル趣味に感化され、どうしても真央の味も確かめてみたくなった。

すべての穴を犯したいとする征服欲もある。アナルセックスの経験があるのかなど知る由もないが、もしかしたら自分が初めての男になれるかもしれないと、そんな期待も胸に秘めていた。

智久は一旦寝室を出てダイニングに戻ると、食卓の椅子に置かれていたビジネスバッグを摑み取った。

中にはアナルセックス用の道具が収められている。

利奈の部屋からこっそり失敬した潤滑ローションに、帰路の途中で購入したイチジク型の浣腸が二つ。

智久はバッグを片手にいそいそと寝室に舞い戻った。

「……智久さん」

ようやく意識を取り戻したのか、真央から声が掛けられる。

「ああ、気づいたかい。大丈夫？」

「ええ、大丈夫、とても素敵な気分よ。ねえ、あなた、隣に来て」

シーツをさすり、甘えた声で添い寝をせがむ真央。

「まだ寝るのは早いだろう？　それに、シーツも替えないと風邪を引いちまうぜ」

「シーツを？　あっ、やだぁ、これ私が？」

智久の言葉にはたと半身を起こし、シーツに目を向けた真央は、黄色い沁みが大きく広がっていることに気がついた。

「気づいてなかったのか？　あんなに盛大にお漏らししたくせに」

「いやっ、言わないで。全部あなたのせいよ、感じさせたあなたが悪いのよ」

「ははは、でも満足してないだろう？　もっともっと感じたいよな？」

ビジネスバッグを床に置き、ベッドの縁に腰を下ろす。

真央の肩を抱き寄せ、耳元で甘く問いかける。

「……ええ、感じたいわ。あなたをもっと感じさせたいの」

「それじゃあ、ちょっとお願いがあるんだ。聞いてくれる？」

「ええ、何？」

「したいことがあるんだ、俺……一度だけ、どうしても」

「いいから言って。この体はあなただけのものだから」

「実は俺、お尻でしたいんだ」

しおらしい台詞に胸を熱くしながら、自らの望みを言い伝える。

きっと叶えてくれるはずだと、それを信じて。

「お尻で？」

やにわに顔を強張《こわば》らせ、智久の目を見つめ返す真央。

もちろん肛門性交くらい知っているし、さして驚くべき要求でもなかった。

慣れれば意外に気持ちいいのだと、その快感に目覚めた妹の台詞を思い出していたのだ。

智久にキスをされたときに感じた匂いの記憶とともに……。

同時に妹の顔が脳裏にちらつく。

智久の話題が出たとき、思惑めいた笑顔を浮かべた利奈の顔が……。

「ああ、アナルセックスを……いいだろう？」

一瞬変わった顔色にも臆することなく、あらためて願いを告げる。

多少の抵抗感はあるのだろうが、ここは押しの一手だと考えて。

「智久さんがしたいなら……でも、その前にひとつだけ聞かせて」

「うん？」

「妹と何かあったの？」

「……と、突然なんだよ。どうして妹さんの話になるんだ？　訳が分からないよ」

狼狽《ろうばい》を露わにしながらも、馬鹿馬鹿しいとばかりに言葉を吐き捨てる。

何か悟られるようなことをしただろうかと、今夜の出来事を思い返す。

「さっき、キスをされたときに思ったの。仕事から帰ってきたばかりなのに、どうして石鹼の匂いがするのかなって」

もはや白状したも同じ態度に切なげな溜息を吐《つ》き、真央は言葉を継いだ。

「あの子、お尻でするのが好きみたいだから、何となくね……石鹼の香りとお尻のセックスで連想してみたの。フフフ、意外に鋭いでしょう、女って」

「…………」

浮気を責めるわけでもなく、悪戯っぽく謎解きをしてみせる真央に、智久は無言を貫いた。実際何が言えるわけもない。認めることも、ましてや言い訳も……。

「この前、利奈が遊びに来たときに、智久さんと不倫していることがばれてしまったの。結局それで、あの子も智久さんに興味を持ってしまったのね」

じっと俯《うつむ》いている智久に構わず、真央はモノローグを紡ぐように話を続けた。

「まあね、何となく嫌な気がしていたのよ。自分の妹を悪く言うつもりはないけど、手が早いから、あの子って……」

溜息をひとつ、語り終えると、真央はひと呼吸置いてあらためて智久に尋ねた。

「今日は利奈と会っていたのね？　仕事なんて嘘……そうなんでしょう？」

「そ、それは……あの、だけど俺は……」

「いいのよ。私は怒っていないし、責めるつもりはないから。ううん、第一、私にはあなたを責める権利なんてないもの」

空虚な微笑《ほほえ》みを湛《たた》えつつ、虚空を見つめる真央。

ほのかに瞳を潤ませて、正直な気持ちを口にする。

「でもね、ちょっと悲しい。うん、少しだけ……切ないかな」

「ごめん、実は俺……」

真央の頬を伝うひと雫の涙に、どうしようもない罪悪感に胸を痛めながら、智久はことの一切を正直に打ち明けた。

言い訳しようとは思っていないし、納得してもらおうとも考えていないが、それでも、致し方なき事情であることは確かなのだ。万が一にも利奈の口から夫に不倫を暴露されては、真央の家庭が崩壊するやも分からない。結局のところは真央のためにしたことでもあるのだから。

「念のため言っておきますけど、俺は一切嘘はついてませんから」

こちらの話にじっと耳を傾けていた真央に、最後にひと言付け加える。

陳腐なアダルトビデオのような展開で、作り話と疑られてもおかしくないが、すべてが事実である。

「ええ、分かってる。大丈夫よ、智久さんを疑ったりしていないから。妹の性格は私もよく知ってます」

「今さら何を言っても仕方ないけど、俺は真央さんのことを本気で……好きですと、あらためて想いを伝えようとしたところだった。

真央はふたたび虚空に視線を彷徨《さまよ》わせ、独り言のように声を被せてくる。

「結局は、私自身の責任だわ。私が人妻だから、智久さんに負い目を抱かせることになるんですもの」

「…………」

「でもね、安心して。利奈は夫にばらさないわ。絶対に……だって、あの子は私に浮気を勧めた張本人ですもの」

「利奈さんが？」

訝しげに首を傾げる。まさかとは思うが、自分との不倫をそそのかしたのも利奈ということなのだろうか。この俺を脅す口実にしようと企《たくら》んで……。

（いいや、まさかな）

そこまで手の込んだ罠《わな》を仕掛けるとも思えない。ましてや自分にそれほどの価値があるわけもない。利奈ほどの容姿と金があれば、その気になれば男などいくらでも見つけられるはずだ。

智久はひと呼吸置いてあらためて真央に尋ねた。

「いったい、どういうことなんですか？」

「夫が浮気をしているなら、やり返してやればいいって……つまり、そういうこと」

「旦那さんが浮気を？　真央さんはそれを知ってるんですか？」

「ええ、ずいぶん前からね」

抑揚のない声で、真央は淡々と答えた。

「色々あるの、主人とは……そうね、結婚する前から色々と」

「もし嫌でなければ、話してもらえませんか?」

「長い話になるわ。それに、こんな話をしたら、もしかしたら智久さんに軽蔑《けいべつ》されるかもしれないから」

「もちろん無理にとは言いません。でも、軽蔑はしません、絶対に。何を聞いても真央さんを軽蔑なんてできません」

「……………」

流し目にこちらを一瞥し、作り笑いを浮かべる真央。

じっと口をつぐんだまま、ときおり微かな吐息を漏らす。

智久は急かさなかった。焦れることもなかった。

悩ましげな横顔が、ボディスーツに飾られた肉体が麗しく、耳に届く息遣いすらも甘美なBGMとなって、時が経つのを忘れさせてくれたから。

それからどのくらいの時間が過ぎただろうか。

ようやく踏ん切りをつけられたのか、真央は重い口を開いた。

「私は裕治郎さんを奪ったの。彼が本当に愛していた女性から」

いったいいつの話をしているのか、思いもよらぬプロローグに戸惑うものの、智久はじっと耳を傾けていた。

「それで幸せになれると思ってた。結婚してしまえば、きっと……そう信じてた」

古い日記を紐解《ひもと》くように、遠い過去の記憶をひとつずつ言葉に変えてゆく真央。何を隠そうとも思わなかった。今まで誰にも打ち明けたことがない内面をすべて吐露することで、これからの人生が開けるような気がしていた。

いいや、何より智久だけには知ってもらいたかった。智久と出会えた今だからこそ、心から愛する者と結ばれずにいる悔しさが、夫の心が朧《おぼろ》げながら理解できるのだから。

真央のモノローグはそれから二時間あまり続いた。

ときおり深く考えこみ、ときおり言葉に詰まりながらも連綿と、夫から愛されぬ妻としての人生を語っていった。

けれども無意味な時間を過ごしていたわけではないと、息子の成長が何より自分の幸せだったのだと、母として生きる喜びを言葉に変えていった。

やがて、日記のページは進み、ひとりの青年との出会いが訪れる。

真央はしかし、彼に対する感情は口にしなかった。

こうして二人、一夜を過ごしている今、思い出を綴《つづ》る必要などないのだから……。

「もう、裕治郎さんとの関係に愛はないの。冷め切っている夫婦なのよ。だから彼が浮気していても、私は傷ついたりしない」

「……………」

「きっと一番の被害者は裕太なのよ。もうあの子だって分かっていると思うわ。父親に愛されていないって」

「……かも、しれませんね」

いつか裕太が口にした父への不満を思い出し、智久は遠慮がちに同意した。

「それに、私も厳しくしすぎていたわ。勉強勉強っていつもやかましく言って……要するに負けてもらいたくなかったのよ、裕治郎さんに。小さい人間だわ、私って」

「そんなことは……」

「でもね、それだけじゃなかったんだって、今だから分かるの」

智久の声には耳も貸さず、言葉を続ける真央。

「寂しかったんだと思う、きっと……欲求不満の捌《は》け口にしていたんだわ、私は、裕太のことを」

「それは、つまり……」

「ううん、聞かないで。察してちょうだい」

茶目っぽい微笑みで小さく頭を振ると、真央は心持ち晴れ晴れとした表情で心の日記を閉ざした。

「これで話はお終《しま》い。せっかくの夜に相応しくないわ。私は智久さんに抱かれたい。それだけが望みよ……お尻でするのは初めてだから、少し怖いけど」

「その前に、俺からもひとつ言わせて下さい」

真剣な面持ちで真央の瞳を見つめる。あらためて告げるのも照れ臭かったが、言わずにはいられないほど感情が昂ぶっていた。

「俺は本気で愛していますから、真央さんのことを」

「うん、ありがとう……私も、愛してる」

思春期の少女がごとく胸をときめかせ、真央は素直に告白を受け取った。

「愛がすべてなんて幼稚なことは言いませんけど、でも、少しだけ考えてもらえませんか。俺との、これからのことを」

「これからのこと？」

「ええ、これからのことです。察してください」

真央と同じ言い草で、悪戯っぽく答えをはぐらかす。

この場で結婚の二文字は口にしたくなかった。意思を問うのは早すぎると自分でも分かっていた。

むろん、一時の感情とは思っていない。三年間も憧れ続け、身を重ねてなお成就《じょうじゅ》しきれぬ想いはこの先ますます深まるだろう。が、それでも、何ひとつ不自由のない今の生活を捨てさせるような真似はできなかった。

藤井家はなにせ、これだけの資産家だ。夫への愛が失われてなお離婚を決意しきれない、その理由は言わずもがなである。

将来、裕太が成人したら、そして、この俺が充分な幸せを与えられる男になれたなら、真央が望んでくれたなら、そのときに……。

「でも、酷《ひど》いひとだな。利奈さんは」

「そうね。私の彼に手を出すなんて。二人で仕返ししちゃいましょうか？」

「そうだね、それがいい。利奈さんには相応の罰を与えないと……」

言葉を途中にして、唇を重ねる。舌を交じらせ、唾液を交換し、すっかり神妙になってしまった「息子」に気合いを入れ直す。

「さあ、真央」

ふたたび夫になりきって、妻の肉体を求める。

ボディスーツを脱がせ、ベッドに押し倒し、乳房を優しく愛撫する。

「ねえ、智久さん、お尻ってどうすればいいの？」

「いいんだ、お尻はまた今度で……これからは毎晩会いたい、いいだろう、真央？」

ズブッと女陰に巨根を突き刺し、有無を言わさぬ口調で真央に尋ねる。

「……んぅ、でも、怖いわ。智久さんに、くふぅ……狂わされちゃうのね、私」

「違う、俺が狂わされてるのさ、真央に……真央にっ！」

荒々しく腰を躍らせ、牝壺を掘り返す。すでに二発も射精しているのに、男根は交尾の悦に悶え狂い、白濁交じりのカウパーを溢れ出させる。

狂い狂わされ、互いを慈しみ、初夜の肉交に溺れる二人。

二日後に掛かってくる電話、間もなく訪れようとしている不倫のエピローグ、それを知る由もなく……。

第六章　それぞれの結末

1

涼香との旅行から帰った翌週の火曜日、昼下がりのこと。

佳奈美から電話で呼び出され、いつもの公園に赴いた裕太は、いきなり手渡された封筒にはたと首を傾げた。

「ええと、これって？」

「もう、分かってると思うけど……好きなんだ、あたし、藤井くんのこと」

「あ、あの……」

引き攣った笑みを浮かべ、上目遣いに佳奈美を一瞥する。

あまりに突然すぎる告白に、返す言葉に詰まってしまう。

「受験が終わるまで待とうかと思ったんだけど、もう中途半端なままじゃ嫌に……っていうか、別荘で会ったときに決めたんだ。叔母さんのこと、彼女かと勘違いしちゃったから」

「は、はは……彼女なんて、そんなわけないよ。どう考えたって釣り合わないもん」

内心冷や汗を掻きながらも、裕太は空笑いで佳奈美の台詞《せりふ》を受け流した。

「でも、叔母さんすごく綺麗だったから、嫉妬《しっと》しちゃった……だから決めたの。彼女ができちゃう前に、コクっちゃおうって。あたし付き合いたいんだ、藤井くんと」

「これって、つまり……ら、ラブレター？」

手にした封筒を軽く持ち上げ、おずおずと問いかける。

「まあ、そうかな。もうコクっちゃったから、変だけど……でも、いいの。今は答えてくれなくても。だから手紙にしたんだもん」

「…………」

「正直に書いてみたから、私の気持ちを。きっと口ではうまく言えないと思って……じゃあね」

それだけを言い残し、佳奈美はそそくさと公園を立ち去った。

裕太はしばしその場に立ち尽くしたまま、呆然《ぼうぜん》と彼女の後ろ姿を見送った。

（どうしようかな、僕……どうしたらいいのかな？）

低く雲が垂れ込めて、今にも雨が落ちそうな空を見上げつつ、自らの内面に思いを馳《は》せる。

思い致せば、自分にとって佳奈美こそは初恋の女性だ。中学一年の頃から憧れを持って彼女を見つめていたし、少しずつ親しくなってゆく関係にときめきを覚えていた。

むろん、不謹慎な情念を抱いたことなど数え切れない。部活を終えた佳奈美の体臭を、汗の匂いを感じられたその晩はたいてい、彼女をオカズにして自慰に耽っていたのだから。

この先いつの日か佳奈美と恋人同士になれるかもしれないと、虚《むな》しいばかりの妄想に少しずつ彩りが添えられるかも分からないと、甘酸っぱい感情を噛み締めつつも、自分から告白する勇気を振り絞れずにいた裕太にとって、佳奈美から告白されることこそ夢ではあったのだが、しかし……。

素直に喜べないのが現状である。涼香と肉体関係になってしまった今は……。

「でも、な……」

溜息をひとつ、封筒を見つめる。首を横に振るなどできるわけがない。涼香との淫靡《いんび》な関係に溺れてはいても、佳奈美への想いが薄れたわけではないのだから。

少なからず涼香に対して恋心は芽生えている、その心は否定できない。

しかし、自分は決して彼氏にはなれないと、それも納得している。年上のお姉さまに求めているのはあくまで性の施し、その快感なのだろうと、そう思えるのはきっと佳奈美が身近にいるからなのだ。

「初めてだよな。ラブレターなんて」

人気《ひとけ》のない園内を見渡し、木陰にあるベンチに腰を下ろす。

悩ましい心とは裏腹の期待感に包まれながら、糊《のり》づけされた封を開け、中から二つに折り畳まれた便箋《びんせん》を取り出す。

女生徒特有の丸っこい文字で満たされた紙面……。

そこには真摯《しんし》に、誠実に、裕太への想いがしたためられていた。

照れ臭くもあり、少々買いかぶりすぎだと思う心もあったが、すべてが偽りなき佳奈美の想いなのだと、綴《つづ》られた文字を彼女の声に変えて、ひとつずつ胸に刻み込んだ。

便箋の最後には、オーディションの件も書き綴られていた。

映画に出演するかどうか、それ自体も決めかねているが、どちらにせよ芸能界に進もうとは思っていないと、普通の高校生でいたいのだと、近い将来の夢が語られていた。できるなら藤井くんと一緒に学園生活を送りたいと……。

(そんなに、僕のことを)

自分が考えていたよりずっと深い想いを知らされ、裕太もなおさらに佳奈美への想いを強くした。これほどまでに自分を好いてくれる女性がいとおしくて堪らなくなる。

だが、それでも……。

涼香との関係はどうすればいいのだろう。

二人の異性とうまくやっていくなど、今の自分には不可能だ。

この先も麗しき美姉から大人の施しを、性の快楽を得たいのならば佳奈美の告白を受け止めるべきではない。佳奈美を彼女にするならば、涼香とは金輪際《こんりんざい》会ってはならない。

「選べないよ、僕は……」

深々と溜息を吐《つ》き、ベンチから腰を上げる。

心の両天秤《てんびん》を揺らめかせつつ公園を後にする。

（そうだ。智さんに相談してみようかな）

マンションに戻り、自宅直通のエレベータに足を向けた裕太はふと思い立ち、エントランスホールに引き返した。

恋の悩みを相談できる相手は智久しかいない。勤務先のスケジュールは知らないが、世間ではまだ盆休みのところも多い。もしかしたら家にいるかもしれない。

裕太は居住者用のエレベータで五階に上がり、智久の部屋を訪ねた。

玄関のインターフォンを鳴らし、応答を待つ。

『はい？』

「あっ、あの、僕……裕太だけど。突然ごめん。ちょっと智さんに相談があって」

『俺に相談？　ええと……うん、分かった。すぐに開けるから』

何か用事があったのか、一瞬答えを躊躇《ためら》ったものの、智久はすぐに玄関を開けて自分を部屋に迎え入れてくれた。

「もしかして、忙しかったかな？」

「いいや、大丈夫だよ。それで？」

「うん。あの、実は……」

智久に促されるまま、手短に事情を話す。佳奈美から渡されたラブレターをチラリと見せて、二人の異性の間で揺れている心を正直に打ち明ける。

とはいえ、先日の旅行で涼香と何があったのか、そこまでは話せなかった。ただ涼香に憧れている、少なからず恋心も芽生えている、自分の想いだけを口にした。

「……で、俺に相談ってのは？」

「だから、その……僕、どうすればいいのかなって」

「悩むことはないじゃないか。好きなんだろう、藍原さんのことが？」

「それは、うん。だけど僕は、お姉さんのことも好きで、だから……」

悩んでいるんじゃないかと、不満げに言い返そうとしたところだった。

智久はどこかしら思慮深い表情で声を被せてくる。

「まあ、そうだろうな。裕太がそういう気持ちになるのも無理はないさ」

「そういう気持ちって？」

「好きになっちまうってことさ。女から、そういうことをされると……俺にも経験あるからな」

そういうこととは何なのか、そこまで惚《とぼ》けることはできなかった。涼香に筆降ろしをされたのだと、智久にはきっと別荘での出来事が見透かされているに違いない。

「でもな、それは恋愛とは違うものなんだぜ」

「………………」

「突き放すような言い方だけど、姉貴は裕太と交際したいとか、彼氏にしたいとか、そんな風には考えていないと思うぞ」

こちらの顔色を窺いながら、智久は物静かな口調で諭《さと》すように語りかけてくる。

「もしかしたらショックを与えてしまうのではないかと危惧《きぐ》している様子もあるが、裕太は意外なほどすんなりと智久の台詞を受け入れられた。

決して涼香の恋人にはなり得ないのだと、それは裕太も理解していたから。

心はすでに佳奈美に傾いていたのだと、自らの想いに気づかされてもいた。

けれども、すぐに割り切ることはできない。できるならこれからも涼香と淫らな関係に溺れていたいが、しかし、すべてを経験した今ではむしろ佳奈美との恋愛を、恋人同士の戯れを期待する心のほうが強かった。

「姉貴は、何て言うか、まあ……遊びだったなんて言うつもりはないけど」

「ううん、いいんだ。智さんの言ってること、僕もよく分かるから」

どう説明したらよいものかと、言葉に苦慮している智久に笑顔を向ける。

「お姉さんは藍原さんとは違うんだ。僕と付き合いたいなんて思ってないもん。別荘で藍原さんと会ったときも、お姉さんはべつに気にしてる様子もなかったから」

一方で佳奈美は涼香を意識していた。涼香の言葉を借りるなら嫉妬の炎を揺らめかせていた。それが一番の、自分に対する想いの違いだ。

「別荘で会ったって、いったいどういうことだ？」

「うん、偶然にね」

訝しげな面持ちで首を傾げた智久に、あらためて別荘での出来事を言い伝える。

カメラテストのことを、オーディションに受かった佳奈美と現場で会ったことを、そして、涼香を叔母と偽って二人の関係を誤魔化したことを……。

「なるほど、叔母か。ははは、そりゃいいや。俺が裕太のお母さんと結婚したら、義理の伯母だもんな」

「お母さんと結婚!?」

聞き捨てならない台詞に、ギョッと目を剝く。

二人はまさか、それほどの深い仲になっているのだろうか。

「そんな顔するなよ。もしもの話さ。深い意味はないよ」

「お母さん、お父さんと離婚するの？」

「だから言っただろう、深い意味はないって。例えばの話だよ」

矢継ぎ早に質問を重ねてくる裕太に苦笑して、智久は同じ台詞を繰り返した。

願望があればこそ、つい口から出てしまったが、裕太に意思を伝えるのは早すぎる。

「でも、智さん不倫してるんだよね、お母さんと……もしかしたら、そうなるかもしれないよね。智さんが僕のお父さんに」

「まあ、そりゃあ、可能性としてならな。もしそうなったら賛成してくれるのか？」

「うん、するよ。お父さんって言うより、お兄さんって感じだけどね。僕、智さんのこと尊敬してるし」

「おお、嬉しいことを言うじゃないか。でもな、簡単には行かないんだよ。大人の世界は色々と複雑なんだ」

「つまり、そのつもりがあるってことなんだね？」

障害を乗り越えられたなら。そんな口振りに、裕太は口元をほころばせながら智久の本心に探りを入れた。

「おいおい、ちょっと待てよ。今は裕太の恋愛相談をしてるんだぜ」

「もういいんだ。智さんからズバリ言ってもらえてスッキリしたから。そりゃあさ、お姉さんは美人だし、すごく魅力的だけど……俺、やっぱり藍原さんが好きだから」

と、そこまで話したところだった。

室内にインターフォンのベルが奏でられる。

どうやらマンションの玄関に誰かが訪れたようだ。

「おっと、もうそんな時間になるのか。悪いな、ちょっと友達が遊びに来ちまったから、また今度ゆっくり話そう」

「うん、ありがとう。それじゃあ！」

晴れ晴れとした心持ちで智久の部屋を後にする裕太。

早いうちに涼香には佳奈美のことを伝えておこうと、まずは佳奈美に連絡をして、自分の意思を打ち明けておかなければと、そんな決意を胸に秘めて……。

2

「……ええと、利奈さん、ですよね？」

玄関の扉を開き、利奈を迎え入れようとした智久は、玄関先に佇んでいた女性を前にして、面喰らった様子で口を開いた。

白い帽子を深々と被り、真っ黒のサングラスをかけていたこともあり、瞬時には誰だか分からなかったからだ。

「そうよ。早く入れてちょうだい」

サングラスを外し、苛立《いらだ》たしげに顎の先を持ち上げる利奈。普段より装いも地味で、お忍びで街に出かける芸能人のような雰囲気もある。

「なんだか今日は、ずいぶん怪しいですね」

「仕方ないでしょう。もし姉さんに見つかったら、あなただって困るんじゃないの？」

「まあ、そうですね」

大袈裟に肩をすくめ、室内に利奈を導く。二人の関係がすでに真央に知られているなどと思ってもいない利奈にしてみれば当然の配慮だ。

「実際、変装してなかったら危なかったわよ。エレベータホールで裕太とばったり会っちゃったんだから」

「へえ、気づかれませんでしたか？」

「もちろんよ。これでも変装には慣れてるから」

「慣れてる？」

訝しげな面持ちで利奈に尋ねる。

とはいえ、どうして変装に慣れているのか、その理由は分かっていた。

一時期女優との離婚問題で世間を騒がせていた男と利奈は不倫の仲にある。要するにマスコミから逃れる術を身に着けたということだろう。

真央の話によると、相手の離婚騒動に決着がついたら再婚する予定だということだ。

「ううん、べつに……ちょっと何か飲ませてくれる。喉が渇いてるのよ」

余計なことを言ってしまったと反省しつつ、利奈はソファーに腰を下ろし、いつもの高飛車な態度で智久に命じた。

姉との不倫をネタにして、智久をセックスフレンドに仕立てた利奈が、自らの事情を知られるわけにはいかない。もし相手に智久との関係が知られたら、再婚が破談になるかもしれないのだから。

つまり、今は利奈のほうが弱みを握られている立場である。

本人はそれを知らない。もちろん、これからの企《たくら》みも……。

「今すぐ珈琲でも入れますから。ほんと、すみません、急に呼び出したりして」

「いいわよ、たまにはね。その代わり、楽しませてもらうからね」

「もちろんですよ。利奈さんが相手なら、何発だってできますからね。とにかく今日は燃えてるんです」

ドリップした珈琲をテーブルに乗せて、利奈の隣に腰を下ろす。

「フフフ、よく言うわ。どうせ姉さんともハメまくってるんでしょ」

と、口先では言いながらも、まんざらでもない様子で、利奈は珍しく自ら口づけを求めてきた。

せがまれるままに唇を重ね合わせ、流し目に珈琲を一瞥する智久。

変な味はしないかと、果たして効き目はあるのだろうかと、いくばくかの不安が脳裏をよぎる。

これからの復讐劇のため、褐色の液体には真央から頂いた睡眠薬が溶け込まされていた。

犯罪に悪用されることも多く、本来なら簡単には手に入らない薬だが、べつにネットを使って不正に入手したわけではない。かなり以前に真央が通院していた精神科から渡された薬なのだから。

夫の不倫に悩んでいた頃、真央は不眠症に陥ってしまった経緯《いきさつ》があり、今回同じ症状を告げたところ、意外にすんなり処方してもらえたらしい。まあ、不正入手と言われれば、返す言葉もないのだが……。

「すみません、俺、ちょっとシャワーを浴びてきます」

舌を交わらせ、これからというところで、智久はすっくとソファーから腰を上げた。

「ちょっとぉ、私を呼び出したくせに浴びてなかったわけ？　もうっ、白けるわね」

「すぐですよ。珈琲を飲み終わる頃までには済ませますから」

そそくさと部屋を後にして、浴室に足を向ける。

真央から聞いたところによると薬は即効性で、十五分もあれば効果が現れるという話だが……。

腕時計を洗面台に置き、シャワーの蛇口を捻《ひね》る。これから始まるシナリオの幕開けを待ち切れず、せっかちに男根を疼かせながら体の汗を洗い流す。

（さて、そろそろいい頃かな？）

間もなく十五分の時を刻もうとしている腕時計の針を見やると、智久は全裸のまま、バスタオル一枚を肩に掛けて部屋に戻った。

「………」

二人掛けの座面に突っ伏すようにして眠り込んでいる利奈に口元を緩める。

傍らに歩み寄り、体を大きく揺すってみても、利奈はピクリとも反応を示さない。

「なるほど。すごい効き目だな」

眠っているというよりも、意識不明に近い状態に陥っているのだろう。胸を触っても、股座《またぐら》をまさぐっても、規則正しい寝息は少しも乱れることがなかった。

さすがという表現は適当でないが、犯罪に悪用されるのも分かる気がする。

智久はすぐに真央の携帯電話に連絡を入れ、予定通りに計画が進んだことを言い伝えた。

その後、五分ほどして真央が部屋を訪れる。

これで役者が揃《そろ》い、三角関係に終止符を打つための舞台が幕を開ける。

3

「よしっ、とりあえずこれでオーケーだな」

フローリングの床に跪《ひざまず》き、最後のロープを縛り終えると、智久は満足げな面持ちで額に薄《う》っすら滲んだ汗を手の甲で拭った。

目の前には全裸の姿で利奈がリクライニングチェアに座っている。

いいや、座っていると言うよりは、拘束されていると言ったほうが正しいだろう。両腕は背凭《せもた》れの後ろで縛られ、手首がチェアの足に繋《つな》げられていた。腹部にも縄が回され、上半身がガッチリと背凭れに括《くく》り付けられているのだから。

さらに、Mの形で満開に広げられた両脚は肘掛《ひじかけ》に固定され、四肢の自由が完全に奪われていた。

当然ながら女性の部分はあからさまになり、尻の穴まで丸見えである。

「……ん、どうした？」

自分の隣に立ち尽くし、軽く背中を丸めるようにして、妹の股座をしげしげと眺めている真央に首を傾げる。

「えっ？　あ、ううん、べつに……女性のアソコを見るのって初めてだから」

こちらの声に我を取り戻した様子で、真央は失笑を零しつつ、妹の股間から視線を外した。

「まあ、そうかもな。男と違って女のは見えないからな。感想は？」

「感想なんてないわよ。ただ、結構違うんだなって、そう思っただけ」

「何にしたって、真央さんのアソコが一番綺麗だよ。世界一さ」

「いいわよ、そんなところを褒めてくれなくても……あまり嬉しくないわ」

「ははは、そうかい？　男はモノを褒められると嬉しいもんだけどな」

素っ気なく言葉を返してきた真央に肩をすくめると、智久はあらためて睡眠薬の件を尋ねた。

「それで、この薬の効果が切れるのはいつ頃になるのかな？」

「そうねぇ、個人差はあるみたいだけど、だいたい二時間もすれば切れると思うわ」

「二時間か……ってことは、まだ充分に時間はあるな」

利奈が薬を服用してから、まだ三十分ほどしか経っていない。

多少早く気づいたとしても、一時間は優にあるだろう。

「それじゃあ先に、真央の貫通式と行くか」

そっと腰を抱き寄せ、隣の寝室に真央を導く。ロングスカートに包まれたヒップをいやらしく撫で回し、パールオレンジのルージュに彩られた唇を優しく奪い去る。

「するのね、本当に」

「嫌かい？　俺はどうしても欲しいんだ。でも、真央が嫌なら……」

「ううん、嫌なわけがないわ。少し怖いだけ……私だってあげたいもの。初めてのところを、智久さんに」

しおらしい台詞を口にして、真央はサマーセーターを頭から抜き取った。

ビキニブリーフのウエストから今にも飛び出しそうなほどに勃起した陰茎をチラリと見やり、ロングスカートを脱ぎ捨てる。

「それに、そのつもりでちゃんと準備もしてきたから」

ブラを外し、ショーツを降ろし、露わになったヒップに矢のような視線をぶつけてくる智久に、真央は自らの手で浣腸してきたことをさりげなく言い伝えた。

「お願い、智久さん。私のお尻をもらって」

ベッドの上で四つん這いの体位を取り、智久に向かって美臀を突き出す真央。

剝き出しになった菊の蕾《つぼみ》を小刻みに収縮させて、待ち切れないとばかりに尻の交尾をねだる。

「あぁん、早くお尻を……あ、アヌスを、犯してぇ」

「ああ、今すぐさ、今すぐ奪ってやるからな」

せかせかとブリーフを降ろし、肉の凶器を露わにすると、智久はあらかじめ用意していた小道具を手にしてベッドに身を乗せた。蠢《うごめ》く菊座を睨みつつ、まずは膣に一撃をくれてやる。

「はぁんっ！　ん、んぅ……お、お尻じゃ……あぁふぅ、あ、アナルじゃないの？」

「ああ、するさ。でも、その前に……ほぐさないと、いけないからな」

ゆったりと腰を前後させ、名器の味に酔いしれながら、智久は歯磨き粉に似たチューブ、肛門性交用の潤滑ゼリーを手にした。普通のラブローションより粘度が高く、なめらかさも持続する利奈御用達の品である。

「さあ、まずは、これを……」

ピストンを休めずに、無色透明のゼリーをたっぷりと指先に盛る。肛門の皺《しわ》に、その一本一本にゼリーを擦《す》り込みながら、硬い蕾をじっくりとほぐしてゆく。

「あぁん……く、くすぐったい、ん、んっ！」

「ほぉら、ここ、どうだい？　意外に気持ちいいだろう？」

微かに口を開いたアヌスに、中指を第一関節まで挿入する。手首を捻るようにして肛門をほじり、括約筋の裏側にあるアナルの性感帯を刺激する。

「はぁ、ふぅん……あ、あぁん、へ、変よ、変な感じぃ……はあ、んんぅ」

初めての肉悦に戸惑い、ムチムチの豊臀を震わせる真央。

言葉では上手《うま》く伝えられずとも、下の口は雄弁に語っていた。

肛門を擦《こす》られるたびに膣路を戦慄《おのの》かせ、亀頭にしゃぶりつき、随喜の雫《しずく》を滴らせるのだから。

（まずは、これで……）

膣の入り口で雁首を前後させ、処女の肉穴を丹念に揉みほぐすと、智久は準備していた大人の玩具《おもちゃ》に手を伸ばした。十個の玉を串で貫いたような淫具は、アナル用の電動ディルドーである。

先端の玉は数珠《じゅず》程度の大きさだが、根元に向かって少しずつ大きくなり、最後のひとつは五百円硬貨を上回る直径を持っていた。

「そーら、いくぞ」

「あっ……あ、あっ……ひ、ひっ」

ディルドーの瘤《こぶ》をひとつずつ、時間を掛けてゆっくりと肛門に埋めてゆく。

ひとつ、ふたつ……。みっつ、よっつ……。

括約筋の門をシリコンの玉が潜《くぐ》り抜けるたび、ギュッ、ギュギュッと膣が締まる。

五個目の瘤は男の親指程度、六個目の玉は十円硬貨と同じくらいの直径で、菊座の皺がパンパンに伸びきる。

「ん、んっ！　い、痛っ……い、いっ！」

残り三つの玉を残して、真央が悲痛な呻《うめ》き声を漏らす。

バージンの肉穴にはそろそろ限界といったところだろうが容赦はしない。玩具とは比較にならぬほど本物は巨大なのだ。この程度で音《ね》を上げるようでは、アナルセックスなど不可能である。

「大丈夫、力を抜いて。入るさ……あと、ふたつ」

「くっ！　も、もう……裂けちゃうぅ」

「裂けやしない。まだまだ余裕があるぞ、さあ、あと……ひとつ」

よがり声とは違う、被虐の音色を帯びた媚声に、どこかしらサディスティックな劣情を覚えつつ、最後の大玉を直腸に埋め込む。

「んぐーっ！」

「おおっ、全部入ったぞ。どうだ、分かるか？」

ディルドーの柄に取り付けられたスイッチを入れる。

直腸内に埋まった九個の玉が螺旋《らせん》運動を始める。肛門の裏側に当たっている十個目の玉はバイブレーターになっており、括約筋の性感に心地よい振動を与える。

「ひい、ひいぃ……う、動かさないでぇ、駄目、駄目ぇん」

「力を入れるから痛いんだ。さあ、肛門を緩めて、俺のはもっと太いんだからな」

アナルに玩具を突き刺したまま、生の肉棒で膣を掘り返す。両手で美臀を押さえつけ、巨砲を根元まで挿入すると同時に、下腹でディルドーの底面を叩きのめす。

「あっ、くうぅ……い、いっ、んん、んーっ!」

「おっ、おおぉ、締まってきたぞ、真央、イクんだな？　イキそうなんだな!?」

膣路が蠢き、肉襞が雁首に絡みつく。子宮の震えがピリピリと鈴口に伝わってくる。

「はひ、はひぃ……く、イクぅ、来ます、来ちゃいますぅ！」

真央は自らも尻を前後させ、二穴ファックに溺れていった。熟した人妻の肉体はどこまでも貪欲《どんよく》に、菊座の痛みをも快楽に変えて、交尾の愉悦を倍加させる。

「いいぞ、イッても、おら、おらおらっ、イケ、真央っ、イケーッ！」

「はひ、あひぃ、いいぃ……クッ、イク、イクイグーッ！」

智久の声に誘われ、導かれ、従順な女体はすぐさまアクメに昇り詰めた。

肛門から腸液を滲ませ、巨根の隙間から愛液を潤ませて、ビュッ、ビュビュッと尿口から潮を噴き、女体が痙攣に見舞われる。

(もう遊びは終わりだぞ、真央……今すぐ、もらうからな)

真央のオルガスムスを見届けると、智久はすぐさま膣から怒張を引き抜いた。

アナルからもディルドーを抜き取り、あらためて豊臀を抱き寄せる。

いまだオルガスムスの波に溺れて、弛緩《しかん》しきった女体は肛門を締める力もなく、ピンク色の腸壁さえ覗けるほどに肉口が広がっていた。

それでも巨根を収めるには不十分で、無理をすれば裂けてしまうかも分からないが、迷いは微塵《みじん》もなかった。真央も心から奪われることを望んでいるのだから。自らの肉体に残された最後の処女性を、この俺に捧げたいと……。

「行くぞ、真央」

小声で囁き、ずる剝けの亀頭をおちょぼ口にあてがう。

左手で真央の腰を摑み、右手で巨砲を握り締め、気合いを入れて腰を突き出す。

「……っ、ひっ、ひぎぃ！」

突然に襲い来た激痛に絶叫する真央。

ディルドーにうがたれた時とは桁《けた》違いの痛みだった。肛門ばかりか会陰《えいん》まで千切《ちぎ》れ、股が引き裂かれているような烈痛だった。

されども抵抗はしない。するわけがない。最愛の男性にバージンを奪われている今を実感し、たった一度の幸せを嚙み締める。

「く、くうぅ……お、おっ、んおおぉ！」

鎌首が歪《いびつ》に潰れ、竿が折れ曲がりそうになるも、智久は臆することなく巨根を押し進めた。

ズッ……ズズズッ、ズップンッ。

雁の括《くび》れが肉門を潜り、直腸内に進入する。

「はっ、入った！　ほら、奥まで……貫通だっ！」

勢いに任せて巨砲を突き込む。両手で腰を掴み、肉竿の根元まで直腸に嵌める。

「うぐぅ、んうぅぅ！」

「ああっ、やっぱりだ、真央はお尻もいいっ！　最高だ、最高だよっ！」

アナルファックの肉悦に狂喜して、ピストンを始める智久。

遂に尻で交わった、その感動はもちろんのこと、真央の菊座は利奈に勝るとも劣らない名器に思えた。妹より二回りは大きな尻の谷間に恥骨が埋まり、肉厚の双臀に下腹部全体が包まれるような感覚は、膣よりも高い一体感が味わえた。

「どうだ、真央。初めてのアナルはどうだっ、どうなんだ？」

「くひ、んいぃ……い、いいっ、気持ちいぃ、気持ちいひぃ」

真央は啜り泣くような声で、智久が望んでいるであろう答えを返した。

彼を喜ばせることこそ自らの快感に繋がると、痛みすらも快楽に変えられるはずだと信じて、己に催眠をかけるように同じ台詞を繰り返す。

「そうか、そうなんだな。あぁ、真央は肛門まで助平だぞっ！　感じるな、ほらっ、感じるだろ、おらおらっ！　イケるな、真央、アヌスでイクんだぞ」

声を張り上げながら直腸を掻き混ぜ、雁の段差で肛門の内側を刺激する。

無茶な要求だと分かっていても感じてもらいたかった。ひとりよがりの快楽を求めるばかりでは、尻の穴を使った自慰も同じだから。

「はひ、はひぃ！　イケまずぅ、イキますぅ……だからもっと、もっどぉ、めぢゃぐぢゃにしでーっ！」

「うおぉ、してやる、してやるぞ！　真央、真央っ！」

背中に覆い被さり、真央を押し潰す。両手で乳房をこね回し、美臀のクッションで腰を弾ませて、体重を乗せたピストンで肛門を犯しまくる。

十回、二十回、三十回……。菊座に血が滲む。

四十回、五十回、六十回……。真央の悲鳴がいつしか濡れた響きを帯び始める。

そして、百回が数えようとされたところだった。

クリトリスが尖り、メシベが戦慄き、膣から新たな愛液が涎《よだれ》のごとく零れ出す。熟した女体は肛悦に目覚め、智久の望み通り絶頂への階段を駆け昇ってゆく。

「あ、あっ、いひぃ！　おおぉ、お尻ぃ、い、いくぅ、いきそう、あたしお尻でイク、イクッ、イキます、イケますっ！」

「く、くっ！　俺も、俺も……行くぞ、出すぞっ！　いいか、いいかっ！」

まるで膣のごとく腸壁が顫動《せんどう》する。括約筋が収縮し、磯巾着《いそぎんちゃく》のように菊座が蠢き、ペニスが奥へ奥へと引きずりこまれてゆく。

「出して、出してっ！　白いの欲しい、あなたのザーメンをお腹にぃ、イッ、イクッ、もうイクぅ……ダメ、ダメェ、あたしお尻でイク、イクのぉ！」

「んおっ、お、おっ！」

喉を搾るような嗚咽《おえつ》を上げて、白濁のシャワーを直腸に浴びせかける。肛穴の締まりで尿道をしごくようにして、樹液を一滴残らず胎内に搾り出す。

「は、はっ……はぁぁ、ふぅ……」

「まだ、まだよぉ、まだしてぇ、もっとアナルして、ハメて、ファックしてっ！」

菊花が散り、皺が裂けてなお、真央は肛門性交を智久にせがんだ。

子宮が外側から抉られるような感覚に、膣とは異なったアクメに晒《さら》され、もっと激しい頂点を極めたくなる。

「ああ、もちろんさ、もちろんだろ。俺が一度で満足するかよっ！」

真央の叫びにゾクゾクと身を粟立たせ、ふたたび肛穴を抉りまくる。バックから正常位に体位を変えて、さらには「立ちマン」でたっぷり直腸に中出しをキメる。

　そして、時間は瞬く間に流れ、利奈に目覚めが訪れる。

姉の恋人と交わった罪、その裁きを受けるために……。

4

「お目覚めですか？」

アナルの絶頂を極め尽くし、ベッドに突っ伏している真央を尻目にダイニングに戻ると、智久は虚《うつ》ろな表情で天井を見上げている利奈に声を掛けた。

「……智久さん？　あれ、私、いったい」

まだ完全に薬が抜け切っていないのか、こちらに向けられた視線も虚ろで、リクライニングチェアに拘束されている自分にも気づいていない様子だ。記憶も混濁しているのか、利奈はしきりに首を傾げ、室内をキョロキョロと見回している。

やがて数分の時が刻まれ、ようやく記憶の糸が繋がったのか、利奈は独り言を呟くように口を開いた。

「ああ、そうか。私、智久さんの部屋に来て……えっ、ちょっと何よ、これは？」

たぶん椅子から腰を上げようとしたのだろう。女性の秘部が丸出しのポーズで緊縛されている自分にギョッと目を剝く。

「まあ、ご覧の通りです」

「ご覧の通りですって？　いったいどういうことよっ！」

「どういうことって言われても」

憎々しげな顔で声を荒げた利奈に薄笑いを返し、智久は悪戯っぽく首をすくめた。

「そうか、あなた私に薬を飲ませたのね。ずいぶん卑劣な真似をするじゃない」

「まあ、そうですね。睡眠薬を少々」

「言っておくけど、私はこういう趣味はないから。早く解いてちょうだいっ！」

状況的に不利な立場であるにも拘《かかわ》らず、利奈はまるで態度を改めようとしない。

こちらの弱みを握っている自分には優位性があると、逆らうなどできるわけがないと考えているに違いない。

「ははは、俺もこの手の趣味はありませんよ」

「つべこべ言ってないで、早く解きなさいっ！　こんなことして、ただじゃ済まないわよ。これは犯罪よ。れっきとした犯罪行為だわっ！」

必死に身を捩《よじ》り、怒声を張り上げるものの、利奈の強がりもここまでだった。

やにわに雷鳴のごとく、真央の声が室内に轟《とどろ》く。

「お黙りなさいっ！」

「ねっ、姉さん!?　やだ、どうして、ちょっと何なの？　どうして姉さんがここに」

ショーツ一枚の姿で寝室から現れた姉に、利奈は愕然《がくぜん》と目を見開いた。

「言っておくけど、これは遊びじゃないの。あなたへの罰なのよ」

「ば、罰って何？　私が何をしたって言うの。こんなことされる覚えはないわ」

いつも温厚で、物静かな姉とはまるで別人の真央に、その異様な迫力に気圧《けお》されつつも、利奈は白々しく言い返した。

「そう、惚《とぼ》けるつもりなのね。そういう態度なら覚悟しておきなさい」

「あ、あの……でも、私は……」

「夫に浮気をばらされたくなかったら、セックスフレンドになれ……あなたはそう言って智久さんを脅した。違う、ん？　言い訳があるなら聞いてあげようじゃない」

つかつかと利奈に歩み寄り、正面で仁王《におう》立ちになると、真央は血走った眼で妹の瞳を睨みつけた。当然ながら利奈は、何ひとつ言葉を返せずにいる。

（さてと、俺は準備でもしておくか）

事情の説明は真央に任せて、智久はそそくさと刑を執行する準備に取り掛かった。

浴室から洗面器を持ち出し、寝室のクロゼットから道具を詰め込んだバッグを引っ張り出す。さらに冷蔵庫から一リットルパックの牛乳を二本、使い捨てのイチジク型浣腸器を五つ取り出し、そのすべてをリクライニングチェアの横に並べる。

「な、何を……ねえ、何をするつもり？」

「五月蠅《うるさ》いわね。今すぐに分かるわよ」

「謝るっ！　謝るから許して、お願いっ！」

何やらとんでもないことをされそうだと、そんな予感が脳裏を掠《かす》めたのだろう。

利奈はいくぶん蒼ざめた顔で声を張り上げた。

「そう？　つまり、自分の罪を認めるってことね？　だったら私に土下座して」

「するわ、土下座でも何でもするから、だから解いてよ」

「土下座をしたら解いてあげるわ」

「そ、そんな無茶な……できないわよ、この格好じゃ！」

がたがたとチェアを揺らし、利奈は今にも泣き出しそうな声で訴えた。

「そうよ。できないの、あなたには、罪を償うことなんてね」

ふんっと鼻を鳴らし、冷たく言い捨てる真央。

その間にも処罰の準備は淡々と、粛々と進められていった。

五本分の浣腸液が洗面器に搾り出され、二リットルの牛乳がなみなみと注がれる。バッグの中からガラス製の、注射器型の浣腸器が取り出されれば、利奈にもおおよその察しはつくはずだ。

「ちょっと、まさか……ねえ、やめて、お願い」

「これから再婚しようって女が、まったく呆れたものね。あなたには倫理観ってものがないの？」

妹の言葉を無視して、真央は腹立たしげに侮蔑《ぶべつ》を浴びせかけた。

「しかも、姉の彼に手を出すなんて最低の妹だわ」

「何よっ！　姉さんだって結局は同類じゃない。それに私はまだ独身よ。不倫をしてる姉さんのほうが倫理観に乏しいじゃない！」

「そうね。その通りだわ」

妹の台詞にふっと笑みを零すと、真央は智久から差し出された浣腸器を手にした。シリンダーに牛乳浣腸液を吸い上げて、剝き身の菊座に嘴《くちばし》を差し込む。

「やっ、やめてっ！」

「でもね、私は本気で愛しているの、智久さんを」

言葉を紡ぎながら、ピストンを押し込み、三百ccの溶液を一気に妹の直腸へ注ぎ込む。

「うぅ……っ、冷たいぃ」

「あなた、好きなんでしょう、アナルを責められるのが。もちろん浣腸にも慣れているわよね？」

容赦なく二本目を注入し、三度ガラスの嘴で妹の肛門を突き刺す。

「んんぅ……やだ、やめてっ、もうやめて！」

「本気なのよ、私は。こんなにも男性を愛したことはないの。それなのに、あなたは自分の欲求だけで、智久さんを……」

そろそろ限界に近づいているのか、ときおり牛乳を逆流させる菊穴に四回目の浣腸を施す。すでに一リットル近くも呑み込んだ直腸には思うように溶液が入って行かないが、真央は力任せにピストンを押し、シリンダーのメモリをじわりじわりと減らしていった。

（こういうときは、女のほうが過激だからな）

無慈悲に、冷酷に、妹に大量の牛乳浣腸を施している真央と、脂汗を滲ませている利奈を代わる代わる見つめながら、智久はバッグの中から黒いゴム製の、赤子が咥えるおしゃぶりの乳首を巨大に膨らませたような器具を掴み出した。

汚物が出せないように肛門に栓を施す、アナルプラグと呼ばれている品だ。

「んぐぅ……も、もう駄目っ、もう入らないぃ！　こんな酷《ひど》いことして、絶対に許さないからねっ！」

「許さないですって？　だったらどうするの。私の不倫を主人にばらす、んっ！」

力の限りピストンが押し込まれ、最後の五十ccを直腸に注がれる。

「くうぅ、うぅ……」

「構わないわよ。ばらせばいいわっ！」

智久の手からアナルプラグを受け取ると、真央は浣腸器の嘴を抜き取るなり、肛門にゴム栓を施した。

「ひぎぃ……んーっ、んんーっ！」

どれほど気張っても、いくら肛門を膨らませようとも、ガッチリ嵌ったプラグが外れることはない。直腸に溜められた溶液は一滴たりとも漏れ出さず、長時間の便意に苦しむことになる。

「どうせ主人とはもう離婚するんだからっ」

「えっ⁉」

予期せぬ真央のひと言に利奈が、智久が同時に声を上げる。

「だからね、私にはもう何も負い目なんてないのっ！」

「ちょ、ちょっと待てよ真央。離婚するって、それは本当なのか？」

真ん丸く目を見開いて、事情を尋ねる智久。

理由はきっと自分との再婚を望んだからに違いない。

言わずもがな、それは智久の夢であり、心からの願いでもあるが、手放しで喜べるわけもない。裕太にも告げた通り、簡単には決められない話だ。

幸せを得るためには、それなりの義務と責任を持たなければならない。

とはいえ、もし真央が心を決めてくれたとしたなら……。

智久は複雑な胸中で、彼女からの答えを待った。

5

「あの、この話はまた後で……」

つい口を滑らせてしまった自分に心の中で舌打ちすると、真央は詳しい話を求めてくる智久をさらりと受け流した。

自分自身もまだ心の整理がつけられていないし、息子にも一切事情は打ち明けていない。

夫とは近いうちに離婚をする、それ自体は揺るがざる将来であるものの、正式な手続きはこれからだ。

もはや夫婦の意思が覆ることはないが、紙切れ一枚で済む話でもない。

裕太の心も確かめていないし、処理しなければならない問題も多々あるのだから、今はまだ明らかにする段階ではないだろうと考えていた。

しかし、智久が納得するわけがない。苛立たしげな口調で質問を重ねてくる。

「どうして話してくれなかったんだ？」

「あの、誤解しないでね。私は何も隠していたわけじゃないのよ。だって、ついこの前の話なんですもの。主人から電話があったのは……」

このような現場で伝える話でもないが、もはや先送りにできる雰囲気でもない。

真央は致し方なしといった面持ちで、リクライニングチェアで喘《あえ》いでいる妹を尻目に事情をかいつまんで話していった。

夫の裕治郎から電話があったのは一昨日、夕方のことだった。

たぶん、この夏休みに一時帰国でもするのだろうと、電話を受けた当初は考えていたのだが、裕治郎は挨拶を終えるなり出し抜けに本題を切り出してきた。

どこかしら悩ましげな声で、離婚をしてもらえないだろうかと……。

真央は何も答えなかった。その意思を匂わせることがあっても、今まで離婚を口にしようとしなかった夫が何故心変わりをしたのだろうか、何か裏があるに違いないと訝しんでいたのだ。

夫が離婚を切り出せなかった理由は、真央なりに察していた。

自分の浮気が妻にばれているのだと、裕治郎はそれに気づいており、多額の慰謝料を請求されることを恐れて離婚に二の足を踏んでいるに決まっていると……。

しかし、本当の理由は違っていた。

懺悔《ざんげ》をするように、今までの結婚生活を、不倫の日々を振り返った裕治郎のモノローグから真実が明らかにされた。

不倫相手が裕治郎の離婚を望んでいなかった、それが唯一の理由だと。

あなたの家庭を壊すような真似はしたくないと、子供には父親が必要だからと、不倫相手は離婚をしたがる夫を諭していたらしい。

その話を聞いて、真央は腹立たしさを覚えた。不倫をしている女が口にする台詞ではない。本当に私たちのことを考えてくれていたなら、すっぱり身を引くべきではないか。

しかし、それならば何故離婚を決意したのか、こちらから尋ねるまでもなく夫は告白した。浮気相手が妊娠してしまったのだと……。

「本当にすまない」

夫は深々と溜息を吐き、心から詫《わ》びを告げた。

「いいわ」

真央はたったひと言、そう答えた。

智久との関係がなかったなら、夫の謝罪を素直に受けるなどできなかったかもしれない、身勝手な幸せを望む夫をむしろ恨んでいたかも分からない。いや、それでももはや無意味な時間を過ごすことはないと、新たな人生を踏み出していただろうか。

夫は自分から進んで慰謝料の件も口にしてくれた。

金で解決できる話ではないけれど。そんな前置きをして、財産の半分は分与すると言ってくれた。お前はもちろんだが、誰より裕太に苦労をさせたくないと、そんな台詞を付け足して……。

もしかしたら夫は、本当に愛する女の子供ができたことで、僅かばかりの愛情も注げず、慈しむことすらできなかった息子に対する罪悪感に目覚めたのかもしれない。

そして、電話の最後に夫は言った。このまま米国に移り住むことにしたと、近々帰国をするから、そのときに今一度ゆっくり話し合おうと。

「……でも、まだ何も決まっていないから」

「そうか、そうだったのか」

「だから、もう少し待っていて。正式に離婚したら、そのときは……」

私たちの将来について話し合いましょうと、甘く愛を囁こうとしたところだった。

二人の会話に割り込むように、利奈が情けを乞うてくる。

「もう許して、お願いぃ……早く抜いてぇ、苦しいの」

「五月蠅いわね。ピーピー言うんじゃないわよ。まだまだこれからなんだから」

憤然と鼻を鳴らし、バッグの中から紫色のディルドーを掴み出す真央。

かつて自分を慰めてくれた使いふるしの巨根である。智久という恋人ができた自分にはもはや不要の品だ。

「あらぁ、何なの。あなた濡れてるじゃない、アソコが」

口先では苦痛を訴えていながらも、女陰は蜜にまみれ、雫となった愛液がアナルプラグまで濡らしている。

「浣腸されて感じちゃってるの？　あなたって変態だったのね」

「ち、違うぅ、違うわ。私は感じてなんかいない」

情けなく眉を寄せ、唇を尖らせる利奈。

アナルセックスを楽しむ前には必ず自らの手で浣腸を行っていた。浣腸自体に快感を覚えていなくとも、エネマという行為そのものが女体に次なる快楽を期待させることになる。

要するに今の反応は条件反射も同じだった。

「いいのよ、誤魔化さなくても。お豆も大きくなってるじゃない。これが欲しくてたまらないのね？」

嗜虐《しぎゃく》的な笑みを浮かべ、妹の頬から首筋をシリコンの亀頭で撫でる。

乳房をさすり、腹部をなぞり、恥丘の叢《くさむら》を掻き分けて女の亀裂に鎌首を滑らせる。

と、そのときだった。

智久が背後から声を掛けてくる。

「なあ、真央。どうせならこっちにしないか？」

「うわ、何これ、凄いわね」

あまりに長大過ぎて、にわかには何であるのか分からなかったが、智久から差し出された淫具は全長約五十センチもある、両端に鎌首が象《かたど》られた双頭の張形だった。

いったい誰が使うのか、女体をいたぶる目的で男が使う道具なのかは知れないが、妹を仕置きするにはもってこいの玩具に思えた。

「ちょっと洒落で買ってみたんだよ。強烈だろ？」

「フフフ、そうね……どう、利奈。これにする？」

智久の手から巨大ディルドーを受け取り、妹の眼前でグネグネとしならせる。

「いやっ、やめて。そんなの入らないっ！」

「あら、遠慮なんかしないで。さあ……ど、う、ぞっ！」

智久のモノをも上回る雁首を利奈の膣に捻《ひね》りこむ。

腸壁に圧迫されて、狭くなった肉路をこじ開けるように、膣の底まで容赦なくディルドーを叩き込む。

「んいいぃ！　あっ、ひぃ、く、くぅ……いっ……く……」

右に左に頭を振り、拘束された体を痙攣させて、苦痛と愉悦に悶える利奈。

「あらあら、ずいぶん気持ちよさそうじゃない。ほら、こう？　どうなの利奈、もっと奥まで、んっ？」

両手でディルドーを握り締め、メチャクチャに膣を掻き混ぜる。

淫水が飛び散るほど激しく、双頭ディルドーを子宮めがけて打ち込む。

「あひ、はぐっ！　ん、んーっ！　はあぁ、ひいぃ、んひいぃ」

利奈はときおり白目を剥いて、狂おしげに泣き喚《わめ》いた。

鎌首が膣内を前後するたびに肛門が盛り上がり、今にも栓が外れそうなほどアナルプラグが飛び出してくる。

それでも、苦痛は少しずつ和らいでいた。大量の溶液を腹に溜めたまま牝壺を抉られる快感は、いつにも増して鮮烈で、排泄が許されない苦しみを忘れさせる。

いいや、直腸が膨らまされているからこその愉悦でもあった。波のように襲い来る便意で下腹部が蠢き、胎内が痙攣し、性感帯がことさら敏感になってゆくのだから。

「さあ、利奈さん、僕からもプレゼントをあげますよ」

姉妹のプレイを見てるばかりではつまらないと、智久は真央が愛用していた電動マッサージ器を手にして、利奈の傍らに歩み寄った。

柄の部分を腹のロープに潜らせ、振動玉が丁度クリトリスに当たるように固定して、AV機器が接続された延長プラグを手元に手繰《たぐ》り寄せる。

「な、なっ、何を？　もうダメ、許して、許してーっ！」

「イキそうなんでしょう？　ほら、イッて下さい」

マッサージ器の電源を接続するなり、スイッチを目一杯にスライドさせる。

ヴヴヴヴーッ……。

淫水が飛び散り、湿った振動音が室内にこだまする。

弾《はじ》けんばかりに勃起した陰核が激烈なバイブレーションに見舞われる。

「んあぁ！　ひっ、ひっ……く、イク、イイグぅう……う、あぉ、おおぉ！」

今にもチェアが転倒しそうなほどに女体を激震させると、利奈は小便をちびり、白目を剝いて、一気にオルガスムスを極めた。

「んふふ、お漏らしまでしてイクなんて、まったく穢《けが》らわしい妹だわ。でもね、まだなのよ。まだまだ……ほら、ほらっ、イキなさいよっ、もっともっと！」

アクメを極めている最中に拘らず、真央はなおも荒々しくディルドーを動かした。

子宮を叩き、充血した粘膜を削《そ》ぎ落とさんばかりに鎌首をピストンさせる。

「くっ、ひぐぅ！　ダメ、もうダメェ……イッ、イ……」

二度、三度とアクメを極め、大声で喚き散らす利奈。

四度目の頂点を迎えたところで体力の限界に達し、そのまま意識を飛ばしてしまう。

「さあて、今度は真央の番だな」

口から泡を噴き、事切れたように失神した利奈に薄笑いを浮かべると、智久はいまだ唸《うな》りを上げている電動マッサージ器を腹部から外し、ディルドーを動かし続けている真央の腕を摑んだ。

「……わ、私の番!?」

よもやの台詞にハッと我に返る。智久の不敵な笑みに、鋭い瞳の輝きに不安げな面持ちで口を開く。

「いったい何を？　私に何をするの？」

「ははは、決まってるじゃないか」

床の洗面器に顎の先を向け、智久はしたり顔で呟いた。

中にはまだたっぷりと牛乳浣腸液が残されている。

「………」

生唾を吞み、洗面器を一瞥する真央。

まさかとは思うが、妹と同じ責め苦が味わわされるというのだろうか。

「利奈さんだけじゃ不公平だろう？」

「だって、これは罰よ。私の智久さんを弄《もてあそ》んだ罰なんだから」

「いいや、べつに罰なんか必要なかったのさ。利奈さんがいたからこそ、俺と真央は強く求め合えたんだから……違うかい？」

「………………」

不安げに眉をハの字に寄せて、智久の目を見つめ返す。

彼の台詞には何ひとつ反論できなかった。

妻の身分を捨てたいと、智久を私だけの男にしたいと強く願うようになったのは、利奈との関係に嫉妬したからだと、正直に認めざるを得ない。

むろん、だからと言って、この私が浣腸される理由にはならないが……。

「さあ、ここに寝て、オシメの格好になるんだ」

「……はい」

理不尽であれども、道理にかなわずとも、愛する男の望みとあらば身を捧げるのが女の務め。真央は自らショーツを脱ぎ去り、フローリングの床に寝転がると、命ぜられるまま両脚を胸に抱きかかえ、赤ちゃんの体位で股座を露わにした。

「このままの格好で縛るから、いいな？」

「はい、縛ってぇ」

嫌なくせにときめいている、されたくないことを心から欲している、理解できぬ情念に戸惑いつつも、甘えた声で智久にせがむ。

まず、右の足首と右の手首が、左の手首と左の足首がそれぞれ縄で緊縛される。

さらに二重のロープが膝の裏に回され、抱え上げた脚が下ろせぬように、上半身にガッチリと縛り付けられる。最後に一本、同じく膝裏に回されたロープが首の後ろで結ばれて、体の自由が奪われる。

「どうだ、動けるかい？」

「ううん、動けない……あぁん、私、全然動けないぃぃん」

オシメのポーズで腰をくねらせ、真央は啜り泣くように訴えた。

苦しいのに喜ばしくて、辛い責め苦を自ら望む、マゾヒスティックな情念がふつふつとこみ上げてくる。汚辱の色に染められようとしている自分が可哀想で、可愛らしくて、腹が膨れるほどに牛乳を注がれ、悶絶する己の姿を夢想すればなおさらに女体が火照り、花弁が満開に咲き乱れてしまう。

「いくぞ、真央」

「はい……ひ、ひゃっ、冷たいぃ」

嘴がアヌスに突き立てられ、牛乳溶液が水鉄砲のごとき勢いで直腸内に注入される。

「あっ、あぁぁ、出る、漏れちゃうぅっ」

注射器が抜かれるなり、肛門からピュッと白汁の飛沫《しぶき》が散る。

たった三百ccであっても、浣腸に慣れていない真央にしてみれば、腹が裂けんばかりの量に感じられた。ましてや巨根で貫かれ、処女を失ったばかりの菊門は力を入れることすらままならず、だらしなく溶液を迸《ほとばし》らせてしまう。

「おいおい、まだ一本だぞ。さあ、二本目」

「はうぅ……」

必死に締めている蕾がガラス嘴で突き破られ、ふたたび勢い良く浣腸液が流しこまれてしまう。下腹が膨らみ、圧迫感が胃袋にまでこみ上げてくる。心なしか呼吸も苦しくなり、便意が津波となって押し寄せてくる。

「も、もうダメ、本当にダメッ！　漏れちゃう、漏らしちゃうぅ」

「もう少しの辛抱さ。これで最後だから」

洗面器に残された牛乳汁をすべてシリンダーに吸い上げると、智久は三度菊座を突き破り、合計九百ccもの浣腸液を真央の胎内に注入した。

むろん、これだけでプレイが終わるわけもない。

浣腸はこれから始められる行為の、いわば準備段階なのだから。

「出そうなのか、真央？　我慢できないのか？」

空になった浣腸器を肛門に挿したまま、智久は額に脂汗を滲ませている真央に尋ねた。

「はい、できません。もう、すぐに……く、くっ！　で、出ちゃいますぅ」

「そうか。それじゃあ仕方ない。アナルプラグはひとつしかないから、俺ので……」

言葉を途中にして、智久はビキニブリーフを脱ぎ捨てた。

見事に復活を果たした巨根を露わにし、口元を緩める。

「俺のって、まさか……ダメ、今はダメッ！　入らないわ、絶対に入らないっ」

青筋張った怒張に目を剝いて、大声で訴えるものの、智久は当然ながら慈悲など与えてはくれなかった。浣腸器を抜き取るなり巨大な男根で、排泄の欲求に戦慄いているアヌスに肉の栓が施される。

「うぐうぅ！」

「どうだ、真央、どんな感じだ？　いいんだろう、な？　感じるんじゃないか？」

「くうぅ、ひぃ……はっ、はひぃ、か、感じま、まずぅ」

感じなければならないと自らに義務を課して、嗚咽交じりに答えを返す。

苦しみに耐えつつ肛門を緩め、青筋を浮かばせた肉棒を呑みこんでゆく。

「くっ、お、おおっ……入ったぞ、真央、いいか？　行くぞっ」

根元まで怒張を埋めるなり、間髪いれずピストンを始める智久。

「んがっ、んぎぃ……く、ん、んぐ、んぐぅ！」

マングリ返しで真上から菊座が掘られ、一打一打の衝撃が喉元にまでこみ上げてくる。

続けざまバックの体位で腸壁が乱打され、呼吸さえままならぬほどの苦しみに襲われる。

が、それでも……。

どこまでも貪欲な女体には すぐに新たな目覚めが訪れる。便意を感じているからこそ、肛門を出たり入ったりするペニスが心地よく、蕩けるような愉悦に身が包まれてしまう。

利奈と同じようにメシベは蜜に濡れ、クリトリスはずる剝けになり、より強烈な快感を欲して子宮がむず痒《がゆ》く疼いてくる。

「さあ、前も欲しいだろう?」

「あぁ、深ひぃ……くうぅ、な、何? あぁん、何をするの?」

バックの体位で菊座をうがたれたまま、背後から体が抱き起こされる。

こちらの体重などものともせず、智久は悠然と立ち上がると、まるで母親にトイレを介添えしてもらう女児のような格好で、リクライニングチェアに緊縛されている妹の前に連行される。

「えっ、あ、あっ! ちょっと……イヤ、イヤーッ!」

何をされるのかなど聞くまでもなかった。いまだ白目を剝いたまま、アクメの揺り返しに襲われている利奈の股から生えたディルドーが、その先端が膣口に押し付けられたのだから。

「さあ、行くぞ」

「待って、待ってぇぇ、こんなのイヤ、イヤぁ……ん、んぐぅ」

いくら身を捩ろうとも、大股開きのポーズで女体が緊縛され、しかも肛門に肉の楔《くさび》を打ち込まれているのだから抵抗などできるわけがない。巨根のアナルファックで小さく閉じている膣口に、智久のモノをも上回る鎌首が強引にこじ入ってくる。

（ああ、そうか。そうなんだわ。智久さん、これがしたくて……きっと最初から計画してたんだわ。私たち姉妹をこんな風に……）

辱《はずかし》めたかったに違いない、そのために双頭ディルドーを用意していたのだと、真央は今になってようやく智久の企みを察した。

しかし、あらかじめ計画を知っていたところで、自分は彼に抗っただろうか。どうしてもと願われてなお、首を横に振れるだろうか。

考えるまでもない。答えは決まっている。

今の私にとって彼の望みを叶えることが唯一の幸せなのだから。

よもや実妹の性器と一本のディルドーで繋げられるなどとは思ってもいなかったが、これも三角関係のフィナーレを飾るに相応しい狂宴ではないか、今の舞台を心の底から楽しもうと、自らに言い聞かせる。

それが彼の望みであり、私の至福にも繋がるのだから。

「ううぅ……ふぅ、はあぁ、んぐっ……う、うあっ！」

会陰ばかりか股座までも引き裂かれそうな痛みに襲われつつも、真央は一切の抵抗はせず、シリコンの鎌首を呑み込んでいった。

直腸に埋められたペニスと浣腸液に圧迫され、細く窄《すぼ》んだ膣の粘膜が雁の段差に削られてゆく。Gのスポットが抉られ、ポルチオの性感が押し潰され、遂に……。

「イグ、イグイグぅ！　んはあぁ、死んじゃうぅ、死んじゃふうぅ！」

妹の乳房に乳房を擦りつけ、無意識に唇を重ねて、天国と地獄を行き交《か》うような絶頂によがり狂う。

いつしか利奈も意識を取り戻した。いいや、精神はいまだに虚ろだった。

実姉と繋がりあっている現実を理解できぬまま、双頭ディルドーから伝わる智久のピストンを子宮で受けて、赤子のごとく泣き喚いている真央と舌を交わらせた。

その後、エンディングがどうなったのか、真央は知らない……。

エピローグ

「ずいぶん頑張ってるんだな」

とある週末の晩、日付が変わろうかという頃だった。

夕刻に発生したトラブルの処理を終えて、ようやく帰宅した智久はその足で藤井家を訪れ、裕太の部屋に顔を覗かせた。

「あっ、智さん。来てたんだ？」

「ああ、今さっきな。勉強の邪魔か？」

こちらに一瞥をくれただけで、ふたたび机上に目を戻した裕太に声を掛ける。

「ううん、いいよ。そろそろ終わりにしようと思ってたから。でも、ちょっと待ってて、最後の一問なんだ」

かなりの難問に取り組んでいるのか、真剣な面持ちでテキストを睨んでいる裕太を横目に、智久は部屋のベッドに腰を下ろした。

「よし、オーケー。ばっちり正解っ……で、何か用事？」

ほどなく答えが得られたのか、裕太はペンを置き、こちらに向かって椅子を回転させた。

「いや、用事ってわけじゃないんだけど、ちょっと気になったことがあってな」

「うん？」

「裕太はやっぱり私立に進むことにしたのか？」

前置きは抜きにして裕太に尋ねる。

公立に進学するつもりだと本人の口から聞いてはいるが、最近の裕太はどうしてか、異常に思えるほど勉強に熱心なのだ。

すっかり秋の気配が色濃くなり、確かにこれからが受験戦争も本番である。しかしながら、裕太の今の学力をもってすれば、多少手を抜いたところで公立の合格は容易《たやす》いはずだ。

にも拘らず、あれほど嫌がっていた日曜日の塾通いも自ら進んで始め、真央の話では食事の最中も参考書を手放さないらしい。風呂の折には英語の学習用CDを脱衣場で鳴らし、さらには睡眠学習まで始めたという。

そんな息子を不安に思い、真央が自分に相談してきたのだ。

真央はもはや教育ママではない。進路も息子の意思に任せている。

これほどガムシャラに勉強する理由はどこにもないはずだが……。

唯一考えられること、それは佳奈美との関係だった。

交際は順調だと聞いてはいるし、学校の休み時間や帰りにはプチデートを楽しんでいると言ってもいたが、実のところは彼女にふられ、そのショックからこうして勉強に打ち込むようになったのではないかと、智久はそう推測していた。

「あれ、智さんには言わなかったっけ？　公立に進むことにしたって」

「いや、聞いてるよ。藍原さんとの約束だもんな？」

顔色を窺いながら、さりげなく彼女との関係に探りを入れる。

「もちろん、うまく行ってるんだよな？　藍原さんとは」

「まあね。藍原さんも必死に勉強しているし、僕も頑張らないと」

「でも、裕太は余裕だろう？」

裕太の言葉にはたと首を傾げる。彼女に付き合って勉強しているとも思えなかった。

「余裕なんてないよ。絶対に合格したいからね、あの私立に」

「どうしてだ？　行くつもりがないなら……」

合格しても仕方ないだろうと、言葉を足そうとしたところだった。

裕太はこちらの内面を見透かした様子で、自らの考えを口にした。

「滑り止めの公立に入ったなんて思われたくないんだ。自分の力も証明したいし、それに、あの高校を蹴《け》って公立に進む。そのほうが格好いいじゃん」

「ああ、なるほど」

力強く言い切った裕太に、深々と頷き返す。

決して嘘も偽りもないのだと、裕太の表情を見れば分かる。

どうやら自分の心配は杞憂《きゆう》に終わったようだ。

「うん、そうだな。メチャメチャ格好いいぜ。男だな、裕太は」

以前とはまるで違う裕太の口振りに、少年から大人への階段を一歩ずつ昇っているのだと、それを実感する。

夏休みの経験も精神的な成長を助けたのだろう。まるで息子の成長を見届けたようで、何やら嬉しくなってしまう。

「そうだ、今日は泊まっていくんだよね？　僕、智さんの部屋で寝るよ」

「ん、どうしてだ？」

「分からないかなぁ、僕だって気遣ってるんだよ、これでも」

何をか言わんやだと、そんな顔つきで、裕太は大袈裟に肩をすくめて見せた。

「おいおい、変な気を回すなよ。べつに邪魔になんかしてないさ」

「いいんだよ。どうせ寝るだけだもん。たまには二人で過ごしてよ」

「ははは、参ったな」

裕太の言葉に苦笑しつつも、智久は急かすように差し出された手のひらに部屋の鍵を載せた。

「僕も嬉しいんだ、最近のお母さんすごく幸せそうだし……で、いつなの？」

「いって何が？」

出し抜けな質問にはたと首を捻る。

裕太と何か約束でもしていただろうかと、しばし記憶を呼び覚ます。

「惚けなくたっていいじゃん。もうお母さん独身だし、そろそろなんだよね？」

「ああ、その話か」

照れ臭そうな笑みを浮かべ、智久はふっと虚空を見上げた。

真央はすでに夫と離婚をし、財産関係の話にも決着がついている。

当然ながら智久も結婚するつもりでいるし、真央も再婚を望んでいるのだが、今しばらくは恋人の関係でいようと決めていた。

夫と別れてすぐに他の男と再婚するわけにも行かない。妹の相手の離婚騒動がようやく決着し、来年早々には利奈が再婚する運びにもなっていた。

ましてや裕太も受験の真っ只中《ただなか》にいる今、できるなら環境を変化させたくもない。

さりとて住まいが変わるわけでもなく、今まで通りの生活が続けられるのだが……。

「でも、俺とお母さんが結婚したら、うちの姉貴は本当に、裕太の伯母になるんだぜ」

「うん、分かってるよ」

「……大丈夫か？」

「やだなぁ、変なこと聞かないでよ。僕には藍原さんだけさ」

智久の台詞に失笑し、裕太は真顔で言い返した。
今の言葉に偽りがないか、それは今夜確かめられる。
ベロンベロンに酔っ払って、弟の部屋を訪れた涼香との一夜に……。

（本作品はフィクションであり、実在の個人・団体などとは一切関係がありません）

この作品は徳間文庫のために書下されました。

徳間文庫をお楽しみいただけましたでしょうか。どうぞご意見・ご感想をお寄せ下さい。
宛先は、〒105－8055　東京都港区芝大門2－2－1　㈱徳間書店「文庫読者係」です。

徳間文庫

感《かん》じてください

© Mitsuru Sakuragi　2005

2005年12月15日　初刷

著者　櫻《さくら》木《ぎ》充《みつる》

発行者　松《まつ》下《した》武《たけ》義《よし》

東京都港区芝大門二—二—二〒105—8055

発行所　株式会社徳間書店

電話　編集部〇三(五四〇三)四三五〇
　　　販売部〇三(五四〇三)四三二四

振替　〇〇一四〇—〇—四四三九二

印刷　株式会社廣済堂

製本　株式会社明泉堂

ISBN4-19-892349-3（乱丁、落丁本はお取りかえいたします）

〈編集担当　柳久美子〉

徳間文庫の最新刊

「攘夷」と「護憲」 幕末が教えてくれた日本人の大欠陥　井沢元彦
現実を直視せず空理空論に固執して問題を先送りする日本人の弱点

日・中・韓 新三国志 困った隣人との付き合い方　黒田勝弘　古森義久
いまや日本は中国・韓国に対して言うべきことを言う時代に入った

志賀高原殺人事件〈新装版〉　西村京太郎
清水刑事の眼前で恋人が射殺された。やがて第二、第三の殺人が…

上高地・大雪殺人孤影　梓林太郎
上高地で殺された女の過去をさぐる道原。人間の過ちと愛憎を描く

京都恋の寺殺人事件　山村美紗
本格ミステリーの女王が京都を舞台に仕掛けるトリック満載の六篇

殺人交差　南　英男
元暴走族の若手弁護士が複雑にからんだ過去の事件を解き明かす！

夜の牙〈新装版〉　勝目　梓
新婚旅行先で娘は凌辱された。男の黒い執念を描く官能サスペンス

真珠湾、遥かなり 零戦隊血風録　鳴海　章
昭和16年12月8日。若き飛行兵たちを通して描く真珠湾攻撃の一日

徳間文庫の最新刊

豹変　末廣圭
流行のヨガ教室。女たちの悩ましいポーズや汗の匂いがたまらん！

感じてください　櫻木充
少年は僕の姉に燃え、僕は彼の母に溺れた…書下し年上の女エロス

情色おんな秘図　日本文芸家クラブ編
江戸の町で繰り広げられる色事。好評時代官能書下しアンソロジー

板垣恵介の激闘達人烈伝　板垣恵介
「強い」なんてもんじゃない。この信じられない超人達は実在する！

中国艶妖譚
『灯草和尚』・新訳『遊仙窟』　土屋英明編訳
文献としても貴重な、妖しくて艶っぽい中国怪異艶笑譚の逸品二話

中国五千年 性の文化史　邱海濤　納村公子訳
古代から現代までの奇想天外で種々様々な性文化を実例と図で解読

史記 3 独裁の虚実　司馬遷　丸山松幸　守屋洋 訳
天下統一へ突き進む若き秦王、後の始皇帝。帝国興亡、その光と影

徳間書店

させてあげるわ… 櫻木充
いけないコトする? 櫻木充
お願いします 櫻木充
感じてください 櫻木充
あなたの借金チャラにします! 佐藤光則(監修) マネー問題研究会
ももこのトンデモ大冒険 さくらももこ
大江戸猫三昧 澤田瞳子(編)
大道楽江戸草紙 澤田瞳子(編)
妙薬探訪 笹川伸雄&日刊ゲンダイ「妙薬探訪」取材班
うぽっぽ同心十手綴り 坂岡真
江戸巌窟王 島田一男
社命 清水一行
こりねえ奴 清水一行
噂の安全車 合併人事 清水一行
裏金 清水一行
遊興費 清水一行
陰の朽木 清水一行
真昼の闇 清水一行
出世運の女 清水一行

銀行恐喝 清水一行
餌食 清水一行
血の重層 清水一行
抜擢 清水一行
腐蝕帯 清水一行
歪んだ器 清水一行
頭取室 清水一行
使途不明金 清水一行
葬った首 清水一行
創業家の二人の女 清水一行
別名は〝蝶〟 清水一行
動機 清水一行
動脈列島 清水一行
鴨川物語 哀惜 新選組 子母沢寛
狼でもなく 志水辰夫
深夜ふたたび 志水辰夫
鳴門血風記 白石一郎
風来坊 白石一郎
海の夜明け 白石一郎

バスが来ない 清水義範
親亀こけたら 清水義範
アジア赤貧旅行 下川裕治
アジア達人旅行 下川裕治
アジア極楽旅行 下川裕治
アジア漂流紀行 下川裕治
バンコク下町暮らし 下川裕治
アジア辺境紀行 下川裕治(編)
アジアほどほど旅行 下川裕治
新・アジア赤貧旅行 下川裕治
アジア国境紀行 下川裕治
私は金正日の「踊り子」だった㊤ 申英姫 金燦(訳)
私は金正日の「踊り子」だった㊦ 申英姫 金燦(訳)
炎都 柴田よしき
禍都 柴田よしき
遙都 渾沌出現 柴田よしき
ペット探偵の事件簿 白澤実
火遊び 子母澤類
花と蜜蜂 子母澤類

徳間書店

OLはスゴかった！　週刊アサヒ芸能編集部(編)
佐賀のがばいばあちゃん　島田洋七
がばいばあちゃんの笑顔で生きんしゃい！　島田洋七
カリスマ 上　新堂冬樹
カリスマ 下　新堂冬樹
闘う女。　下関崇子
熱球　重松清
史記1覇者の条件　司馬遷　市川・杉本訳
史記2乱世の群像　司馬遷　奥平・久米訳
史記3独裁の虚実　司馬遷　丸山・守屋訳
猫好きのおもしろ話　鈴木真
犬好きのおもしろ話　鈴木真
饗宴　末廣圭
秘匿　末廣圭
灼熱　末廣圭
悲鳴　末廣圭
疼き　末廣圭
滾り　末廣圭
女たちの秘戯　末廣圭

女たちの蜜宴　末廣圭
人妻酔い　末廣圭
人妻盗み　末廣圭
人妻惑い　末廣圭
溺れ愛　末廣圭
女体リコール　末廣圭
睦み愛　末廣圭
火照り　末廣圭
純潔妻　末廣圭
魅せる肌　末廣圭
豹変　末廣圭
エール　鈴木光司
父子十手捕物日記　鈴木英治
父子十手捕物日記 春風そよぐ　鈴木英治
父子十手捕物日記 一輪の花　鈴木英治
父子十手捕物日記 蒼い月　鈴木英治
選挙参謀　関口哲平
ぼくらの悪魔教師　宗田理
ぼくらの特命教師　宗田理

ぼくらの魔女教師　宗田理
一攫千金大作戦　宗田理
ぼくらの失格教師　宗田理
ぼくらの第二次七日間戦争　宗田理
再生教師　宗田理
ぼくらの第二次七日間戦争 グランド・フィナーレ！　宗田理
至福 現代小人伝　曽野綾子
黎明　曽野綾子
今日をありがとう　曽野綾子
必ず柔らかな明日は来る　曽野綾子
闇与力おんな秘帖　多岐川恭
かどわかし　多岐川恭
色懺悔 鼠小僧盗み草紙　多岐川恭
色仕掛 闇の絵草紙　多岐川恭
春色天保政談　多岐川恭
色仕掛 深川あぶな絵地獄　多岐川恭
江戸の敵　多岐川恭
用心棒　多岐川恭
流星航路　田中芳樹

徳間書店

- 戦場の夜想曲　田中芳樹
- 夢幻都市　田中芳樹
- ウェディング・ドレスに紅いバラ　田中芳樹
- アップフェルラント物語　田中芳樹
- 銀河英雄伝説 1 黎明篇　田中芳樹
- 銀河英雄伝説 2 野望篇　田中芳樹
- 銀河英雄伝説 3 雌伏篇　田中芳樹
- 銀河英雄伝説 4 策謀篇　田中芳樹
- 銀河英雄伝説 5 風雲篇　田中芳樹
- 銀河英雄伝説 6 飛翔篇　田中芳樹
- 銀河英雄伝説 7 怒濤篇　田中芳樹
- 銀河英雄伝説 8 乱離篇　田中芳樹
- 銀河英雄伝説 9 回天篇　田中芳樹
- 銀河英雄伝説 10 落日篇　田中芳樹
- 陰陽道☆転生安倍晴明　谷恒生
- 闇斬り稼業　谷恒生
- 闇斬り稼業 秘事　谷恒生
- 闇斬り稼業 妖淫　谷恒生
- 闇斬り稼業 姦殺　谷恒生

- 新宿餓狼街　谷恒生
- 新宿暴虐街　谷恒生
- 闇斬り稼業 蕩悦　谷恒生
- 新宿砂楼街　谷恒生
- 闇斬り稼業 情炎　谷恒生
- 蒼竜探索帳　谷恒生
- 淫鬼 警視庁歌舞伎町分室　谷恒生
- 一心剣　田中光二
- 薩摩隠密行 一心剣　田中光二
- 秘剣独眼竜 一心剣　田中光二
- 霧丸斬妖剣 一心剣　田中光二
- 欲望産業 上　高杉良
- 欲望産業 下　高杉良
- 銀行人事部　高杉良
- 社長解任　高杉良
- 大脱走　高杉良
- 管理職降格　高杉良
- 明日はわが身　高杉良
- 対決　高杉良

- 挑戦つきることなし　高杉良
- 懲戒解雇　高杉良
- 王国の崩壊　高杉良
- 小説 新巨大証券 上　高杉良
- 小説 新巨大証券 下　高杉良
- 小説 消費者金融　高杉良
- 〈新版〉欲望産業〈小説・巨大消費者金融 上〉　高杉良
- 〈新版〉欲望産業〈小説・巨大消費者金融 下〉　高杉良
- 勇者たちの撤退　高杉良
- 労働貴族　高杉良
- 商社審査部25時　高任和夫
- 心いかに生きたらいいか　高田好胤
- 心いかに生きたらいいか〈新装版〉　高田好胤
- まごころ説法　高田好胤
- 刻謎宮　高橋克彦
- 刻謎宮II 上 光輝篇　高橋克彦
- 刻謎宮II 下 渡穹篇　高橋克彦
- 超古代文明論　高橋克彦 南山宏
- 国税局調査部　立石勝規

徳間書店

マルサの秘密	立石勝規
いたずら	田中雅美
わななき	田中雅美
とろける部屋	田中雅美
盗んだ肌	田中雅美
くちづけ	田中雅美
黒薔薇夫人	団鬼六
愛の奴隷	団鬼六
闇の乱舞	団鬼六
駅前温泉	田中暁子他
長安の夢	陳舜臣
中国任俠伝	陳舜臣
北朝鮮女秘密工作員の告白	趙甲済 池田菊敏(訳)
近所迷惑	筒井康隆
怪物たちの夜	筒井康隆
日本以外全部沈没	筒井康隆
睡魔のいる夏	筒井康隆
カメロイド文部省	筒井康隆
わが愛の税務署	筒井康隆
目撃 早朝新幹線が運ぶ殺意	津村秀介
霍光	塚本青史
房中悦あり 中国性奇談	土屋英明(編訳)
房中秘記	土屋英明(編訳)
秘本尼僧物語	土屋英明(編訳)
中国艶妖譚	土屋英明(編訳)
純愛不倫 成功の法則	対馬正晃+週刊アサヒ芸能編集部
始皇帝 上	伴野朗
始皇帝 下	伴野朗
玄宗皇帝	伴野朗
太陽王武帝	伴野朗
五子胥	伴野朗
花を盗む	富島健夫
乙女ごころ	富島健夫
愛か情事か	富島健夫
理想的初体験	富島健夫
密会の季節	富島健夫
情恋の海	富島健夫
雪の記憶	富島健夫
多情の季節	富島健夫
淫の花園	富島健夫
秘剣花車	戸部新十郎
秘剣虎乱	戸部新十郎
野望の峠	戸部新十郎
日本異譚太平記	戸部新十郎
最新軍用機図鑑	床井雅美 神保照史
最新軍用ライフル図鑑	床井雅美
最新サブ・マシンガン図鑑	床井雅美
現代軍用ピストル図鑑	床井雅美
現代ピストル図鑑 最新版	床井雅美
華麗なる野望	豊田行二
一匹狼の唄	豊田行二
おとこの媚薬 野望篇	豊田行二
おとこの媚薬 昇天篇	豊田行二
野望の裸身	豊田行二
人妻めぐり	豊田行二
完熟妻	豊田行二
かくも美しきエロス	徳間文庫編集部(編)

徳間書店

煌めきの殺意　徳間文庫編集部（編）
男たちのら・ら・ば・い　徳間文庫編集部（編）
剣光、閃く！　徳間文庫編集部（編）
闇の旋風　徳間文庫編集部（編）
逢魔への誘い　徳間文庫編集部（編）
密やかな匂い　徳間文庫編集部（編）
禁書　徳間文庫編集部（編）
あやかしの宴　徳間文庫編集部（編）
耽溺れるままに　徳間文庫編集部（編）
大江戸豪商伝　童門冬二
明治天皇の生涯㊤　童門冬二
明治天皇の生涯㊦　童門冬二
まろほし銀次捕物帳　鳥羽亮
丑の刻参り　鳥羽亮
閻魔堂の女　鳥羽亮
死狐の怨霊　鳥羽亮
滝夜叉おこん　鳥羽亮
柳生連也斎 決闘 十兵衛　鳥羽亮
柳生連也斎 死闘 宗冬　鳥羽亮

柳生連也斎 激闘 列堂　鳥羽亮
身も心も　堂本烈
晴明百物語　富樫倫太郎
アウトリミット　戸梶圭太
駿河城御前試合〈新装版〉　南條範夫
財閥未亡人の誘惑　南里征典
美人理事長・涼子 官能病棟　南里征典
オフィス街の妖精　南里征典
欲望の裸体画　南里征典
赤い薔薇の欲望　南里征典
艶やかな情事　南里征典
密命誘惑課長　南里征典
無法おんな市場　南原幹雄
御庭番十七家　南原幹雄
江戸おんな時雨　南原幹雄
おんな用心棒　南原幹雄
おんな用心棒 異人斬り　南原幹雄
御三家の黄金　南原幹雄
御三家の犬たち　南原幹雄

御三家の反逆　南原幹雄
残月隠密帳　南原幹雄
徳川御三卿　南原幹雄
怪奇・怪談時代小説傑作選　縄田一男（編）
誤認逮捕　夏樹静子
家路の果て　夏樹静子
重婚　夏樹静子
国境の女　夏樹静子
死刑台のロープウェイ　夏樹静子
ベッドの中の他人　夏樹静子
あしたの貌　夏樹静子
ビッグアップルは眠らない　夏樹静子
アリバイの彼方に　夏樹静子
訃報は午後二時に届く　夏樹静子
黒白の旅路　夏樹静子
死鎌紋の男　鳴海丈
天下丸襲撃　鳴海丈
正雪流手裏剣術　鳴海丈
寛永御前試合　鳴海丈

徳間書店

地獄の城 鳴海丈
処刑人魔狼次 鳴海丈
艶色五十三次《若殿様女人修業篇》 鳴海丈
艶色五十三次《若殿様美女づくし篇》 鳴海丈
大江戸美女ちらし 鳴海丈
夜霧のお藍秘殺帖 外道篇 鳴海丈
夜霧のお藍秘殺帖 鬼哭篇 鳴海丈
処刑人魔狼次《死闘篇》 鳴海丈
夜霧のお藍復讐剣 非情篇 鳴海丈
夜霧のお藍復讐剣 愛斬篇 鳴海丈
お通夜坊主龍念 極悪狩り 鳴海丈
お通夜坊主龍念 無法狩り 鳴海丈
乱愛の館 鳴海丈
悪漢探偵 濡れた標的 鳴海丈
悪漢探偵 淫の収穫 鳴海丈
殺されざる者 鳴海丈
柳生最後の日 中村彰彦
ハインド・ゲーム 鳴海章
棘 鳴海章

真珠湾、遙かなり 鳴海章
倒産なんてこわくない 内藤明亜
幕末一撃必殺隊 永井義男
宴 溺色の女 永田守弘(編)
祭 魔悦の女 永田守弘(編)
奏 秘悶の女 永田守弘(編)
欲望添乗員 ノッてます! 夏樹永遠
恋愛症状 内藤みか
鬼女面殺人事件 西村京太郎
日本ダービー殺人事件 西村京太郎
汚染海域 西村京太郎
殺人者は オーロラを見た 西村京太郎
南伊豆高原殺人事件 西村京太郎
八ヶ岳高原殺人事件〈新装版〉 西村京太郎
会津高原殺人事件 西村京太郎
スーパー雷鳥殺人事件 西村京太郎
ハイビスカス殺人事件 西村京太郎
美女高原殺人事件 西村京太郎
スーパーとかち 殺人事件 西村京太郎

会津若松からの 死の便り 西村京太郎
特急ワイドビューひだ 殺人事件 西村京太郎
十和田南へ殺意の旅 西村京太郎
死者はまだ眠れない 西村京太郎
松島・蔵王殺人事件 西村京太郎
オホーツク殺人ルート 西村京太郎
怒りの北陸本線 西村京太郎
特急「しなの21号」 殺人事件 西村京太郎
南紀殺人ルート 西村京太郎
行先のない切符 西村京太郎
阿蘇殺人ルート 西村京太郎
南紀白浜殺人事件 西村京太郎
下り特急「富士」 殺人事件 西村京太郎
出雲神々への愛と恐れ 西村京太郎
消えた巨人軍 新版 西村京太郎
狙われた 寝台特急「さくら」 西村京太郎
華麗なる誘拐 新版 西村京太郎
ゼロ計画を阻止せよ 新版 西村京太郎
神話列車殺人事件 西村京太郎

徳間書店

南伊豆殺人事件 西村京太郎
盗まれた都市 新版 西村京太郎
JR周遊殺人事件 西村京太郎
十津川警部の事件簿 西村京太郎
十津川警部 北陸を走る 西村京太郎
京都殺意の旅 西村京太郎・他
十津川刑事の肖像 西村京太郎
日本海殺人ルート 西村京太郎
京都 愛憎の旅 西村京太郎・松本清張・他
夜行列車の女 西村京太郎
狙われた男 西村京太郎
黄金番組殺人事件 新版 西村京太郎
釧路・網走殺人ルート 西村京太郎
血ぞめの試走車〈新装版〉 西村京太郎
十津川警部の対決 西村京太郎
寝台特急カシオペアを追え 西村京太郎
悪への招待〈新装版〉 西村京太郎
寝台特急「あさかぜ1号」殺人事件 西村京太郎
聖夜に死を〈新装版〉 西村京太郎

東京地下鉄殺人事件 西村京太郎
けものたちの祝宴〈新装版〉 西村京太郎
華やかな殺意 西村京太郎
麗しき疑惑 西村京太郎
空白の時刻表 西村京太郎
幻奇島〈新装版〉 西村京太郎
日本列島殺意の旅 西村京太郎
しまなみ海道追跡ルート 西村京太郎
西伊豆 美しき殺意 西村京太郎
十津川警部影を追う 西村京太郎
マンション殺人〈新装版〉 西村京太郎
十津川警部の休日 西村京太郎
明日香・幻想の殺人 西村京太郎
志賀高原殺人事件〈新装版〉 西村京太郎
草の根分けても 西村望
母なる鷲 西村寿行
無法者の独立峠 西村寿行
悪霊刑事 西村寿行
涯の鷲 西村寿行

呑舟の魚 西村寿行
二万時間の男 西村寿行
鷲 西村寿行
幻の白い犬を見た 西村寿行
咆哮は消えた 西村寿行
わが魂、久遠の闇に 西村寿行
無頼船 西村寿行
聖者の島 西村寿行
碇の男 西村寿行
風は悽愴 西村寿行
襤褸の詩 西村寿行
妄執果つるとき 西村寿行
道 西村寿行
荒涼山河風ありて 西村寿行
君よ憤怒の河を渉れ〈新装版〉 西村寿行
殺意が見える女 新津きよみ
時効を待つ女 新津きよみ
軽井沢マジック 二階堂黎人
諏訪湖マジック 二階堂黎人